伊增埙 著

如怨
如慕

伊增埙评论杂文集

这些互不相属的文字，串连着一生几个关节，其中有追求，有排斥，有直击，有婉讽，带着热也带着气……

这些题材各异的文字，既有亲身经历的情怀，也透露出军旅生活的磨炼，特别是文化工作这一块，颇能与同道沟通。跨越那么久远，是一种时代的痕迹。

知识产权出版社
全国百佳图书出版单位

图书在版编目（CIP）数据

如怨如慕：伊增埙评论杂文集/伊增埙著. —北京：知识产权出版社，2017.1
ISBN 978-7-5130-4575-9

Ⅰ.①如… Ⅱ.①伊… Ⅲ.①杂文集—中国—当代 Ⅳ.①I267.1

中国版本图书馆 CIP 数据核字（2016）第 271006 号

内容提要

本书共分三个板块："夙初兴　夜不寐"中有作者早年身世的回忆，以及离休生活随笔，抒发了少年和老年的情感心态；"惑与悟　风中行"各篇，是作者在军旅生涯中不同岗位的剪影，透露出时代变化中的复杂心情；"强弩末　意未尽"是作者另两本杂文集《余音袅袅》《不绝如缕》的续篇，是有关振兴鼓曲文化，维护群众文化权益的评论。既可作为茶余饭后的案头文学读物，亦可作为研究当代民间俗曲文化发展的参考资料。

责任编辑：国晓健　　　　　　　　　　责任校对：潘凤越
封面设计：臧　磊　　　　　　　　　　责任出版：刘译文

如 怨 如 慕
——伊增埙评论杂文集

伊增埙　著

出版发行：知识产权出版社 有限责任公司	网　　址：http://www.ipph.cn
社　　址：北京市海淀区西外太平庄 55 号	邮　　编：100081
责编电话：010-82000860 转 8385	责编邮箱：guoxiaojian@cnipr.com
发行电话：010-82000860 转 8101/8102	发行传真：010-82000893/82005070/82000270
印　　刷：北京科信印刷有限公司	经　　销：各大网上书店、新华书店及相关专业书店
开　　本：787mm×1092mm　1/16	印　　张：16.25
版　　次：2017 年 1 月第 1 版	印　　次：2017 年 1 月第 1 次印刷
字　　数：248 千字	定　　价：49.00 元
ISBN 978-7-5130-4575-9	

出版权专有　侵权必究
如有印装质量问题，本社负责调换。

作者近影

1956年10月于广东潮安宏安

1949年12月于广西行军途中

1969年从"学习班"返回工作岗位

1964年于广州东山

1965年11月身着援越部队军装于越南锦普

1987年在广州与九年前的同事重聚

1987年于广东珠海

1994年探望病中的吴之南同志

1997年与家人在寓所

2003 年在沈阳拜会曲艺名
家朱光斗、耿瑛同志

2005 年 北京紫竹院
与众曲友乘船游湖

2012 年 出席中国俗文学学会年会

自 序
——从"端着"说起

矜持，指庄重、拘谨，也含有做作、不自然的意思。北京话叫"端着"。"端着"并不等同于伪善或假道学，而是在投身社会、立业兴邦中，特别是在成长过程中应有的自我约束机制。一个兵，从穿上军装起，就要讲究军容风纪，即使不习惯，也得"端着"，直到自觉遵守，成为习惯。其他如党纪国法，都是一理。有人说这是束缚个性，泯灭人性，显然错误。个性人性是人生不可或缺的情怀兴味，只是不该同集体、社会以及自己追求的理想信仰相冲突。越界了，收回来，吃一堑长一智，慢慢地思想成熟了，修养形成了，理性处世了。

我在岗几十年，大都为工作需要而写作，为阐述理论解释政策探讨业务解决问题的文字，容不得任性挥洒；即使是以个人名义写稿，也须处处拿捏分寸，时时提醒自己的身份地位，怕出语不当耽误事，招不测。改革开放以后，因言获罪渐成过去，随着思想解放，写作逐步放松，特别是离休以后，写作不再是工作任务，可以带着个人感情色彩，自选题材体裁，笔调文风也较为自由活泼，多了些锋芒，少了些顾忌，但并不忽略文字的责任。

迩来因为年迈，不再参与外面活动，转而盘点陈年旧稿，收拾此类文字的孑遗。经编选，一辑为"凤初兴 夜不寐"，有少时家庭生活回忆，闻乐随笔；也有直抒胸臆，游戏文字的离休遣兴。二辑为"惑与悟 风中行"，是几篇或顺风或顶风的政治性感怀，有惬意，也有纠结与尴尬。三辑为"强弩末 意未尽"，几篇文章的中心是呼吁民间鼓曲艺术的厚今续古，与以前出版的评论杂文集《余音袅袅》《不绝如缕》是同一主题。这三个部分虽文字芜杂，却串起了一生中几个关节，今以《如怨如慕》为题，其中有追求，有排斥，有直击，有婉讽，带着热也带着气，说了一些没有十分把握又憋不住的话。

我是这个大时代、大国度里极普通的人，人称知识分子，高抬了。充其量我只是享用了前人创造的知识，却没有给知识宝山中增添一沙一石。这样一个其貌不扬，其文也不扬的人，又没有什么与高端交集、大喜大悲的经历可供谈资，只是"端着"几十年后，又写下不那么矜持的文字，礼服换了便衣，我想，本色普通，经霜未坠，或许能有点滴值得玩味。

近世多有危重疑难患者宣布愿捐献遗体，供健康事业的科研之用，我笔下的社会观念和文化现象，虽愿为考察思想博弈，沟通体制内外提供参考，然思路陈旧，探索乏力，难入腠理，无可补拙，且看负面偏多，也不排除自身有致病基因。如今云烟将散，捐献出来，只是供读者回味变革，鉴赏百态而已。若论放开直言，自忖还是排在队尾。

2016年1月15日

目 录

第一辑 夙初兴 夜不寐

记述少年经历和离休生活"两头真"的情感世界

一 我从这里走来 | 3 |
 先祖、坟茔与老家 | 3 |
 永远难忘胡同风情 | 5 |
 传统与时尚的融合 | 8 |
 房产、生计与交往 | 17 |
 儿女长大 风波迭起 | 23 |
 革命潮流中失控的家 | 26 |

二 光景宛如昨
 ——早年音乐生活杂忆五篇 | 32 |
 小 序 | 32 |
 第一篇 旧 梦 | 34 |
 第二篇 萌 动 | 41 |
 第三篇 阳 光 | 52 |
 第四篇 反 刍 | 62 |
 第五篇 异 域 | 77 |
 潮涨汐落 放歌晴空 | 84 |

三 同窗杂记 |88|

白云悠悠　鸽哨阵阵 |88|

迎新絮语 |90|

秦皇岛之旅 |91|

密云纪行 |92|

四 敝帚自珍 |96|

伊姓探源辨 |96|

读书与走路 |98|

温故知新 |98|

名可名　非常名 |99|

发昏手记 |100|

女儿学龄文集的编辑说明 |101|

示　儿 |102|

持家守则 |104|

平民情怀 |105|

舟山行 |105|

老有所乐的歌咏大会 |107|

第二辑　惑与悟　风中行

映照军旅生涯的剪影，风云变幻中的心态

一 文艺兵和"铁路线" |113|

二 求仁得仁乎

——一段旧案的寻踪和思考 |120|

引　子 |120|

"海队"的旗帜与韩笑的追求 |122|

"两条路线斗争"和以人划线 |124|

危险的执着碰在纪律铁壁上　｜126｜

　　关于"抵制""议论""反江青"　｜129｜

　　试析《韩笑诗文集》中有关的自述　｜132｜

　　韩笑案情的联想　｜135｜

　　尾　声　｜139｜

三　那时的严酷与温情

　　——回忆1973年业余演出队的进京演出　｜146｜

　　节目的准备　参演的动员　｜146｜

　　取得成果的源泉　｜147｜

　　纪律、责任与底线　｜149｜

四　魂牵梦随的心结——答友人　｜153｜

　　反倾向·文化市场·权力与艺术　｜153｜

五　元帅锦言采集设计中的纠结　｜160｜

第三辑　强弩末　意未尽

关于振兴鼓曲，维护群众文化权益的发声

一　珍惜与生俱来的初心

　　——为纪念"北票联"成立11周年而作　｜169｜

　　"北票联"宗旨的依据和基础　｜169｜

　　对"北票联"践行宗旨的回应　｜175｜

　　坚守初心　克难前行　｜176｜

二　厚今续古　力振新风

　　——力推鼓曲曲目创新之路　｜178｜

　　"起于青萍之末"的《新风鼓曲选集》第一集　｜178｜

　　《鼓词新风》事功过急的挫折　｜179｜

回归"短平快"的《新风鼓曲选集》第二集 ｜182｜

呼唤历史记忆的《新风鼓曲选集》第三集——抗战题材 ｜193｜

新编历史题材的《新风鼓曲选集》第四集 ｜199｜

屡战屡挫之后的感喟 ｜207｜

三 "作嫁"公益的期望

——《蕉雪堂曲文集》正式出版的余波 ｜209｜

《蕉雪堂曲文集》正式出版的背景 ｜209｜

为《蕉雪堂曲文集》正式出版所经办的大事 ｜210｜

"作嫁""公益""期望"的解读 ｜212｜

四 传播优秀传统作品的几个问题

——与《曲艺》杂志"四时赋"专栏商榷 ｜214｜

民间艺术范畴的界定 ｜215｜

注意意识形态的属性 ｜215｜

关于文字错讹 ｜216｜

关于系列曲目的源头和全貌 ｜217｜

关于作品的署名 ｜218｜

五 前事不忘 后事之师

——群众文化权益求索纪实 ｜222｜

"重现"的又一次造假 ｜223｜

"一直坚持"的水分 ｜224｜

"非遗"工作的"提前量" ｜226｜

"经三年努力"速成的岔曲集 ｜227｜

"被参考""被借鉴""被引用" ｜229｜

"利国利民"与"极具价值" ｜231｜

岔曲的希望与"北票联"的"躺枪" ｜234｜

纠错之难，难于上青天 ｜236｜

上升到国家级文献的层面 ｜239｜

我的认识和心得 ｜244｜

后 记 ｜247｜

第一辑

夙初兴　夜不寐

- 一　我从这里走来
- 二　光景宛如昨
- 三　同窗杂记
- 四　敝帚自珍

一 我从这里走来

先祖、坟茔与老家

我在1949年3月离家时还不满18岁,那时父母大概以为,没必要给野马一样乱跑的男孩子讲什么家世。但三十年后我回到北京,父亲已经辞世,母亲也衰老得不能详说往事了。后来见到大姐、三姐,偶尔谈到,也不过一鳞半爪。现家族中年长者均已不在,尚知家世者仅余我一人,我所知道的,虽大多是少年的经历见闻,并不完整系统,但任其泯灭亦不应该。我已暮年,人事无常,及时写成文字,对祖先对后代都是一种交代。

穷本溯源,我们这个伊姓是满族,族姓伊尔根觉罗,属正蓝旗。高祖父成珠堂、曾祖父恩仲华,"烧包袱"祭奠时写的是"成府君""恩府君"。我们这个伊姓自何年落在北京,住过多少代,已经弄不清楚,据说本有族谱,庚子之乱,毁于兵燹。北京的祖坟在小郊亭(今大北窑附近),小时随父母上坟,父亲指着当中的大坟头说,这里埋着进关时带来的几个大坛子,装的是先祖遗骨。左右两列各三四个坟头,父亲是怎样说的,则都忘记了。坟头所在的一小片田产是我家的,有四五亩,由一户姓杨的农民种着,无地租,以看坟为报。每次上坟烧完纸,父母亲就带我们去杨家略事休息,大人们谈谈老辈的交往,谈谈与看坟有关的事,我们小孩子则到处乱跑,大开眼界,印象最深的是杨家款待的丰盛的农家饭,炒鸡蛋竟装了大半盆!那规模可能也是我们之间关系的一种说明。

在可考的先祖中,第一位是高祖父成珠堂,据说他家道贫穷,曾卖豆芽为生(落魄的八旗子弟?),成珠堂的独子,我的曾祖父恩仲华,生于1859年(咸丰八年),自幼苦读诗书,在他十五六岁时,适逢洋务运动高潮,不知成珠堂是走投无路,还是高瞻远瞩,竟把恩仲华送进了同文馆。

此馆是直属总理衙门的培养外语译员的学校,那时的政治取向、社会风气与今日大相径庭,富贵人家子弟多不屑与"夷"交往,故入学者寥寥;当局为广招人才,制定了优惠穷学生的政策:凡录取的,学杂全免,每月还发几吊零用钱。恩仲华学了几年不得而知,按十载寒窗计,学而优则仕,大概1884年前后,他就以举人或进士出身从事外事工作了。他是学德文的,曾出任大清国驻德国公使馆参赞。1900年八国联军打进北京,他曾与德军进行过交涉,庇护一方有功,地方士绅们送了一块大匾,上书四字"群情感义",解放前这块匾一直在家里挂着。

按满族习俗,我应称曾祖父恩仲华、曾祖母何佳氏为"老祖"。老祖的长女、三女均已无考,次子特克慎(1878—1904),是我的爷爷;四子特登额(1882?—1930?),应称他四爷爷。恩仲华的经历对下一代有重要影响,爷爷特克慎通晓德文,并专攻船舶水利,曾任东北的浑河水利局局长,他的像片是有顶戴花翎的。我小时曾看见过家中保存的挖泥船的机械图纸,画得很精细,花字母的外文也写得很漂亮,据说都是爷爷的遗物。但爷爷短寿,二十六岁时因病去世了,祖母——我们称太太——年轻守寡,抚养刚刚四岁的父亲,直到长大成人。四爷爷也做过小官,什么官弄不清,他一妻一妾,子女众多。在小牌坊胡同3号的老家,男女老祖带着两房子媳,享受了几年四世同堂之乐。

父亲伊绍华,字肇翔,号郁周,1900年生。小时读的是私塾自不待说,后来读过商科学校,大概相当于现在的中专。他旧学新学都学过皮毛,引经据典,打灯谜,对对子,写打油诗都来得;懂一点中医,家人头疼脑热时令病,都是他来开药方;他还能说一点纯英音的英语。母亲吴慧芙,1901年生,属蒙军旗,幼年在家曾读书识字,长大读过一个女子职业学校,学的是编织手工之类。我曾见过她的一张毕业班合影,一律剪发,身穿宽袖圆襟短衫和长裙,已是彻底抛弃满族服饰了。

父亲1919年入邮局工作,同年与母亲结婚。因为他们都受过一点新式教育,在繁文缛节的封建家庭中早已是方枘圆凿;再者,父亲年幼失怙,多年来受老祖庇护,老祖于1924年先后去世,四爷爷升为家长,父亲这个长门长子,在四爷爷统治下处于弱势,忍受着不平等待遇,更何况祖母

（我应称太太）年轻守寡，苦水已经吞了多少年！他们酝酿着从封建大家庭中分裂出来的时机。

1925年2月17日（旧历乙丑年正月廿五），父亲母亲经过密谋（太太不知是否参与），假装打架，母亲带了二姐增丽（一岁半）、三姐增婉（出生百日）从老家出走，携带的行李被褥中有个枕头，里面装的是私房金银细软和偷藏的房契。第一步是在西苦水井的熟人家暂时落脚，不久父亲在八大人胡同租房安了家。打架是假，分家是真，父母亲这边计划得手，胸有成竹，提出分家单过；那边四爷爷在既成事实面前，只好顺水推舟，貌似公正地分了一些家财过来，于是，伊绍华有了独立、合法的小家庭生活。

1928年年初，父母亲搬进了新鲜胡同9号，这是自己名下的房产，原有北房四间，西房二间，东房二间，不久又盖了两间平顶南房做厨房，形成了一个不很规范的四合院。这一年，父亲又把太太和大姐增婧（八岁）、大哥增培（七岁）都从老家接了过来，加上二姐、三姐、初生的增厚，共计是老少三代八口人，还有一个女佣陈妈，建成了初具规模的完整的新家。1929年，太太病逝。从此，父母亲的生活完全自主了。

永远难忘胡同风情

东西走向的新鲜胡同和八大人（解放后改称南竹竿）胡同之间，有一条五六十米长的南北通道，仍属新鲜胡同，路东是邵家的院墙，磨砖对缝，整齐笔直；路西从南向北数是7号、8号、9号、10号共四个门。

7号小门小院，四间北房，住的是私塾先生宰老师。我四岁时曾被送到这里，虽也读几句三字经，主要还是让师娘哄着我玩，有时还坐在师娘腿上吃山楂糕。

8号是大杂院，主体是劈柴厂子，靠北一溜平房，全副农村景象：院里堆着草垛、劈柴，一大群鸡往来觅食，有时还栓着牲口；西墙边是风箱、柴锅，锅里是北京城里没有地方买的贴饼子；屋里面有烧热的土炕、细密的炕席，各种大小斧头、锛子、锯条，以及农家才有的大缸、瓦盆、柳斗、水瓢等器物。院里除了劈柴的韩二叔一家外，还住了几个单身手艺人，我还记得木匠芦师傅，晚上经常拉板胡，拉的是山西梆子，寄托着他的乡愁。剃头匠毛师傅最和气，一面给我剃头一面说笑话，可是不准我动他的"唤头"❶。

9号门是我的家。10号又是个小门小院，四间北房，住着关大妈一家，她是个寡妇，儿子球哥、女儿红珍，比我略大些，都不大与人来往。

10号再过去是一间坐南朝北的土地庙，庙中有个蓝脸的小鬼塑像，相貌狰狞，还是个豁嘴唇，这个怪像包含着一段传奇故事：小鬼偷出庙门买切糕吃，因为欠钱嘴上被砍了一刀，而此庙就被人称为豁大（读 die）爷庙。小庙不大，可初一十五香火不断，在家里也能听见敲磬的声音。有一年庙祝请我家写斗方，大哥除了写"保佑一方"外，还翻书抄了一副对联："冷寺无灯凭月照 山门不锁待云封"。过了年，正月初六，庙祝送了"供尖"来，表示感谢。

小庙以北，竹竿巷以南，有一块约三百平方米的空场，名为蔡家大院。大院东侧有"洋井"，用手动的压水机供应"甜水"；有煤铺，墙上写着一人高的粗大的颜体字"乌金墨玉 石火光恒"；西侧，戴伯儿——一个和气的黑胖子，是个回族人，早晨卖炸油饼、炸糖饼，二姐矫情，要吃两面都有糖的，他也给炸；北口有巡警阁子（又称"段上"，即今之派出所）——一座猪血色的木板房，晚上亮着一盏球形红灯；南面是车口，只要天气不太坏，总有一两辆洋车在歇脚、揽客。早晨，这里展览着形形色色的世相。骑车送牛奶的、送报的出来得最早，接着是背着荆条筐收废品的贫苦妇女，悲怆地叫着"换洋取灯儿（火柴），换肥头子儿（土制肥皂）"；按着节令时序出没的各种小商贩、手艺人，或推车挑担，或背篓挎篮，经过这里时都要停下脚来，敲打响器，吆喝几声，从早到晚，来往不绝；特别是各种生熟食品，虽都是小本生意，汇集起来却也蔚成大观。那些吹糖人的、捏江米人的、换梨膏糖的、抓彩的，一到这里，马上就招来一群孩子。锔缸锔碗锔炉锅，修鞋修伞修钱板（搓衣板）的，是妇女们讨价还价、纠缠不休的对象。耍猴、耍耗子、卖蛐蛐蝈蝈的，盼望着引起人

---

❶ 走街串巷叫卖时使用的一种招揽生意的响器。

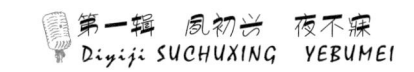

们的兴趣，而打小鼓收旧货的则最怕闲人围观。这里又是孩子们的游艺场，男孩子弹球、滚铁圈、放风筝，追逐打闹，女孩子跳房子、踢毽，拉起手来围成圈，唱满族民歌"车喂，车轱辘圆喂……"，或是分成两排面对面唱着："我们要求一个人……"，直到天色暗下来，被大人叫回家去吃饭。

这时朝阳门快要关闭了，进城做活的乡下人行色仓皇，从西南两个方向穿过蔡家大院，一路小跑"赶城门"，唯恐被关在城里，回不了家。待天色完全昏黑了，出来的是馄饨挑子、卖猪头肉的、卖羊腱子的、卖硬面饽饽的，都点个小油灯。不需要灯的是算命的瞎子，边走边打着小铜锣；还有背着麻袋叫卖"半空儿（小而瘪的花生）多给"，东西太不值钱，卖你三捧，再饶你一捧，不用秤，也就不需要亮。

蔡家大院向南，连接着东西向的新鲜胡同主干道，这里是个"商业区"，路南从东向西顺序是：大油盐店兼卖米面杂粮的"南永裕"，一家裁缝铺，一家馒头铺兼营寿桃寿面，一间羊肉床子，夏天卖烧羊肉，早晨兼卖烧饼螺丝转儿。路北从东向西顺序是一间小绒线铺，主要经营香烟火柴，针头线脑，饼干零食，玻璃窗上却用红漆写着：洋酒罐头；再向西是一间猪肉杠，兼做些酱肘子、炸丸子、熏小肚、熏鸡蛋卖；一间切面铺，门口有垂着红布条的罗圈幌子；一间兼卖油盐酱醋和肥皂牙粉文具纸张的杂货店，叫"同聚成"，日伪时期店里装了公用电话，号码是东局四六七九，这个号码解放后给了居委会，又沿用多年。由此向西二百米，就是名人李敖曾就读的新鲜胡同小学，又称市立第三小学，前清时这里是正白旗官学。

我的家——新鲜胡同9号，街门是重新修过的，临街一面都抹成洋灰石米墙，挡住原老式的屋脊，取消了前檐。门上原有铜门拍，铜饰信箱，还有一块凿着"莘野堂伊"的铜牌，都在沦陷时期给日本人"献铜"时丢了。街门没有重新油漆，已经斑驳破旧。

进街门迎面是木条影壁，"爬山虎"绿油油的；正中在青砖垒起的空心座上，是一口八角暗褐色大鱼缸，里面种着茂密挺拔的水葱，水里有时放几条小鱼，也放过蛤蟆咕嘟。绕过影壁就是小院，北屋三间加西扩一个套间，西屋、东屋各二间，都是起脊的瓦房，松木装修，玻璃门窗。南屋是加盖的厨房兼餐厅，平顶灰棚，老式门窗。

院子东西长，南北短，是不规范的长方形，铺了十字形的甬路，把院子隔出四块土地。东北一小块种花，蝴蝶花、大丽花、矮康尖、夜来香、茉莉花，秋天的菊花都是盆栽。西北一小块正在北屋里屋窗户外，漱口杯都摆在窗台上，早晨漱口水也就都吐在这块地上。西南一块靠近水缸和厨房门口，正是洗衣和生煤炉的地方。东南一块空地大些，靠南房一溜种些茉莉花、指甲草、鸡冠花之类，还有顺着绳向上爬的喇叭花。

我于1931年在这个小院出生，在这里经历了小康之家的衰落。

1936年　兄弟姐妹（左三为作者）

传统与时尚的融合

几十年后小院被拆，盖起高楼，但梦游故里，依稀当年。

北屋外边两间内墙裙、槅扇、家具都用了绿漆，1945年前还重新油了一次，父亲母亲亲自动手，买漆调漆，有深有浅，大刷小刷，晾干又补，忙了好几天。计有方桌、椅子、围屏、两面镜子的大衣柜、六角茶桌、衣架、花盆架子等，都是浅绿色；柱桌、槅扇、墙裙都是深绿色。如不看顶棚上有峨列（水渍），墙上粉皮剥落，也可算焕然一新。

大衣柜抽屉中的杂物，记录着独立小家庭活动。有刻着名字的白铜墨盒、笔架，有方盒子简易照相机和许多早年照片：父亲母亲、家族亲戚、同学同事，其中几张是他们假日郊游，没有（未带?）孩子，也是衣着亮丽，搔首弄姿，神采飞扬，给人以追逐时尚的印象；还有许多的请柬、名片，反映着他们社交应酬人情往来。一堆各种材质的大小图章——从中我才知道父亲还有一个满族名字"文懋"。有不少旧邮票税票，并未整理插册，都散乱地放在一个盒子里，包括清朝大龙、民初各种加字、航空纪念等，新票盖销票都有，放在今天将是价值不菲，但当时并不重视。另一个抽屉里放药：多是儿科的，有三角合的如意膏，有玻璃瓶的万应锭，永安堂的救急散，有拜耳药厂出的几种药片，还有一种膏药，每年四月二十八药王圣诞买来一堆，足供全年施舍之用。

柱桌是我家独有，可能是父亲的创意。北屋外两间居中有一根不能取消的柱子，直径约二十公分，最高处是按时打点的八角垂窗式摆动挂钟。以柱为独脚，在齐腰高处做了一个六角形的桌面，围着柱子摆放了一圈茶碟茶碗。从桌面上方起，每隔二十公分左右，柱上钉一个花瓶托板，第一个向西的圆形，然后是向南的花瓣形，向东的五角形，向北也是最高的扇面形。四个不同形制的仿古青花瓷瓶：一个葫芦瓶，一个大肚长颈瓶，一个束口溜肩美人瓶，一个双耳仿斛瓶，自低向高依次放在瓶托上。花瓶底款"大明万历年制"，胎极厚，当然是假的，可谁去追究呢？我对这个设计非常佩服，以为达到了那个时期、那个阶层的最高水平。

外屋的其他家具是樟木大躺箱，以它代替条几，上面摆着：中间是高大玻璃罩的座钟（太姥姥的嫁妆），一对青花瓷帽筒，一对画着红色太狮少狮的瓷茶叶罐，左边尽头是青灰色大胆瓶，插着鸡毛掸子苍蝇拍子，右边尽头是五福捧寿的红褐色雕漆盒，里边经常有点零食。旁边是一台使用天然冰的、上开盖下开门的冰箱。

外屋北墙挂些字画。东边一副隶书对联："治家若拂尘教儿曹勤加洒扫　守业如种树愿后人着意栽培"。中堂是花鸟画，芭蕉黄鹂。两边还有装画框的两幅山水。西边一副对联："浊酒素琴容一榻　高谈雄辩惊四筵"，瓦当纹纸，像做旧又像仿古。中间四张书法条幅，其一，"山迥暮云遮/风紧寒鸦/渔舟个个泊江沙/江上酒旗飘不定/旗外烟霞/烂醉作生涯……船头鸡犬自成家/夜火秋星浑一片/隐跃芦花",郑板桥的六分半体,高叔瑾写的。其二,"满天星露压长城/夜黑月初生/万障马嘶鸣/还夹杂风声雁声……红霞乍起朝光满地……",欧体楷书,落款无印象。其三,"秋汉飞玉霜/北风扫荷香/含情纺织孤灯尽/拭泪相思寒漏长……",潇洒的行书,黄为写的。其四,前几年还能想得起来,现在全无印象了。墙角挂一张古琴,黄绫子套,有弦无柱,我曾勒紧弦,支起来,弹拨几下,确有金石声,可见琴体还是好的。这完全是附庸风雅,没听说有什么用。

两间外屋以西,是用毛玻璃镶着的槅扇隔开的里屋。靠槅扇和后檐墙是一张大铁床,宽边加了板子成为正方形,父亲母亲带着最小的弟弟妹妹头朝外睡。里屋连着套间,我就在套间搭起的铺上睡。边上是一台松下牌三灯收音机。晚上睡觉之前打打闹闹,有哭有笑,有威吓有哄骗,热闹可想而知。夜静时隐约听到叮叮当响,是回场的电车铃声随风飘来;天色微明,躺在被窝里听吹号,那是城墙上的号兵,从低到高地拉着长声在拔音。

靠窗是个迎柜,有锁,打开右面木盖,里边是"细软":有现金、账本、房捐收据等,小抽屉里有几件镯子、戒指、百家锁,一些点翠的、缠丝的簪子、耳坠、头花,两个蜜蜡球,一堆不知哪里掉下来的水钻、翠片、珠子,各种过时的徽章,不走字的怀表手表,几个鼻烟壶和旱烟袋嘴,以及绢花绒花绣花荷包鞋样子等(但真正的细软藏在套间的木梁上,外面糊着纸,这是我快离家时才知道的)。迎柜上放着黄铜茶盘,茶壶茶碗,柜子两边是没有扶手的太师椅,椅垫底下是剪子和豆纸(卫生纸)。迎柜上面拉着一盏绿荷叶罩的电灯。父亲经常坐在迎柜旁,用毛笔"写账"(旧式账本竖写日常收支),写往来应酬的请帖、红白封片,或给家里人开个平安药方。母亲则坐在那里看黄历,裁豆纸,抽兰花烟(早年还嚼槟榔),和父亲共商大事。或者在屋角蹬着 SINGGER 牌的缝纫机,做针线活。

西屋两间住的是姐姐们,屋里有三张或两张单人木床,梳妆台、"一头沉"、五屉写字桌,都是油浅绿色漆。高书橱、小课桌和书架都是本色的，书橱一开门，就有一股旧书发霉的气味，最上层都是线装书，我能看懂的只有一部《朝市丛载》。下边几层大都是铅印的古籍、文言小说和当时的流行读物，大姐早就学国画，所以屋里有许多画笔、颜色碟，她上艺专以后又添了许多广告色和画板、日本画册。二姐出嫁早，只有一本绿皮的圣经是她留下的。三姐练书法，有几本帖，她曾下功夫临摹张裕钊，专门给我讲过怎样写出外方内圆的折勾。她上北大后，屋里添了许多日文法律书，书脊上都是汉字书名。她们留下几本贝满中学的年刊，图片上和育英一墙之隔的女中风光，引发我许多遐想。还有她们用过的中学国文课本，我也感兴趣，如冰心、鲁迅、俞平伯等一些五四作家的散文，我早就预习过了。玻璃板下是电影明星陈云裳、周曼华、李丽华、周璇等人的照片，各式镜框里都是大姐崇拜的京剧演员剧照：四大、四小名旦，戏曲学校的高材生，以及她自己的剧装照，印象最深的是成系列的《拾玉镯》。

南屋两间平房是厨房，又是吃饭的地方，有放大件盆罐炊具的大橱、放盘碗的小柜，有可以折叠的小圆桌和八仙桌，雇陈妈做饭时她就搭个小铺，天冷时在门窗上糊上高丽纸，天热时就把煤球炉放在屋外铁皮棚下。南屋墙上除了挂着砂锅、箅子、筷子笼之外，还贴了许多年画，陆续贴过的有：连环画式的四幅狸猫换太子，有短打武生戏的连环套、落马湖，有漂亮的十三妹、四大美人（西施浣纱、贵妃出浴、貂蝉拜月、昭君出塞），有滑稽的四扇屏"绕口令"，有食物相克的挂图，还有耗子娶亲、"富贵有余"，等等，边吃饭边看，百看不厌，受到了五花八门的启蒙教育。南屋的房顶是我放风筝的地方，风顺的时候，几下就抖起来了。我最后一次上房是1945年欢迎国军"莅平"，看五十多架野马式飞机从天空掠过。

东屋两间实际只有一间半（另外的半间是门洞）。1942年前大哥在这里睡过，大哥离家后放置杂物，粮食缸，腌咸菜的坛子，自行车。后来把佛龛、祖宗匣子安在这里。东屋没人住，冬天不生火，夏天有西晒，可是我不怕冷不怕热，爱钻到这里来玩，或为避开大人偷看小说。靠东墙有个吊板，放着一年用一两次的铜火锅，一挂打气的煤油灯，一台打气的铜煤油炉，都已经锈得不能用。一个原挂在影壁上的斗方灯，玻璃已经打破，没舍得扔。还有一个柳条包，里边有破烂的北洋画报、过时的杂志和小说等，都是学校里见不到的东西。我记得，福尔摩斯探案、太平天国演义、西游记等，都是在这屋看的，也有少儿不宜的。再是玩，屋里有一架风琴，我从它仅有一两个键不好使，玩到它乱成一团无法复原，收获就是弄清了十二平均律在键盘上的架构。角落里有一支生锈的"二人夺"，用力还能拔出来；一张大弓，丝绳做的弓弦已经磨损，弓胎又太硬，所以我始终没能把它套上去。我还在这屋里扎过风筝——严格说那是屁帘儿。

正如一首《忆儿时》唱的："春去秋来，岁月如流，游子伤漂泊；回忆儿时，家居嬉戏，光景宛如昨……"

春天，举家前往蟠桃宫，在二闸观看农家孩子跳入急流拾钱的绝技；从小推车上买那种从砂锅里扣出的豌豆黄，虽不如东安市场的细腻好看、但它便宜又块大枣多，吃得过瘾。院子东南角的桃树开花了，招来许多蜜蜂。从七八岁起，我就爬这棵树，开始是为了折花，后来为了上房放风筝，很快地找到要领，左脚踩哪枝，右脚插哪叉，两手倒替，几下就上了南房。桃树花期很短，受了雨水，分泌出桃胶，脚踩上去很滑；结出的毛桃很小，不能玩也不能吃……后来春天不再折桃花了，改由二姐带着我们去附近张景惠（爸爸同事）家，那是个杂院，有好几棵丁香、海棠，二姐和张家女孩要好，所以能剪回许多来插瓶。

春天值得回忆的还有清明上坟。我在十四五岁以后，跟着父亲、三姐等，骑自行车去过两次。出朝阳门，在裕顺斋饽饽铺停下来，买些上坟祭奠用的糕点。这铺子和我家是多年的老交情了，进去先喝茶，掌柜的陪着说话，不一会儿徒弟拿来几张铮光瓦亮、盘子大小的圆铜片，上面是几样刚烤出来的点心，给我们这些孩子吃。出了裕顺斋往东走，过关东店后就很荒凉了，穿着棉袄，冒着寒风，经过红庙、慈云寺、高碑店，估计骑了个把小时才到小郊亭坟地。记得马房寺塔离坟地也就是一二百米远，从现在的地图上看，坟地位置应在京哈高速与东五环交叉点的西北方向，今属王四营乡。一次上坟，父亲跪在地上突然大哭起来，我们不明白为什么，也不敢劝，幸好哭了一阵就自动刹车了。

但大多的清明祭奠是在家里"烧包袱"，买六个包袱皮，原是父亲写，后来三姐也写过，第一位是显考、妣伊尔根觉罗氏成府君、罗查氏，然后是恩府君（老祖）、何佳氏，特克慎（爷爷）、富察氏，特登额（四爷爷），……下款是伊绍华率子、女增×、×、×、×……申明了家族延续的各个环节。包袱里用打了钱孔的纸和冥币揎起来，早饭后立在大床上，放上炕桌，上供是四盘点心（萨其马、芙蓉糕、核桃酥、枣方），四盘饺子，不用香烛。下午撤供，把包袱抱到街门外烧了。

清明后拆走了煤炉，把烟筒里的煤灰打干净，吊在套间房檐下。买来生石灰，用铁勺子顺着墙根，在院里撒一圈，又在北屋台阶上，在土筐（垃圾）、厕所喷一点来苏水，防止滋生虫蚁土鳖。睡人的屋子，窗户换上冷布，糊上卷帘。端午节时每个房门门框上都贴一张剪纸风格的符，街门上方则贴一张黄纸印的钟馗像，剑指着被驱逐的"五毒"。

夏天，给北屋挂上红褐色的竹篾帘子，西屋东屋挂上苇帘子。上午，北屋的松木窗台上，被晒出一簇簇松油。下午院子里有了一半荫凉，洒点水，放好藤椅，挑一个熟透的西瓜，等父亲回来再切开；大盆小盆，倒水给孩子洗澡；围着桌子择菜，准备吃饭。夏天总有几场暴雨，大雨之后，街门外能看滚滚的小河，自南而北慢慢变成涓涓细流；也可以折个纸船在院里积水处玩；但也许大人带我们去什刹海，在芦席棚里吃冰盏河鲜，听鼓书，看魔术；去会贤堂吃奶油镯子。晚上院里凉快，支上铺板，铺张凉席，大人孩子扇着蚊子，看着星星，躺一会儿再进屋睡。

阴历六月初六，要晒一次躺箱里的老旧衣服。父亲母亲天不亮就起来了，等我们起来，只见院里多拉了条粗绳，支起一些桌凳，上面挂着、搭着各样清朝的"敞衣"，宽袍大袖，惊红骇绿，都镶着很宽的花边，图案是缠枝花卉或瓜蝶连绵；还有一些未见穿用的皮衣，黑的白的黄的，长毛短毛曲毛都有；还有满族妇女独有的花盆底鞋，新鲜有趣。最好玩的是两条狐狸皮的围脖，标本制作的头上有玻璃眼珠、白牙红舌，孩子们举着它满院跑。这个例行的展览中午就结束了，物归原位，留下一股卫生球味。

自来水是1945年装上的，在那以前，还是"水三儿"送水，每次三四挑，倒在大水缸里，每一挑给一个竹牌子记账。夏天要淘几次水缸（彻底换水），有时还在缸里放一点矾。

夏天还有一次大动干戈的事：选一个炎炎烈日，把铺板卸下搬出屋外晒，然后使劲在台阶上摔，把摔出的臭虫碾死，再用开水顺着木板缝浇一遍，以绝后患。因为需要把铺盖都卷起来，也是很麻烦的事。

秋天到了，母亲买来许多九花（菊花），摆在屋里屋外。七月十五是小孩过的节，要买好看的莲花灯应景。八月十五中秋节才是大典，上糖市（朝内大街）买沙果、虎拉车、槟子等本地的鲜果，出城到裕顺斋买自来红自来白。必不可少的是，买个一扇门板大小的"月亮光"（纸糊的月亮图形中有白兔捣碓）神码，和上供的钱粮，兔子吃的毛豆，还有一支大红的鸡冠花，寓意什么早忘了。印象深的是母亲蒸的团圆饼，一层层红糖白糖，各种果料，青丝红丝，还要用一个完整的大料瓣，在饼上印出朵朵红花。晚上拜月，大快朵颐。

穿上夹衣后，母亲开始做或翻新棉衣棉被，拾掇毛窝等御寒物件。叫煤，硬煤堆起来，煤末子放在院当中，再截一车黄土，雇两个人摇煤球，顺便搪炉子，这要忙和一天。阴历十月十五再烧一次包袱，名曰"送寒衣"。最好玩的是，在院里架起铁炙子，烧起松柴松果，吃一次烤肉，自己动手，趣味盎然，但那时没有自助餐这个词。

入冬，忙着糊窗户，糊风斗，安洋炉子，给水缸（后来是水管子）围上草帘子，养狗那几年还得买个稻草编的狗窝。早年，父亲母亲还有看戏的兴致，带着我们去前门的中和、华乐看夜戏，看的是少儿能够欣赏的彩头班，"八仙得道""开天辟地""斗悟空"之类。每人都是棉衣大衣，帽子围巾，臃肿不堪，在戏院被塞进一个包厢，归途又勉强挤进一辆马车中。老马沿着东长安街慢悠悠地走着，车窗外是星星点点的灯光，马蹄声中，我等小孩伏在大人怀里昏昏睡去……

八年沦陷，这温馨浪漫的生活被打断，而且一蹶不振。

1945年旧历年关，从腊八起，同一般人家那样，父亲忙于置办各种年货，都不必说了。但除夕祭祖一事，曾回归到我家"复兴"，而几年之后又归于湮灭，期间的传承、失落、无奈、解脱，颇有象征意味。

被父母亲甩开的老家，由于四爷爷在三十年代初去世，很快分崩离析：二爹三爹追求挥霍家产的自由，相继从老家分出另过，老爹和姑姑一起，跟着寡母四太太生活，也是坐吃山空。老家到四十年代初，只剩下三口人：老爹结婚又离婚，就业又失业；姑姑因婚事过分挑剔，尚待字闺中；四太太终日为生计艰难发愁，每到年关，更为不能按例祭祖到处诉苦，希望"大爷"出面解困。抗战胜利这年，父亲的心情好起来，终于同意以长房长子的身份，担起按节守制祭祖拜神的重任。于是挑了个好日子，把祖宗匣子从四太太处"请"到了新鲜胡同，安放在东屋。

所谓祖宗匣子，包括了祭神祭祖的全套东西，满满拉了一个排子车，首先是一个一米高的大供台，台身前部是个窗口式的佛龛，里面有灶王爷、保赤张仙和本方土地爷的牌位，台身后部是两侧开门的立橱，里面存放的桌披、灯草以及插供果用的八仙人等祭祀用品；其次是放在台面上的一个硬木大佛龛，高约一米二、宽约一米一，六条雕花隔扇，木刻对联："一门清泰蒙神佑　四季康宁托圣扶"，横匾"敬神如在"，佛龛镶着玻璃，里面是绢画的三层佛象，上层是观音菩萨，左右善财童子和木咤；中层是关圣帝君，左右关平周仓；下层是文武财神。此外还另有两个小香案，分别供奉着孔夫子和五显财神的牌位。祭祖方面：有一座约五十公分高、有着四扇门的黑木房子，据说里面是两尊土偶，一男一女，但从来没有打开看过；还有一长两短三个黑木匣子，长匣里装着"影"（祖先画像）以及祭器、藏香、刻着满文的白色纸挂签。短匣中不知何物，从未打开。另外，还有六个黑木香碟，都以特制的木架悬置在房内高处。放置院中的有：带锡斗的"索伦竿子"和石头底座、吊在房檐下的天地爷牌位，以及那块"群情感义"的木匾，等等。父亲对接收工作十分认真，四太太、二爹等人全无异议，乐得卸下了这个"包袱"。那些比较容易换钱的铜香炉、铜海灯、铜磬、锡蜡钎、锡五供，都已被二爹送进当铺，换钱喝酒了，父亲盯得很紧，跑了几趟，终于从二爹那里追回当票，赎回了这些极重的家伙，才算把佛爷和祖宗安排好。此后逢初一十五，母亲在佛龛前点燃香油海灯，上香叩拜，并敲磬三下，其声悠悠然，小院得了神的庇护，显得格外安谧宁静。

这一年的除夕，按照老家规矩，举行辞岁祭祖的大典。晚上，东屋佛龛前一堂（五座）一尺半高的蜜供，上插彩绘八仙人；各神像牌位前都备好香烛纸马。靠窗一侧高悬着"影"，画的是清制顶戴袍褂俱全的一位老者，面容清癯，正襟危坐，我猜想他就是"恩府君"；八仙桌上是镶着男女老祖、爷爷太太照片的镜屏，供着四座盖碗茶，一堂苹果、一堂满式点心，都用高脚碟子装着；前面是一副缕花蜡台，一座方形四层回文檀香炉，都是白铜的，擦得锃亮；桌子围着杏黄绣花桌披，煞是好看。大约九点种，仪式开始，这时香烛全部点燃，屋里明亮而肃静，先敬神，叩首若干。之后祭祖，以父亲为首，全家依长幼顺序跪成一串，从屋里排到院中。二爹将燃着檀香末的香碟递到父亲手中，父亲将它双手高举，与额齐平，念一句满语"额伦比"后，放置高处，叩头；香碟六个，需行礼六次。而后是拜影，拜先人照片，又是叩头。再到院中，向着若干方向叩头，其中包括给象征祖宗的索伦杆子行礼。而后回屋辞岁，向每一个比自己辈分高和同辈中的年长者叩头，像我等小孩子一晚不知叩了多少头，直叩得晕头转向。礼毕就是守岁了，大家围坐一处，吃年果杂拌，推牌九、掷骰子、玩升官图，不久，我等孩子们困得东倒西歪，相继睡去，这时大人们又到院里"接神"（欢迎灶君上天述职归来），鞭炮声此起彼落，空气中弥漫着烧松柏枝、芝麻秸的香味……

这是在家中举行的亲属最多的一次盛典。二爹等亲属都来新鲜胡同参加祭祖，1946 年以后的除夕二爹就没有再来。可能因为混得太惨，不好向祖宗交代，找个借口就"请假"了。但父母亲对他谅解，还经常给以接济。1948 年冬天他是卖报度日的，早晨八点多钟跑进来，穿着破棉袄，流着清鼻涕，挎着报纸口袋，先抱着烟筒暖手，然后就吃炉子上烤的馒头片或窝头片，喝碗小米粥或刚沏上的热茶。吃完喝完，还得文过饰非地说一句："我可得走了，您瞧这年头！"

小院在寒暑交替岁月更迭中，宁静而不陷寂寞，宽裕而不失勤俭，守旧又不妨纳新。在父母的守护下，我们兄弟姐妹浑然不觉自己已慢慢长大。

1943年　母亲和小弟

房产、生计与交往

父亲自从到邮局工作，一直是个低级职员，所谓一等一级邮务佐，相当于上士班长，工资不是最低；早年又从老家分到几处房子以及一些金银细软，得以维持小康。我生于旧历辛未年五月初一，满六岁时爆发了"七七事变"，此后北平沦陷，时局动荡，经济凋敝，家中能克服艰难，供我们兄弟姐妹长大读书，几处祖业起了一定的托底作用。

禄米仓西龙凤口2号，门在路东，院里四间北房，姥爷崇厚之孤身一人，住在靠东的一小间。屋里光线幽暗，有几件不成格局的硬木家具，放一些壶碗摆件零碎，全是土。院里另外的三间北房，住的是邮局职员何宗林（字子鹤）。他的英语好，曾给姐姐们补习英语，我们叫他何老师。他除了上班就是喝酒，家事一概不管，生活极端贫困潦倒，师娘和四五个孩子都衣衫褴褛，面有菜色。院里破盆烂罐，也不收拾。何老师经常大醉而归，通常是同事找辆洋车，跟拉车的交代好，把他拉回家去。就这样，几次都是仰着脖子，帽子丢了也不知道。父亲不收他的房租，还给他点补习的报酬。

后椅子胡同（记不清几号）九间，住的是姨夫黄为，字也禅，和姥爷一样当然也是白住。黄为也是邮局职员，写得一笔好字，膝下三个女儿：

树芬、树芳、树英，男孩是树芹，和我年纪相仿。大哥增培曾与树芬谈恋爱，被姨反对，说了些贬斥增培的刻薄话，伤了感情，于是姐妹反目成仇，母亲与姨断绝了来往，并且把这一处房子卖掉了。以前秋天去他家打枣，和黄树芹玩，因此都彻底告吹。

大方家胡同 34 号租给开洋车厂子的刘掌柜，这一处房子多是放洋车的棚子。刘掌柜的穿着比洋车夫还要破烂，每月亲自来送房钱，但不肯进街门，偶尔进门也是站在院里说话，从不进屋；他那整天拾掇车的双手漆黑，每次都捧来一捆捆肮脏的毛票；他的准时守信而谦卑，可能和房租低廉有关。

禄米仓 23 号十间，出租，抗战胜利后发生过租金和修缮纠纷；1947 年母亲患子宫瘤，在阜内中央医院住院，请林巧稚做手术，需要一大笔钱，于是把这一处卖了，当时是按一百匹大五福布来计价的。

朝内大街路北十七间，是铺面房，开过绸缎庄、汽车修理行等，房子的地段好，但几茬承租人都经营不善，时间不久就倒闭，租金收不进来；又为修房闹纠纷，大部分时间房子处于空关状态。租户有后台，想卖又不让卖，后来为此打官司，传票来了，父亲不愿去，就叫母亲出庭，直到解放法院也没判下来。

总之，有收益的房产不多，有的还纠纷不断。无论是租是卖，都难逃拉房纤的（中介）坑蒙拐骗，下套杀熟，不免上当吃亏，唯一不操心的，只有自己住的新鲜胡同这一处。我曾听母亲咬牙发誓，绝不能让孩子将来"吃瓦片儿"。

日本人进城不久，陈妈就请了长假（也可能是为了紧缩开支辞退），家中不再有女仆。但父亲母亲从年轻时果断自立，他们已习惯于勤劳度日，父亲骑车上班，风雨不误，母亲抚育子女，家务繁重，在漫长的艰难时世，从不曾被忙碌和疲倦压倒，着力保持着传统的节俭生活方式。沦陷期间，洗脸洗澡最常用的是猪胰子、桂花碱，洗衣用长条的蓝花皂，用时切一小块；如擦洗家具和油污器皿，则在饭碗里放块火碱沏水，特效。那时家里不用牙膏，用的是老火车牌牙粉。烟、酒、茶都是很节制的，母亲用烟袋吸兰花烟，头发上用的是刨花泡的水。父亲吸纸烟量少质低，打半斤酒，极少沾唇，多半用于擦窗户玻璃。父母亲自己没有添过衣服，被子也旧而且破。全家的袜子大半都有补丁，那时粮食极为紧张，家里千方百计存了一些粮食，但为锻炼我们，也让我们吃过几次"配给"的、苦涩难闻的"混合面"。父亲每天早晨要亲自生火，严寒天气也要在院里捣弄半天，为的是省柴省煤；没烧透的煤核要捡出来，凑够一堆时砸碎加水做成煤饯儿。冬天菜少，经常吃熬白菜，坦弟就闹："我不爱吃破白菜，我不爱吃破白菜"，母亲从菜里拨拉出一个虾米："你看，给你留了什么？大虾米！"母亲每天要做饭，又要顾我们身上暖不暖，脚底下冷不冷，拿出夏天打好的"纥褙"，做成鞋帮鞋底，拿到外边去绱。那年我还在上小学，穿了母亲新做的棉鞋在胡同里打"冰出溜"，回家时鞋帮磨成了鞋底，母亲一边揍我一边骂："真不知心疼人！"

"八一五"后，许多日本人急于回国，廉价出卖家居用品，父亲这才有机会给家里改善生活，添置衣物。他从日本人手里买了一批东西：一只五屉柜，几张榻榻米（垫床用），几件印花的绸子大袍（陆续做了被面），还有一大两小的布艺沙发，放在外屋，顿时显得洋气许多。意外的是，从沙发缝里摸出一把折扇，泥金扇骨，扇面是颜伯龙画的锦鸡，父亲说这是名人，这沙发买值了。

孩子长大了要读书升学，父亲坚持要上最好的，其实是最贵的教会学校，我读的是基督教公理会的育英男中，我的三个姐姐两个妹妹都读过公理会的贝满女中。有时赶在一起交学杂费，买各种学习用品，小到自来水笔，大到自行车，又要省钱，又不能让人看着寒碜，很费筹措。大姐的车是日本菊花牌二六女车，死沉，但好骑；二姐三姐的是二手进口车，也不错；只我那辆是攒的，小毛病不断。宠爱女孩是"旗人"家庭的一种传统，姐姐们年长，赶上了高消费的好时光。到艰难岁月，两个妹妹仍然得到照顾，记得她们考中学那年，家里是动用了应急的积蓄，给她们量身做了两套时髦的"父母装"，即上身大襟花棉袄，下身呢料西服裤，皮鞋。父亲笑眯眯地鼓励她们："穿上！找同学玩去吧！"

父母忙碌之余，难免有些杂事，自己没有体力去做，这时母亲就念叨，要是安永山在，或者小陈儿来一趟就好了。

安永山，三十多岁，赤红脸，据大人说他是焊铁活的，蓝布工人裤，也还整齐；有点文化，能拽几句《论语》《孟子》。每年来几次，进门给"大爷""大奶奶"请安，和父亲母亲能聊大半天，完了就问有什么活要干。那时我还小，爬到他身上，骑在他肩上揪他的耳朵，大人不管，他也不恼。留他吃饭，他也不客气。现在回忆，大概早年有过雇佣关系。小陈儿，是陈妈的儿子，没人叫过他的名字，是个瓦匠或木匠。小脑袋，剃得溜光，笑起来一脸横纹，浑身是劲，永远是短打扮，骑一辆很破旧但很结实（不松不旷）的自行车，后架上捆着麻绳，随时准备驮东西。陈妈辞活后，他偶尔还来，来了也是请安，遇上父亲母亲生日还磕头（也许就是为这来的）。谦逊、勤快，院子里有什么要拾掇的，登梯爬高，挂竹帘子，安洋炉子，糊顶棚，换玻璃之类，他都包了。一次他驮着我去鼓楼，路那么远，风那么大，他一路疾驰，我大为佩服。

沦陷时期还有一位客人是金伯华，我们叫他大爷，远亲，是位宗室。五十多岁，光头，圆脸，双眼皮，稀疏胡须，长袍马褂，礼数讲究，满面堆笑，一口一个是、嗻。他几次来家里，说是要去张家口，和父亲母亲小声商量什么，又取出香烟倒空，把钞票（蒙疆银行的"绵羊票"）卷紧塞进去，看来是想瞒过检查。后来听说是去倒腾什么东西，并未得利，但因凶险惊人，以后没有再来了。

真正常来常往，隔三差五串门的是姥爷，姥爷大号叫崇厚之，养着黄鸟，天天提着极精致的鸟笼，到禄米仓北口的广义永茶馆闲坐，再就是看望新鲜胡同的母亲或后椅子胡同的姨。姥爷冬天穿的皮坎肩上都是油光，夏天是汗褟儿或汗落儿，露出胳膊上一大块牛皮癣。您抽烟还是用火镰，我试过多次打不着；您晚上走路用的玻璃罩的马灯，多大的风都吹不灭。姥爷到家里来，要沏一包新茶慢慢喝，边喝边说些"攒儿"上的见闻，或是跟我们"破闷儿"（猜谜语）。姥爷随和，赶上饭口有什么吃什么。但一听父亲母亲拌嘴，转身就走，绝不介入。

关于人情来往，还应提到父亲两位邮局同事，又是两门"干亲"。

第一位是大姐的干爹，邮政局G科长。他家住霞公府，既富且贵，父亲似乎很巴结他，我在十一二岁时曾随他去做客，看到G家居室豪华，饮食讲究，男宾都是西装革履，女宾更是珠光宝气。我第一次看到会摇头的电扇，喝带响冒气的辣汽水，顿觉自己土气。G科长又是一位曾经登台彩唱的京剧票友，一次送了红票来，父亲带了全家去捧场，剧目早忘了，只记得主角是G科长的小生戏，他唱腔与念白都像刀割，脸上那么厚的白粉盖不住皱纹，大家还鼓掌叫好！干嘛要看这样的戏？后来慢慢明白了。大姐喜爱京剧，她照过许多剧装相，那时兴捧角，她就在东安市场的吉祥戏院包了一个座，下午不上课时，就从灯市口跑去看戏。大姐和G科长的女儿是贝满同学，她们都是骄奢任性的女孩子，父亲支持她们结为知己；大概这样就创造了机缘，结果是大姐拜了"名票"G科长为干爹。1942年，G干爹受父亲之托，给大姐介绍了一位男朋友，年轻漂亮自不必说，出身地位更使父亲满意，转过年来，举行了订婚仪式，请了客，照了相，下了定礼，父亲很高兴，显然，他想通过这门亲事攀附权贵。不料缘分不合，大姐同她的男朋友吵了架，后来关系日益紧张，无论如何劝说，大姐非但不听，而且把矛头指向父母、指向G家，她决然提出终止关系，取消婚约。希望越高，失望越大，父亲气得发昏，却又投鼠忌器，怕把女儿逼向绝路，只好妥协。父亲的一肚子怒气怨气，只有向着母亲发泄。而在邮局，可以想象，他在G科长面前是如何责骂女儿不识抬举，在同事面前是怎样自我解嘲。

第二位是我的干爹S先生，满族。也是邮局高级职员，膝下无儿，求子心切。我家因为子女多，父亲母亲对于小时的我，并不特别钟爱，四五岁时，让我给S先生磕头当了干儿子，干爹大喜，打了一把刻了我名字的金锁送来，但父亲母亲又好像舍不得，只是每年打发我去住几天。

S先生家住东四北，一个很深的大四合院，街门、二门、跨院，从垂花门进去是北房五间，东西厢房各二间，南房三间，是个富裕人家。S干爹是个大胖子，眼睛眯着，说话有鼻音，脖子上有肉褶，样子有点像傅彪。干妈很好看，但很憔悴，有气无力。干爹的家庭成员全是女的，首先是"老大爷"，干爹的姐姐，五六十岁未嫁，头发梳得光光的，衣服整洁，尖口缎鞋，慈眉善目，是全家的龙头老大，说一不二。其次是四姑，麻脸，丑相，六姑，相貌比较正常。她俩都四十多岁，也都是老姑娘。竹子

（小名），干爹的独生女，比我大五六岁。南房住的是S干爹的弟弟，我称他二爹，也在邮局上班。二妈大眼睛，长刘海，脸白皙。他们的独生女叫二头（也是小名），比我大一两岁。这两家人并不怎么亲密，都不怎么爱说话。各自生活，日子过得了无生气。

  我每次去S干爹家，都感受到难捱的宠遇。老大爷、四姑、六姑把我当作奇珍异宝，呵护备至，给我擦，给我洗，问我吃不吃，喝不喝，拉不拉，困不困，我走哪就跟到哪，我实在不得劲。唯一盼着竹子、二头放学和我玩一会儿，女孩子家兴趣虽与我不同，但有她们陪着，我们可以到垂花门外的跨院去玩，这里有我从未见过的向日葵，有墙根下许多种花草，其中一种开的小红花，摘下来用嘴可以咂出一点甜味。更难忘的是压水机，压了几下不见水，再压，突然一股粗大的水柱喷出，衣裤鞋袜全湿了。跨院里还有一间小屋，住的是"老舅"，一个二十岁左右的青年，一大堆书，整日苦读，我们去玩他也高兴，讲故事做游戏，调剂了生活。他不和干爹家来往，自己做饭吃，我从中似乎也体味到一点人情的冷暖。不久，干妈去世，S家大办丧事，我去守灵。院里起了丧棚，满院挂着挽联，人来人往，又请了和尚、喇嘛来诵经，放焰口。佛事音乐、喇嘛的钢号使我兴奋至极，毫无哀思。出殡那天，由穿了白孝衣的我来摔盆，我虽然是"干"的，可毕竟是儿子，竹子则无此资格。

  干爹下班到家，众星捧月，有的给他脱衣服，换鞋，有的给他沏茶倒洗脸水。他仰靠在躺椅上，问我吃了没有，玩了没有，倒也慈爱。吃饭时给我夹菜，叮嘱家人给我爱喝的汤里再加点味之素（当时是珍贵的日本货）。后来，干爹调南京（汪伪政府？）去了，"八一五"后飞回北平，但父亲没有叫我再去过S家，他对干爹不大恭敬，我曾听他几次讥讽干爹，说他在公文上咬文嚼字，以误为正；说他坐飞机带家具，又土又抠……那么，当初为什么和S家那么近乎，攀这门"干亲"？干爹回北平后担任了邮局管车的什么长，显然还是有所"照应"，不但爸爸的自行车换了新的邓禄普外胎，还给我的车换了一副新的飞利浦车把。

  这两门"干亲"对我幼小的心灵，似乎有点腐蚀。G家的气氛使我自惭形秽地压抑，S家的气氛则有一种说不出的朽恶，后来，我读了巴金的

《家》，曹禺的《北京人》，发现高府、曾府中令人窒息的空气，和我的现实感受是相通的，无论是我的亲爸爸、干爸爸，当他们发家长之威，使我痛苦和困惑时，我都有某种模糊的联想。

儿女长大　风波迭起

父亲的驱壳早已离开老家，他的治家观念却仍因袭老家那一套，"朕即国家"，父为子纲，夫为妻纲。他的封建家长统治，使全家每个人都受到过伤害。对于挣钱养家的父亲，全家都无条件顺从，但有时父亲的指令、要求脱离实际，不合情理，又不听解释劝说，甚至还要借此抖抖家长威风，"家暴"和抗争就不可避免了。父亲常常扬手就是一巴掌，或是抄起炕条帚、鸡毛掸子，所以我们背地里叫他"老虎"。父母亲之间有些矛盾只是生活琐事，暴风雨后，烟消云散；有的则是为子女教养发生的龃龉、口角，则是影响深广的是非利害之争。举凡我们的学业、举止、仪表、交友等，"老虎"认为不好、不妥、不入眼的，大加挞伐之后，还一定要归结为母亲把我们教坏宠坏了，说母亲把某种劣根性传给了我们。

母亲受了委屈，无处诉苦，只能忍耐，自己化解，因为娘家没人。母亲在精神上受到的伤害痛入骨髓，但由于社会潮流的冲击、子女们逐渐长大懂事，父亲的家长统治日益动摇，又使她增添了几分忍耐，一丝希冀和指望。

记忆中的风波，始于20世纪30年代末的大哥，他读过几个中学，因为惹事生非，都没有读到底。一次学校失火，尚未查明原因，他和同学打赌比胆量，竟走进火场去吸烟，结果被警察捉去。父亲忙去托人，花钱请客，打通关节，洗刷了纵火犯的嫌疑，才把他从局子里接出来。后来父亲给他找了一份工作，让他在熟人关照下学点本事，谁知他不求上进，工作散漫，讲究穿戴，以致贪玩失职。父亲认为他大逆不道，太丢面子，恼怒训斥，打骂不已，表面是家规很严，其实是教子无方，多少次闹得沸反盈天。1942年大哥终于负气出走，不辞而别，据说先是想到河南投奔一个朋友,后因战乱而行不由胫,辗转闯到了抗战大后方的四川。父亲母亲为他的下落不明终日焦虑,担心他不能自食其力,困死他乡,又担心没人管教,招灾惹祸。大约1944年春天,居然收到了大哥的来信,说他已到了四川,还当了"青年军",父母更是恐惧不已,怕被日本人知道了,被视为"通敌"获罪。他们心中愁苦,又无计可施,常常在夜晚压低声音猜测、争辩、互相埋怨。有时父亲咬牙切齿地把母亲指为万恶之源,母亲满腹冤枉和委屈,不作声地流泪。这封信是从四川走云南、缅甸(安南?)转香港、上海才寄到北平的,通信如此艰难,团聚更不可期,除非战争结束,而这在当时是无法预料的。

大哥出走不久,是大姐订婚、撤婚的风波。大姐娇生惯养,是父亲的掌上明珠,高兴时以孝女自居,使起性来则不顾一切,谁都奈何不得。父亲曾戏称她是神仙,即惹不起之谓也。她1935年入贝满女中读书,学校在灯市口,离家二里多路,她却要求住校,父亲竟然答应了,真是不可思议!1941年后,大姐的婚事遭遇失败,自尊心受挫,像是一触即发的火药筒,谁也不敢再多嘴,于是一拖再拖,成了老大难的禁区。1943年她考入北师大历史系,好像要发奋读书了,转过年来忽然又改了主意,进了北京艺术专科学校(后来的"北平国立艺专")图案系。她画过许多广告画,办过画展,曾在一个广告社任职,但一直没有什么成就感,倒经常为单身待嫁招来各种烦恼,回到家动辄发脾气。幸好,1947年夏她毕业不久,在天津找到工作,又找到对象。父亲为她的婚礼筹措了一笔钱,其他的事完全束手无策,只能听之任之了。

继大姐的婚姻风波,严重事件是二姐的自由恋爱。二姐生性活泼,爱说爱笑,不拘礼数,率性而行,在家是个孩子头儿,到别人家去摘花打枣,都是她带着我们去。她高中是在光华女中读的,那学校和辅仁大学同属天主教会,她曾给我们演示神父传教的模样,逗得我们哈哈大笑。在她来看,这世界是好玩的,到处都可以寻开心。1942年伪华北政务委员会委员长朱深死了,出殡那天,她带着我们弟妹(14岁,11岁,8岁,6岁)四人去看热闹,从东四跟着出殡的队伍走,经过东单、东长安街,走到前门。我们都走不动了,她就到邮局找父亲,父亲大吃一惊,把我们领到小饭馆吃饭，又亲自送我们回家，然后跳起脚来把她大骂一顿，但她满不在乎，躲到学校很久不回家。1943年她在读高中三年级时，不知是什么机缘，同辅仁大学数理系学生刘杰谈上了恋爱，而且热烈执着，很快发展到私订终身。书是不愿再读了，刘杰是她唯一的选择。这是一桩出乎意料、情理难容但又不得不同意的婚姻，父亲最要面子，而女儿偏不给他面子，胸中恶气难消，倒霉的又是母亲。这年秋天，刘杰毕业留校任教，两家长辈在西单同春园饭庄，为他们举行了庄重体面的婚礼。记得送二姐踏上扎彩汽车的一瞬，父亲突然亲情迸发，失声痛哭，第一次看到父亲如此儿女情长，我十分惊讶。

1945年秋家人于旧宅（右一为作者）

过了大半年，父亲的怒气刚刚平复，突然祸从天降，刘杰失踪了！原来刘杰是从事地下抗日活动的国民党员，由于身份暴露，仓皇逃出北京。外表朴质老实的女婿竟然有这一手！父母大为骇怪，又心痛女儿遭此不幸，连忙雇了车，到鼓楼把临产的二姐接回家来。没过两天，一个黑衣警察带着两个黄衣日本宪兵闯进了门，站在院子里，向二姐和母亲追问刘杰的去向行踪，当时我什么也没听清没听懂，只是远远盯着日本宪兵腰上挂的长长的战刀。那天父亲好像上班去了,他在邮局是否受到追查我已无印象,只记得晚上大人都不说话,一劲儿催我们睡觉。从此父母亲再次陷入极端的恐惧之中,不知杀身之祸哪天临头。几个月后,刘杰捎了信来,说是一路坎坷,又大病一场,流落在河南槐店教书为生。至于何时能与家人团聚,也和大哥一样无法预测。

大哥出走,大姐二姐的婚恋,刘杰的失踪,对父亲的尊严、自信,对于平安度日的愿望,都是一连串沉重的打击。

革命潮流中失控的家

日本投降后,父亲很高兴了一阵子:大哥戴着青年军的上尉军衔归来,很快办理了复员手续,并与旧日情人喜结连理,又在天津邮局谋了差事,几个月后和大嫂一起离开了北京——确切地说是离开了父母。二姐夫刘杰也从河南归来,他被日本宪兵追捕的事实得到确认,又有辅仁同学的帮忙,得到了天津北洋大学任教的聘请,这样,二姐和她的宝宝,也赶赴天津,有了满意的归宿。父亲因儿子是国军军官,女婿是地下的国民党员,都与抗战胜利相关,在同事面前虽不张扬,也掩饰不住开心长脸得意的心情。至于对大哥的种种不满,对刘杰的许多看不惯,都暂时收了起来。那一阵子他的心情好,奢侈地给自己定了一份报、一瓶奶,有时还约人来家打麻将牌,这是家中仅有的几次。牌友是四太太、高叔璜,还有附近的一位同事张景惠。高叔璜比爸爸小,三十多岁,也是邮局职员,住竹竿巷,一叫就来。父亲母亲要我们称他高三叔,而自己叫他高三儿,他也不以为忤,答应得很脆。他有一段时间常来,跟大人孩子都很亲热随便,我们怎么跟他訕脸他也不恼,父亲母亲也只是作呵斥状,并不认真,可见礼数对他已是例外。高三叔是有学问的,给姐姐们讲过国文课本,他的字也写得好,但自己并无自尊心,总是一副潦倒不在乎的样子。他们每次打牌都是多少钱一锅,输赢就这些。多少钱呢?记得有一次母亲卖了些破烂废品,就这点钱他们玩了一天。

爸爸的穷开心没有维持多久,又被三姐的意外出逃,拖回了恐怖的

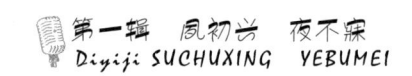

悬崖。

　　三姐在贝满中学毕业后，于 1944 年 9 月考入北京大学法学院法律系。1945 年抗战胜利，国民党政府对沦陷区的大学生要进行"甄审"，群情愤慨，起而抗争，从那时开始，她就全力投入了学生运动之中，而每次回家来都是滔滔不绝。1946 年上半年，国共谈判，政协开会，北平设立了军事调处执行部，三姐曾和同学们一起去北京饭店访问中共代表团。后来又在北大红楼办起了抨击时政的《新法壁报》。从此来去匆匆，十分忙碌，回到家里不再帮助母亲做家务，而是忙于写稿子、编材料，母亲很体谅她，更加殷勤地为她做饭洗衣。父亲讥笑她开口民主闭口民主，给她起了个外号"三民主"。当时父亲也关心时事，愿和"三民主"讨论内战与和平的问题，但他对国共之争的本质、内容、形势，远不如女儿知道得多，常常是理屈词穷，笑骂一阵拉倒。就在他为三丫头的能言善辩而得意的时候，他哪里料到，1946 年暑假，在地下党的安排下，三女儿曾去解放区张家口参观，还带回来一些《晋察冀日报》。1947 年"五二〇"反饥饿、反内战游行，我在西长安街西口，看见她正站在高处向市民演讲，一派热血沸腾、慷慨激昂的风采。

　　当父母意识到三姐的言行危险时，已经晚了。她在这一年 6 月 14 日加入了共产党，随后被秘密调往冀中河间，到晋察冀中央局城工部学习，9 月回到北平后，多次冒险到天津，与南开大学学生会联系学运，执行党交派的工作任务。1947 年 12 月，她因身份暴露被通缉，由于敌特监视，被困在北大灰楼女生宿舍。1948 年 1 月初，她剪掉长辫子，用火剪烫成卷发，换上时髦衣服，在同学掩护下走出灰楼，从前门火车站乘车到天津，转往沧县解放区去了。当天一位北大同学来家，告知三姐成功地离开灰楼的消息，使母亲得到一些慰藉；但晚上父亲回来说，今天南池子北池子戒严抓学生，两人详细核对了具体时间，结果目瞪口呆，原来同一时间的戒严地段，正是三丫头的必经之路！这天晚上，父母亲是少有的互相劝慰，往好处想；又一趟一趟打发我到门口张望，看左右方向有无可疑的人……此后，他们多少夜晚都不得安息，真是度日如年啊！我可怜的父亲、母亲！

三姐之后，我是又一只出笼的鸟。我历来喜欢课外读物，开始是武侠神怪小说，初中以后读的是《西游记》《水浒》《聊斋》，以及巴金、老舍、冰心等人的小说；我为曹禺的四大名剧所倾倒，张恨水的一些社会小说也曾让我爱不释手。

抗战胜利，学校恢复了育英的原校名，也自发地展开了对于时局的讨论。原籍东北的和原籍华北抗日根据地的学生，出身豪富的和家境贫寒的学生，囿于正统观念的和有机会接触进步思想的学生，对解放区的土改、对苏联红军进入东北一知半解的学生，见闻不同，感受不同，传递、争辩着来自各地的信息，而街头巷尾的饿殍伤兵，"善后"物资的流通收售，也促使我们这一批高中学生开始关注社会，思考正义，走向成熟。

1946年起，受三姐和同学的影响，渐渐地，我不再结伙去郊外窑坑野泳，或爬城墙摘酸枣，不再没心没肺地嬉笑打闹恶作剧。我的课外读物不再是神怪武侠、各种探案，在转而阅读了动情的《哀史》(《悲惨世界》)、巴金的《激流三部曲》、曹禺的四大名剧之后，带着人生的思索困惑，又跑到北大红楼看壁报，虽未免缘木求鱼，但那些新鲜有趣的时事报道和政治论战，更强烈地吸引了我。我一知半解，并不全懂，但是趸来就卖，很乐于把自己听到的消息、接受的观点说给同学听，还时常夹有炫耀的成分。逐渐地，我的阅读兴味转向了《民主》《文萃》《观察》等报刊，而解放区的小说《李家庄的变迁》等，吸引我走进了一个别样的世界。1947年上半年，读了艾思奇的《大众哲学》、华岗的《中华民族解放运动史》等几本新书后，思路大开，颠覆了过去书本灌输给我的历史观，也就更没有心思去读数理化。1947年夏天高二期终考试，我的英语、数学不及格，当了留级生，在家里挨了骂，在同学面前也不大好意思，但心里并未把留级看成奇耻大辱，相反，对时局、对政治的兴趣有增无减，颇有点燕雀安知鸿鹄之志的劲头。这年暑假，我在地下学委领导的助学运动中，被分配在学校门口义卖西瓜，可能是对公益事业的热心，加速了党组织对我的考察。开学不久，一位品学兼优的同学找我谈话，介绍我参加了民主青年联盟（民联）。

地下组织的纪律是严格的，印象最深的是不允许发生横向联系。根据指示，我把高××、顾××加以警惕和疏远，同时又主动接近一些有进步倾向的同学，吸引他们阅读进步书刊。在小组内部，不定期地学习一点基本理论、政策的知识，传送一些情况通报。回想那时自己的种种言行，只有幼稚可笑，何谈什么机敏果敢，唯一值得纪念的是，在当局镇压学生运动的背景下，一个浑小子有了一点敢于抗争的责任感。

也是在同一时间段，父亲带我跑了几次德胜门晓市，这是一个依靠心机挣钱的旧货市场，后半夜就出发，骑车到晓市天还没亮。我跟着他买卖银圆、出售家中的无用杂物，有时要我看摊，他一人到处转，看有什么适合家用的价廉物品可买，看人们在袖子里捏手指头（讨价还价）。天稍亮时，人群渐渐散去，有赚了昧心钱得意洋洋的，也有因上当受骗在骂街的。父亲带我跑晓市，是让我体验生计的艰难，也见识市井的诡诈，这确实达到了目的——我曾背着他在晓市买过一块手表，讨价还价只一个回合，就以意外的低价成交。这块表只走了半天，无论怎样摇都不动了，打开看时，原来里边是口香糖粘着竹篾顶着齿轮。跑晓市，让我长了谋生的见识，也多少体验了底层社会的复杂，启发了富贵与贫贱的思辨和朦胧的家国意识。

1948年夏，北京的政治环境一天天严酷，民联组织的各类活动减少，秘密的政策学习和情况通报相对多一些，从深秋到严冬，小组成员曾执行了几次散发传单的任务。父亲对我的行迹反常似有觉察，但没有戳破，只是虚张声势地责骂我不好好读书；母亲则悄悄告诉我，她发现了我藏在东屋的一本书和油印传单，觉得有危险，已经转移到西边的砖堆里了。她央求我注意安全，而不是央求我别再参加课外的危险活动。他们已经意识到，自己年近半百，较大的子女都已出走，唯有期望我平安长大，顶门立户；对我不敢再用传统的暴烈手段，怕逼我正面对抗，又怕我陷入官府的网罗，不得已而又无奈，对我的管束反而相对宽松了。

1949年1月下旬，得民联小组长通知，即日起在家待命，听候调遣，如解放军打进城，有作向导或护校的任务。29日又来告知，谈判成功，北平和平解放，明日去学校接受统一安排的工作。30日清早，我兴高采烈地来到学校，看到很多同学、老师，都在忙于制作迎接解放的标语旗帜，排练锣鼓喇叭，这样热闹的情景完全出乎我意料，觉得自己的先进性大打折扣，有些瞬间的扫兴，但很快也就置诸脑后，忘情地投入了欢迎解放军的工作。

轰轰烈烈的入城式，使志在改天换地的学生狂欢不已，随即掀起了参加革命的大潮。组织上给我的第一个机会是参加地方工作。我的一个革命小友选了这条路，他立刻挎上了小手枪，我很动心，因为这工作又风光，又不离开北京，可是话一出口，父亲就勃然大怒，也不讲什么道理，只是说，你敢去，我就砸折你的腿！第二个机会是进华北大学，不用考试，组织保送。但父亲鄙视地说，那也叫大学？母亲劝我，再读半年拿了毕业文凭，考个正经大学多好。我默然，知道他们是不愿我离家，而我对离家自立也还有些心理准备不足，但我对读书已毫无兴趣，我朝思暮想的是革命，是去实现那伟大的理想，是参加那翻天覆地的斗争。这时，第三个机会来了，民联要推荐一批成员，参加第四野战军南下工作团，学习一段时间后离京南下，到新解放的地区工作。我不再去征求父母意见，毫不犹豫地表态：去！

3月3日，我把一些要带走的东西偷偷拿到西屋，正在打包袱的时候，母亲进来了，问我要干什么，我心慌意乱地告诉她：我要走，我要去南方革命。她很吃惊，但很快平静下来，并没有我想象的那样伤心，也没有建议我再作考虑或表示反对，只是详细问了南工团的情况，然后帮助我重新准备衣物，我反而没了主意，一切听她安排。最后，我觉得感情已经支持不住了，眼泪不由自主地流了出来，她也难过，嘴里却说："要哭就别去！"于是我匆匆告别，她把我送到街门，开了个门缝让我出去，哽咽着说："趁你爸爸没回来，快走吧……"

在南工团学习期间，我回了几次家，穿着军装，扎着皮带，戴着臂章。父亲看着我，哀伤而无奈地说："走吧，走吧，都走吧，跟这个党的，跟那个党的，你们都走吧！"说完叹口气，不再理我。我最后一次回家，对母亲说，明天就要出发了，什么时候再回来可说不准了。母亲沉默了一会儿，用最平静的声调说："去吧，去吧，好好地干，我知道你要强。"她带我到东屋，从神龛后面摸出四块银圆给我，又点燃三支香，自己先跪下给佛爷磕头，然后要我也磕，我顺从了。这是我穿着军装唯一的一次磕头，我跪在地上，觉得面前佑护我的并不是神佛，而是我的父亲母亲；他们对我的理想信仰并不很明白，我只能用这古老的礼仪告诉他们，我将永远牢记养育之恩，不负他们的期望。

那年我十八岁。

(1995年写　2014年整理)

二　光景宛如昨

——早年音乐生活杂忆五篇

小　序

我的音乐生活从"摇篮曲"和儿歌开始，入小学后在音乐课上（那时叫"唱游课"）学唱歌曲，在家里听收音机，或跟着大人学唱各种腔调——包括戏曲、曲艺和歌曲。上中学后审美心智开阔起来，除校园歌曲之外，边远民歌、教堂圣诗、都市流行歌曲等兼收并蓄。新中国成立前后，更是接受音乐教化的高峰，十八岁参军后到宣传队，演唱和演奏寓教于乐的歌曲乐曲是工作职责，又是一种文化的学习和享受。后来工作变动，学唱新歌渐少。随着文化领域左的倾向加剧，唱歌的选题和感受越来越不正常，"文革"中，以前唱过的歌曲多被封杀，或被质疑，又兼身受批斗，索性钳口噤声。此后，封闭自律越来越重于张扬个性，在欲望和表达的矛盾中，多年来喜爱的歌曲不再唱响，却仍然活在心里。

经过盘点，这里集中了儿时到二十二岁（1953年转入综合性文工团以前）学唱的歌曲。为什么选择这样的时间段？第一，这是中国的社会生活发生剧烈变化的时段，这段时间唱过的歌，无论哪种题材风格，大都强烈地反映着音乐与那个时代群众生活——特别是与青少年群众的联系。我并不是专业音乐工作者，但我搞了一辈子群众文化工作，习惯于从群众需求的角度来认识、评论歌曲的价值。第二，许多唱过的歌，曾经给我以人生的启迪和引领；它像一面镜子，折射着历史的明暗，生活的甘苦；它的音符上曾挂着我的天真和青涩，让我在快乐、追求、迷惘和感伤中，汲取了成长所需的营养。至于之后的歌，有越来越多功利因素干扰，应该另行研究。

　　在确定的范围内，收入歌曲的唯一条件，是情感记忆中有无不可磨灭的烙印；选收时我并不考虑词曲作者的名望、评价，也不看重那时的文化形势，但实际的效果是必有联系的。

　　心神的穿越像一阵阵轻风，吹燃起往昔的激情；回顾自己的成长史、习艺史，虽然见闻有限，但还是写下了一些感慨。经过长久的酝酿，我把入选的歌曲分为旧梦、萌动、阳光、反刍、异域五篇，并逐篇写下经历和感受的文字，全称为《光景宛如昨》。

　　每篇文字之后，还附有相关歌曲的解题，对一些歌曲，我还写了传播特点、背景和并无把握的个人评价。对具体作品的处理，基本是根据其流行的广度和重要的程度，也考虑过去对个人的影响和现实的意义，因此格式繁简不同，属于经典的、著名的作品，只注明了词曲作者、创作年代和出处；其他则增录歌词的起首句或选段，多段歌词或引一段或全部，也有个别歌曲附了曲谱。对已经变化的歌词，尽可能选用当时接触的版本，以存历史原貌。实在找不到完整资料、全凭自己记忆的，极个别既生僻又不明出处的，尽量做些说明。

　　我的《光景宛如昨》不是专业的述评，只是音乐情感的忆旧、体验，但希望它对于探索文化传承、艺术教育，有比较或参考的作用，有助于读者的鉴赏。

（2015年1月18日改）

　　附所收歌曲的出处简称如下：

　　(1)《香慈歌集》（香山慈幼院校友会·内刊·1999）简称"香"；

　　(2)《红歌大家唱①》（现代出版社·2009），简称"红"；

　　(3)《中国近代军歌初探》（解放军文艺出版社·1986），简称"军"；

　　(4)《中国学生运动歌曲选》（音乐出版社·1956），简称"运"；

　　(5)《中国民间歌曲集》（花山出版社·1998），简称"民"；

　　(6)《南下工作团唱过的歌曲》（南下工作团团史征委会·内刊·1994），简称"南"；

（7）《广州军区优秀文艺作品选·歌曲卷》（解放军文艺出版社·2000），简称"广"；

（8）《不了情》（北方文艺出版社·2006），简称"不"；

（9）《秧歌剧选》（人民文学出版社·1977），简称"秧"；

（10）《上海老歌名典》（上海辞书出版社·2007），简称"上"；

（11）《中国流行音乐简史》（中国文联出版社·2004），简称"史"；

（12）《苏联歌曲珍品集》（中国电影出版社·1995），简称"苏"；

（13）《世界电影经典歌曲500首》（中国电影出版社·1996），简称"电"；

（14）《外国歌曲第一集》（人民音乐出版社·1979），简称"壹"；

（15）《外国歌曲第二集》（人民音乐出版社·1979），简称"贰"；

（16）《外国名歌201首》（人民音乐出版社·1981），简称"名"；

（17）完全依靠自己记忆的或在网上查得信息的歌曲，简称"自"。

第一篇　旧　梦

这里编入了儿时到十四岁前（抗战胜利前）听过的或学唱的歌曲。这些歌来自学校的很少，大多是听家里大人们唱了，自己有意无意模仿过。有些歌曲因少有人演唱，或从未流行，早已濒于消亡，其词曲资料，多存于内部或古旧的书刊中。

我于1931年出生在北京，六岁时爆发了"七七事变"。本来小康的家境，因国家民族的灾难变得日渐困顿艰难，但毕竟还有一个自家的小院，稳定的环境，亲情的温馨和古城生活的美，滋育了幼小的心灵，留下了许多"旧梦"。

每天哄着懵懂的我睡觉，是我的第一堂音乐课，母亲抱着、摇着，轻声唱着我的小名，然后是"高粱叶子哗啦啦……麻胡子来了我打它"，和一些模糊的儿歌民歌。姐姐们为我——后来又为弟弟妹妹们唱的，是勃拉姆斯和舒伯特的《摇篮曲》，洋人演绎的亲情母爱，超越时空的阻隔，给了我同样温暖甜蜜的守护。

毕竟是文化古都,居家内外,到处都有生活的音符。

东方发白,号声响起,城墙上的号兵们,一声比一声高地拉着长声拔音;接着,胡同里传来送牛奶的清脆车铃;天光大亮,不胜重压的独轮水车吱呀吱呀叫着,忽走忽停;悠扬悦耳的鸽哨在蓝天上呼啸着,时远时近。家门北边有个小广场,有时"救世军"来这里布道,孩子们围着,为了听那每隔几分钟演奏一遍的洋鼓洋号;大人们围着,等着领取免费的《马太福音》《路加福音》小册子。小广场上空没有树木电线,晚间常有办丧事的人家,来这里"送三"(或"送库"),焚烧冥器。前面一班面有菜色的吹鼓手,用号筒、大鼓、斗锣、唢呐,单调地宣示着无奈和悲哀;队伍的最后是和尚,因为离智化寺近,往往从那里请来;富裕的丧主会请九个或十一个,一律披红色金线袈裟,响器俱全,手鼓、九音锣和大小铙钹轻重交错,横笛、管子、竹笙高低悠扬,悦耳动听(长大才知道那是明朝传下来的"京音乐")。偶而遇到僧道番尼俱全的大场面,那可更加兴奋激动。我特喜欢喇嘛,老远地迎上去,看着那长长的钢号,既希望多吹几声,又害怕地捂着耳朵。

如果不出门,家里也不寂寞,大姐姐大哥哥们放了学,就和我边唱边玩,让我这样的城市孩子听到许多新鲜有趣的东西。作为"旧时余韵"的一些古典歌曲,如《木兰辞》《板桥道情》等,当时似懂非懂,却为后来诵读传统诗词做了铺垫;早年的学堂歌曲《农家乐》《卖布谣》,生僻的题材内容扩大了知识面;一批用外国曲调填词的《我的家庭真可爱》《云》《送别》以及流行歌曲中的《划船歌》等,好听好唱,一学就会,培育了听觉审美能力。家里有一架脚踏风琴,他们教我用一个指头,按简单的乐句,后来有一两个键不好使了,他们也玩腻了,轮到我来独占,我把白键黑键拆了装,装了拆,几年以后,已经无法复原。

一台三个真空管的收音机,播放的都是大人爱听的戏曲、鼓曲,因常年响在耳旁,习惯了那些腔调和韵味,但又对它的内容基本无知。曾使我关切并留下深刻印象的,是来自隔壁大杂院的异样娱乐,那是几个出卖劳力的单身工匠,晚饭后有时拉起板胡,唱起怯口的梆子、小调,尖亮与沙哑交错的嗓音，寄托着莫名乡愁。因为听大人说过他们的坎坷艰难，我从这怪异的声音里，想象着生活的苦涩。

"七七事变"那年开始上小学了。朝会上唱《卿云歌》（北洋时期国歌），哼哼呀呀，死气沉沉，不知所云，心不在焉。列为音乐教材的"中日亲善""中日满提携""新民会"题材的歌曲，老师教得敷衍，学生荒腔走调。而老师教的另一些如《卖报歌》《月明之夜》《我们大家在一起》，则让我们享受了天真无邪的快乐。稍长几岁，关于苏武、花木兰、岳飞的，关于忠孝仁义、改朝换代、善恶报应的各种古典诗文，"爱国""抗暴"的种种明示暗示，通过故事传说，唱词谣谚等，渐渐从书本上、口头上传来，这种文化意识的传承，艰难曲折地同国土沦亡的现实联系着。记忆中有深刻印象的首先是《苏武牧羊》，这首歌作于1914—1917年，很快广泛流行，我小时多次听过底层群众（如洋车夫、油盐店的小伙计等）唱这首歌。据说20世纪40年代成为一部电影插曲，它表达了威武不能屈的意志，甘为国家牺牲的信念，真是深入人心。其次是《黄族歌》曾在学校流行。我读小学二年级时唱过，虽未懂词意，但"不怕死不爱钱，丈夫绝不受人怜"，很直白硬气，在脑子里扎下了根。还有一首《登蓬莱阁》，大概是因旧军队唱过，北京底层群众也有咏唱。对它的第一句"北望满洲"留下印象，为什么望满洲呢？后面的词都模糊不懂。抗战胜利后才知道，歌词作者是拒不与日本合作的北洋将领吴佩孚。

音乐本应是美妙怡情的，但有时也会引来危险和恐惧。记得读初中时，一个同学突然哼起"九一八"，老师怕传到日本人那里，立刻训斥制止，又为此提前放学，大家莫名其妙，心情紧张，不知有何灾难而惶惶然。另一个例子是，列队去参观官办的"大东亚博览会"：远远就看见许多升空的彩色气球，下面挂的是"中日满共存共荣"之类的标语，会场播放着震耳欲聋的日本军歌，震撼而暴烈；入口处是一只老虎张开的血盆大口，展厅里布置着庆祝"昭南岛（新加坡）陷落"等灯光布景：南洋岛屿夜暗的丛林中，上下左右转动着飞机轰炸、军舰开炮和持枪的士兵模型，闪闪的红光显示"皇军"的胜利和威慑。压抑、紧张，胜过了童心好奇，在弘扬"武士道"的铜管乐中，老师低声催促着"快走！快走！"领着我们逃出会场……

岁月如歌，真的如歌！我家院里的大鱼缸，常年种着水葱，养着小鱼。日本投降后，爸爸放空了水，搬开水缸，像变戏法那样，从缸底的空心座里掏出一些"禁书"，我大为惊奇！八年了，书已被泥水沤烂，但还能辨认出这本是三民主义，那个是童子军读物，还有几张歌曲。大姐平时只唱流行歌曲，二姐平时唱的是赞美诗，三姐平时喜欢唱京剧，但在这时，她们竟都能唱起《大路歌》《开路先锋》《毕业歌》等，而且毫无隔世太久的生疏之感。她们还唱过气势高昂、热烈奔放的《美哉美哉中华大国》（这首歌有四段词，第二、三、四段依次唱的是中华民族、中华民国、中华国民）；还有轻快活泼的《中国童子军歌》，抗战胜利后，弟弟就读的小学曾恢复童子军，这首歌曲又在耳畔响了一段时间。

人生脚步匆匆，转瞬须发皆白，回过头来突然发现，一些未曾失落的音符，为我初识善恶美丑，纵情喜怒哀乐，留下了起步的标志。回忆故土家居，缅怀父母恩情，遥念兄弟姐妹老师同学，一切都随着儿时的绕梁之音，亦真亦幻，旧梦中的幼稚、活泼、赤子之心，恍如昨日，多少化解着晚景的惆怅和寂寞。

"旧梦"歌曲简释

亲情滋育

因为姐姐们在教会中学读书，因此这部分多是她们传唱的外国歌曲。

《摇篮曲》（[德]勃拉姆斯曲"贰"205）："小宝宝，你别吵，闭上眼睛快睡觉……"另一首《摇篮曲》（[奥]克劳谛乌斯作词，舒伯特作曲"贰"166）："小宝宝快睡觉，现在已经夜深，莫哭啼，莫恐惧，安睡到天明……"

关于乡愁的有《我的家庭真可爱》（[英]比肖普曲"香"115）"我的家庭真可爱，美丽清洁又安详……"《故乡的亲人》（[美]福斯特作曲"香"102）"我家在何方，天涯海角一片渺茫……"另一首是《念故乡》（[捷]德沃夏克作曲"名"105）"念故乡，念故乡，故乡真可爱……"

《送别》（[美]奥德维曲，李叔同填词"上"492）的第一段词至今还在流行，但当时的中小学中流行的第二段词却鲜为人知："长亭外，古道边，芳草碧连天。孤云一片雁声酸，日暮塞烟寒。伯劳东，飞燕西，与君长别离。把袂牵衣泪如雨，此情谁与语。"还有陌生的另一版本："长亭外，古道边，芳草碧连天。情千缕，酒一杯，声声离笛催。问君此去何时来，来时莫徘徊。草色碧，水色绿，南浦伤如何。人生难得是相聚，唯有别离多。"无论哪一段，离情都是古今盛行的主题。

国人的创作只有两首，也都是伤感凄凉的，这也可看作多年战乱、社会不安的映象。一首是《寻兄词》（孙瑜词，孙成璧曲"香"5）："从军伍，少小离家乡，念双亲，重返空凄凉。家成灰，亲墓生青草，我的妹流落他方。"这是1930年拍的影片《野草闲花》插曲，后三段词从略。

另一首是《游子吟》（佚名"香"103）："春去秋来，岁月如流，游子伤漂泊。回忆儿时，家居嬉戏，光景宛如昨。茅屋三椽，老梅一树，树底迷藏捉。高枝啼鸟，小川游鱼，曾把闲情托。儿时欢乐，斯乐不可作。儿时欢乐，斯乐不可作。"

励志教化

这部分歌曲以20世纪30年代聂耳的创作为代表，在《大路歌》（孙瑜词，聂耳曲）、《开路先锋》（孙师毅词，聂耳曲）、《毕业歌》（田汉词，聂耳曲）、《卖报歌》（安娥词，聂耳曲）之外，还有更早一些的，有《黄族歌》（李大钊填词"军"103）"……不怕死不爱钱，丈夫绝不受人怜，洪水纵滔天，只手挽狂澜，方不负石盘铁砚，后哲前贤。"

《美哉中华》（沈心工词"军"193）"美哉美哉中华大国，太平洋滨亚细亚陆。大江盘旋，高山起伏，宝藏万千庶物富足。奋发有为，惟我所欲，美哉美哉中华大国！"

还有政府推广的《童子军歌》（中国童子军于1912年2月创建；1929年成立童子军总部于南京）："……年纪虽小志气真，献此身，献此心，献此力，为人民。忠孝仁爱信义和平，都是我们行动的精神……"

歌唱家池元元灌制唱片的《国旗歌》（作者佚名，1936年版的《大戏考》刊登）："看国旗，在天空，飘飘荡荡趁长空……四海统一国运隆，愿我中华强盛永无穷。"这些歌留下了那个时代激情澎湃的记忆。

讴歌农耕劳动的神圣的《锄头舞歌》（南京山歌，陶行知填词"红"6），成为当时流行的校园歌曲："手把着锄头锄野草呀，除了野草好长苗呀，咿呀嘿，呀呼嘿，锄去了野草，好长苗呀呀呼嘿。"它共有六段词，减除重复和衬词，后面的唱词是"一片青苗随风倒，阵阵稻香吹来了"；"风吹雨打太阳晒，自耕自食好自在"；"转眼麦秋阵阵黄，地里场上处处忙"；"五谷是人人救命丹，农夫人人不高看"；"农夫农夫不用愁，五千年古国靠锄头"；"锄头来自昆仑巅，锄头雄立宇宙间"。歌声中有愤懑，有无奈，也有解嘲。

《登蓬莱阁》（吴佩孚词，满江红调"军"74）是旧军队中的爱国歌曲："北望满洲，北海内风雷大作，想当年吉江辽沈万民安乐，长白山前设藩篱，黑龙江畔列城郭。到而今，外寇任足横，风尘恶。甲午役，主权夺，甲辰役，土地割。叹江山如故异常错落，何时奉命提锐旅，一旦恢复旧山河。却归来永作蓬莱游，念弥陀。"

《划船歌》（程小青词，姚敏曲"香"62）"柳条儿黄，枫叶儿红，湖波如镜涵虚空，白云悠悠，清流淙淙，扁舟一叶任西东。划呀划，划呀划，看队队水鸥，数阵阵飞鸿，自由自在乐融融。一桨一桨又一桨，不管那雨雨风风。前进前进更前进，少年志气似长虹！"是1941年拍的电影《恼人春色》插曲，以划船寓意人生途中应奋力拼搏，作为励志的少儿歌曲是罕见的，它词曲优美，有鲜明的划船节奏。

旧时余韵

唐诗宋词，原都是能唱的，其乐谱早已失传。后来的音乐家揣其意趣重新谱过一些，我在少年时唱过的这类曲目有《木兰辞》（北朝民歌）"唧唧复唧唧，木兰当户织……"《忆王孙》（秦观词）"萋萋芳草忆王孙，柳外楼高空断魂……"《渭城朝雨》（王维诗）"渭城朝雨浥轻尘，客舍青青柳色新……"（这其实是阳关三叠之一）《满江红》（岳飞词）"怒发冲冠，凭栏处……"《阮郎归》（欧阳修词）"南园春半踏青时，风和闻马嘶……"

《板桥道情》（郑燮词曲"香"105）"老渔翁，一钓竿，靠山崖，伴水湾……"这是清朝传下来的风雅之作，有的学校还加唱了同一系列的《老头陀》《老书生》。

此外，还有仿古的歌曲《渔翁乐陶然》（佚名"香"107）、《秋思》（陈蝶衣词曲）。后者的歌词是："晚来秋风吹呀吹呀吹得帘旌动，独坐无聊神情重，摇摆不定蜡烛红。呀，听何处，玉笛一声吹也吹得我心动……"（载《中国现代歌词流变概观》第39页）。还有一首《秋声》（佚名填词"香"89）似乎是描写古代军旅的："金风瑟瑟井梧残，满地清凉天未寒，万里长空过征雁，几行衰柳稍鸣蝉。……月下何来风雨急，更深谁弄管弦繁？衔枚向行进军疾，何日长驱夜出关！"

童年趣唱

边玩边唱，或带表演，是孩子们的专利。留下印象的有《老虎叫门》（"上"481）："小兔子乖乖，把门儿开开，快点开开，我要进来……"《在一起》（佚名"香"131）："让我们大家在一起在一起在一起……"《紫竹调》（江苏民歌"香"130）："一根紫竹直苗苗，送与宝宝做管箫……"可惜都是学龄前的。

歌颂亲情的，浅显的如《母亲》（佚名"香"118）："为我辛苦了我的妈妈，送我上学，接我回家……"更概括的一首是教会学校教唱的外国歌如《亲恩》（佚名填词"香"118）："最难报是父母恩情，山样高来水样深，赋予我这健全身体，不知费多少苦辛。乌鸦反哺羔羊跪乳，禽兽也都有孝心，当然要尽心来奉养，永葆存儒慕天真。"（第二段词略）有人说它完全是中国的伦理表达，属于学堂乐歌。我在军旅多年，常以没能在最困苦的时候孝敬双亲为憾，但在我心里一直唱着这首歌。

意大利民歌《桑塔露西亚》，经佚名者填词，也成为受欢迎的儿童歌曲，题名为《云》（"香"71），歌词共三段，其一是"你来看你来看，浮云多灿烂，有的像轻罗，有的像堆棉，我一心想同你，到云里去游玩。我的小同伴，我的小同伴，我一心想同你，到云里去游玩。"另一版本是

"看晚星多明亮，闪耀着金光，海面上微风吹，碧波在荡漾，在这黑夜之前，请来我小船上。桑塔露西亚，桑塔露西亚。"

《农家乐》（黄自词曲）："农家乐，熟时孟秋多。卖了蚕丝打了禾，纳罢田租完尽课，阖家团团瓜棚坐，闲对风月笑呵呵，农家乐，农家乐，农家乐农家乐。真快活！"另一首《卖布谣》（刘大白词，赵元任曲，载《中国现代歌词流变概观》第105页）："嫂嫂织布，哥哥卖布。卖布买米，有饭落肚……"这些都是名作，由大人唱给孩子听，可惜难度太大，城市长大的孩子也难以领会其寓意，只是由于题材的新奇，才留下印象。

第二篇 萌 动

这里介绍的歌曲是15岁读高中至18岁参军前所唱，多是和同学们一起学唱的。

我就读的高中，1945年8月15日日本投降后，恢复了原"育英"的校名。复校的第一件大事就是唱起了原来的校歌，并由此知道，这首校歌是1932年本校音乐老师李抱忱（饱尘）先生选曲并填词的，选的是一首美国 E. A. Fenstnd 创作、表达学生活泼向上情趣的乐曲。"在天涯，在地角，我们绝不能忘记可爱母校；海可枯，石可烂，我们爱你的心肠永远不变。"这几句歌词所配的乐谱，有连续的三连音，虽不好唱，但也显得更具特色。尤其是歌曲中在两个低音"SO"的中间，插了一拍高八度的"SO"，当用力喊出这一声 Harrah！好像打破了多年日伪统治下压抑沉闷的空气。但更值得一提的是，著名词作者安娥在抗战初期的1938年，也用这个曲调填词，写成了一首《举杯高歌救国军》，又名《救国军歌》，由郎毓秀、喻宜萱、应尚能等著名歌唱家演唱，并灌制唱片发行，有相当的影响。当我知道了这些，也就更加喜爱它的曲调，并且有一种说不出的骄傲和自豪。

举杯高歌救国军

安娥 词
美国原曲

李抱忱先生填词的校歌里，有一种为青少年所喜爱的冲击力和凝聚力。为什么会有这样好的校歌？1990年，我从图书馆的资料中发现，原来李先生是从事群众音乐，普及合唱艺术的领军人物，是卓有成就和贡献的音乐教育家。1930—1936年，他在育英教学期间，曾积极组织推进北平大中学生的合唱活动。1934年带领了育英合唱团巡回北平、天津、济南、南京、上海、杭州等地，演唱激励民心士气的爱国歌曲，备受瞩目和赞誉；1935年他联合北平十四所学校六百多人，在紫禁城太和殿前举行大合唱；1941年他曾在重庆组织了鼓舞抗战士气的千人大合唱，这些都是当时的创举。他一生为群众音乐、合唱艺术所做的奉献，已经写入了中国现代音乐史。联想到我读育英时，学校群众歌咏活动的蓬勃开展，竟是李先生早年开拓的绵延继续。

抗战胜利似乎来得突然，并没有唱响什么庆祝、欢呼的歌曲，倒是《救亡三部曲》中的《松花江上》《离家》《上前线》以及《五月的鲜花》等，时常回荡在校园上空。对于长期生活在沦陷区的学生，回顾苦难，出于一种自发的爱国情愫，而痛定思痛的反思，更加重了悲情。《嘉陵江上》的歌词是自由体的新诗，是表现知识分子为国家命运的慷慨悲歌，也在学生中比较流行。关于战争本身，很多人都喜欢唱贺绿汀写的《游击队歌》；同是贺绿汀作曲的《胜利进行曲》大合唱，因难度大，只有个别歌咏团采用。

育英中学重视音乐教育，继李抱忱之后的李信征先生，对学生倾心施教，他详细讲解乐理知识，还重点讲授音乐史；他在立柜式的唱机上，播放贝多芬的《月光曲》、柴可夫斯基的《1812序曲》等经典名曲，辅导音乐欣赏；又教唱民歌《拉骆驼》《沙漠的玫瑰》等，并弹钢琴伴奏。敬业的李信征先生致力于培养学生对音乐艺术的兴趣，可是我却没有接受这种指引，因为反映现实的大学校园歌曲，对我更有吸引力。

北京的大学校园里似乎没有抗战胜利的欢乐。1945年9月，国民党政府宣布要对收复区大专院校学生进行侮辱性的"甄审"，在失学失业的威胁下，大批青年学生进行了抗争。反甄审一波未落，反对内战的声浪又起，歌曲开始成为大学生与反动政府做斗争的手段之一。为了表达和平民主的愿望，向着反动势力做坚决斗争，全国各地学校的歌咏信息，带着对黑暗的憎恨，对光明的向往，纷纷流向北平。我的三姐是北大学运的积极分子，受她的影响，我不但关注着"反内战""争民主"的学生运动，大学里传唱的政治性新歌也使我的音乐兴趣从此转向。

1945年年底，国民党军警特务在昆明校园制造了血案，又杀害了李公朴、闻一多，愤慨的歌声传到北平，最早是西南联大学生传来的《茶馆小调》，内容是讥讽"莫谈国事"，传达了国民党加强法西斯统治的凶兆；曲调是说唱风格，带些四川方言，喜欢新奇调侃的学生，很快把它唱到社会上去，对于当时朦胧模糊的政治意识，起到了一种启示作用。

接着，校园里又出现了盼望国共实现停战协议的呼声，一首《停止反人民的战争》（夏白词曲"运"48）痛心地呼吁："不能打呀不能打，年老的爹娘想他们的孩子，当兵的汉子想回家。"

学生游行中曾在街头演唱一首《告同胞》："同胞们，细听我，告诉（呀哈）你，抗战八年打败了鬼子全靠咱老百姓。当兵又纳粮，出钱又出力，到如今回不了家乡又要打内战哪（嗨那哈咿呀嘿）。"

这是一种委婉的诉说，原有多段歌词，我只记下了上述的一段。还有一种愤怒的诅咒，如《你这个坏东西》（舒模词曲"运"35）"别国在和平里，复兴又建设，只有你，成天地在内战上玩把戏。"后来又有讽刺歌曲《U.S.A》，它的背景是国民党政府出于内战的需要，同美国政府签订了"一切向美国商人开放"的《中美商约》，于是美国的剩余物资在市场倾销。已经在"沈崇事件"中深感民族屈辱的学生们，创作了这首锋芒直指U.S.A的歌曲。此外，歌曲《五块钱》（费克词曲"运"36）和上述《你这个坏东西》，这两首歌虽创作于抗战时期的大后方，但在抗战胜利后的北平仍在流行，它以犀利的讽刺和嘲笑，向困苦的市民发出了"改造世界"的信号，使反动政府尴尬无言。《苦命的苗家》（宋扬词曲"红"125）表达了被歧视的痛苦和改变命运的要求。带衬腔的《古怪歌》（宋扬词曲"运"38），以讽喻象征的手法、风趣夸张的声调，揭露了专制压迫下的黑暗。

《团结就是力量》《跌倒算什么》（绿永、舒模词，舒模曲"运"43）等，对于暴力镇压做了各种样式的回应，在校园的各种集会上，在罢课游行、街头演讲活动中，学生们反复演唱着。根据宣传鼓动的需要，学生们还随时编写歌词。1947年5月北大学生会组织的"科学民主周"，传唱了一首《民主是哪样》（仁苏词，孙慎曲"运"45）：

民主是哪样？民主是哪样？民主是一杆枪，争到手来和平幸福才能有保障，有了保障挺得起腰，挺起腰来除强暴。做官的不敢贪赃，坏蛋们不敢乱搞，生意人不能投机取巧，有钱有势的莫再想称霸强。……争取这杆枪，争取这块宝，自由幸福和平康乐一起都来到！

歌曲廓清了"民主"的科学内容，使学生运动争取了广大人群的支持。同年的"五·二○"游行队伍中，还出现了以《保卫黄河》的曲谱重新填词的歌声：

风在吼，马在叫，人民在咆哮，人民在咆哮，物价天天涨得高，苛捐杂税还有官僚。这样的日子叫我们怎么过的了，这个政府叫他们搞得一团糟。我们罢课游行！你们罢市罢工！反对独裁，反对专制，反对饥饿，反对打内战！

这歌声此起彼伏，连绵反复，游行队伍经过我们学校门前时，校门拉上了铁栅栏，怕我们溜出去参加游行。可是歌声怎能被阻隔呢？我的心早飞出去了。

萌动的青春情怀，需要从多种多样的音乐中审美：既有对黑暗的抗争，也有对光明和欢乐的追求。许多学生喜爱电影《天涯歌女》《十字街头》的民歌民谣风的歌曲，也喜爱《当我们年轻时》（美国电影《翠堤春晓》）、《友谊地久天长》（美国电影《魂断蓝桥》）、《快乐的人们》（早期苏联同名电影）中欢快优美的插曲。清新纯朴的西北、西南少数民族的歌曲，更是流行于大中学校的歌咏、联欢和集会活动中，辅以手舞足蹈的青春劲歌，如《大家唱》《唱出一个春天来》等。悠扬舒展、跳跃欢快的旋律，载歌载舞的形式，打破了古城旧都的沉闷和喧嚣，带来了清新的山野风情。但我们并不止于传统的抒情，一种蕴含社会理想的歌曲，受到青少年学生的格外关注和喜爱。如《山那边有好地方》（左弦词，罗忠镕曲"红"165），它宣称："老百姓管村庄，讲民主爱地方"，"你要吃饭得做工哟，没人为你当牛羊"。山那边指的是哪里？是解放区，大家心照不宣。脍炙人口的《读书郎》（宋扬词曲"红"125）唱道："（读书）只为穷人要翻身，不受人欺负不做牛和羊"，这种歌词鲜明地表达了改造社会的指向，今天看来已经平淡无奇，但在当时却有些惊世骇俗，加之曲调通俗流畅，充满乐观精神，所以能在学校不胫而走。

我在参加了进步的学生组织之后，收获之一就是接触了解放区（边区）文艺，这是反映新的时代、新的群众，同传统文艺截然不同的文艺，特别是一批新鲜题材，多彩样式的歌曲，在秘密或半公开的场合，三五成群地唱起来，感受到一片新的情感天地。有一些歌是从秘密"参观"解放区回来的学生，个别地口头传唱的，如庄严的《国际歌》，第一句歌词唱的是"起来，东方被压迫的民族"，适应了当时学生的接受能力。再如1939年秋写于晋冀边区的《华北联大校歌》（成仿吾词，吕骥曲），简洁而鲜明地反映了党的抗日统一战线的号召，深入敌后的重要战略思想，以及发动群众、坚决斗争的胜利信心，曲调坚定有力、豪迈昂扬，具有启发动员、凝聚人心的强大力量。但新中国成立后它似乎被遗忘了，相关的书刊、歌册都没有收入，幸好我在音乐网站上搜到了它的词曲。

同样具有历史沧桑感的是《八路军进行曲》，那时唱的是1939年的歌词，有几句歌词与后来规范的不同：

向前向前向前！……从不畏惧绝不屈服坚决抵抗，直到把日寇逐出国境，自由的旗帜高高飘扬！听！风在呼啸军号响，听！抗战歌声多嘹亮！同志们整齐步伐奔向解放的战场，同志们整齐步伐奔向敌人的后方；向前向前！我们的队伍向太阳，向华北的原野，向塞外的山岗！

歌声演绎了抗战相持阶段，在敌后作战的严峻氛围。

冼星海的《生产大合唱》中的《二月里来》也是写于1939年，意味深长的诗句"种瓜的得瓜种豆的得豆，谁种下仇恨他自己遭殃"，随时都能比附现实，鼓舞着投身正义的信心。至于当局无法明禁的《黄河大合唱》，其中独唱"黄河怨""黄河颂"开始普及，多声部的合唱"黄河船夫曲"、"怒吼吧黄河"，也由大学的歌咏团半公开地排演，并产生巨大的社会效应。叙事歌曲《歌唱二小放牛郎》，民间鼓曲说唱形式的《晋察冀小姑娘》等，宣传了坚持敌后抗日的群众斗争。尤其是延安鲁艺创作的秧歌剧《兄妹开荒》，生动活泼地反映了边区农民快乐的劳动生活，让我们城里的学生耳目一新。另外，个别的苏联卫国战争歌曲，后来也传进了校园。《共青团员之歌》《喀秋莎》，以及俄罗斯民歌《光明赞》等，以感情的真挚，信仰的虔诚，博得了学生的喜爱。

育英中学虽是教会学校，但信不信教绝对自由，这样倒触发了一些学生的好奇心。我曾安静地坐在公理会教堂的排椅上，参加基督教团契活动。眼望着花格玻璃和高悬的十字架，在大风琴的伴奏下，学唱了《普天颂赞》中的赞美诗如《快乐女神》《我要洁净》等，以及英文的圣诞歌曲《耶稣生在伯利恒》《平安夜》等。现在只记得每首歌唱完，还要以结束的主音唱四拍"阿——门——"，给我留下了异样的感觉：不说神圣虔敬吧，至少是一种纯洁、肃穆的境界，是不可以亵渎、轻慢的。但是，在同一时期，我又在教堂东侧的副堂，和几位同学偷偷学唱《兄妹开荒》《朱大嫂送鸡蛋》等秧歌剧的插曲。因为身在曹营心在汉，所以歌词中"咱们的边区，到如今成了一个好呀地方"，其中的"边区"被改唱为"家乡"，以掩人耳目。

年轻人兼收并蓄,但真正长久地、深刻地打动心灵的,还是来自解放区的、来自新音乐运动的这些歌曲,它们无论大小,共同的特点是:从内容到形式,都非常群众化、民族化,能为底层群众接受。它们的音乐素材多来源于传统,即采用民歌或地方戏的曲调进行加工,而整个创作来源于新的生活。作家们的革命激情与民族风格结合起来了,过去的任何音乐,都没有这样明确的方向和鼓舞向上的精神力量。一起唱歌的同学,并非都有参与进步活动的意识;有些同学在活动中朦胧会意,也有的不刻意追究词义,大家都是被新鲜的生活情趣,朴质优美的旋律所吸引,在丰富多彩、好唱好听的活动中,激发起青春的快乐、进取和憧憬。参与活动者虽然各人情况不同,终究或多或少、或迟或早地会接受理想、精神的引领,从中感受新的时代,接受革命的启蒙。但如果把自己局限在音乐课堂上,就不可能享有这样的收获。

音乐、歌声和解放区书刊的传播,潜移默化地影响了一批同学的情感世界,人生抉择,促成了拷问自己向何处去的情结。1947年5月,大学生在米市大街青年会礼堂演出的《黄河大合唱》,给我极大的震撼,黄河的呜咽、奔腾、咆哮、怒吼,长久地回响在耳边。后来又在国会街北大四院,观看了学生演出的歌剧《白毛女》第一场,虽然只演到杨白劳自杀,是片段的演出,但悲痛的歌声刺痛了我们的心。每人都在思索:怎样拯救苦难的喜儿?苦难的民族怎样才能解放和新生?

从呼吁和平,反对内战,到战争形势逆转,解放军兵临城下,学生的歌咏活动日益扩大。1949年1月底,"北平和平解放"的消息传来,我和同学们开始公开地演唱《解放区的天》和《反动派一团糟》(佚名词,劫夫曲;这首歌还曾另有两个版本:《国民党一团糟》《蒋匪帮一团糟》,出现的时间先后已经记不清了),忘情地以歌声欢呼解放,我的青春萌动,也从此处于阳光之下。

"萌动"歌曲简释

回首抗战

"流亡三部曲"的第一首是《松花江上》(张寒晖词曲"红"46),唱得伤心落泪，它的第二首更令人痛彻骨髓：《离家》（江玲词，刘雪庵曲"红"68）：

> 泣别了白山黑水，走过了黄河长江，流浪，逃亡，逃亡，流浪！流浪到哪年？逃亡到何方？我们的祖国已整个在动荡，我们已无处流浪，已无处逃亡！哪里是我们的家乡？哪里有我们的爹娘？百万荣华一旦化为灰烬，无限欢笑转眼变成凄凉……谁使我们流浪，谁使我们逃亡？谁使我们国土沦丧？谁使我们民族灭亡？……

它的第三首是怒火万丈，斗志昂扬的《上前线》（江玲词，刘雪庵曲"红"70）：

> 走！朋友！我们要为爹娘复仇，走，朋友！我们要为民族战斗。……全世界被压迫的人们都是我们的兄弟，爱好和平的国家，都是我们的朋友。我们有没有决心？有！我们有没有力量？有！拿起我们的枪杆笔杆，举起我们的锄头斧头，打倒这群强盗，争取我们的自由！

这个三部曲由青年学生传唱四方，正是民族精神觉醒、奋起、拼搏的概括。

《游击队歌》（贺绿汀词曲"运"33）、《五月的鲜花》（光未然词，闫述诗曲"红"30）、《嘉陵江上》（端木蕻良词，贺绿汀曲"红"104）等，都曾在那时的学生中流行。《嘉陵江上》的歌词是散文诗，曲调也相对更宜吟唱。

已经被人淡忘的《胜利进行曲》（田汉词，贺绿汀曲"红"100），歌词气势雄浑：

> 九宫幕阜发战歌，洞庭鄱阳掀大波，前军已过新墙去，后军纷纷渡汨罗。战友们杀呀，敌人残暴如疯魔，烧我房屋夺我禾，父母妻子遭戮辱，吃了猪羊吃鸡鹅。我们只有战到底，谁与敌人言平和！团结不怕紧，动员不怕多，老头子，老太婆，小妹妹，

小哥哥，拿扁担，当干戈，穿草鞋，不用靴，高山峻岭走如梭。我们一条心，敌人兵多将广怕什么！我们有锄头，敌人坦克大炮奈我何！胜利已接近，敌势已下坡，枪要快快装，刀要快快磨，快快装，快快磨……赶走日本鬼，恢复旧山河，赶走日本鬼恢复旧山河！

这是唯一一首反映正面战场（1939年长沙会战）的歌曲，是1940年拍摄的同名电影插曲之一。我曾学唱了部分主旋律，觉得非常雄壮感人，过去少见宣传推介，大概也是历史原因吧。

追随学运

《茶馆小调》（长工词，费克曲"红"122）：

晚风吹来，天气燥啊，东街的茶馆真热闹，楼上楼下客满座啊，茶房！开水！叫声高。……有的谈国事，有的发牢骚。只有那，茶馆的老板胆子小，走上前来，细声细语说的妙：诸位先生，生意常关照，国事的意见，千万少发表，谈起了国事容易发牢骚啊，惹出了麻烦，你我都糟糕。说不定，一个命令，你的差事就撤掉，我这小小的茶馆，贴上大封条。撤了你的差事不要紧哪，还要请你坐监牢。最好是，今天天气哈哈哈哈，喝完了茶，回家睡个闷头觉。……（茶客回答是）满座大笑：闷头觉，睡够了，越睡越糊涂呀，越睡越烦恼，倒不如干脆，大家痛痛快快地谈清楚，把那些压迫我们剥削我们不让我们自由讲话的混蛋，从根铲掉！

讽刺歌曲《U.S.A》：

U.S.A, U.S.A, 到处都是U.S.A, 到处都是U.S.A, 罐头、布匹、汽车、冲锋枪、火箭炮、飞机坦克车；玻璃制的用品（当时的透明塑料、纺织品的代称）、口红、香水、DDT、维他命、盘尼西林、爵士音乐唱片、大腿电影拷贝，一切都是Made in U.S.A!……去你的，U.S.A! 滚你的，U.S.A!

这首歌的歌名，以及结束句"去你的"之前的几句，实在想不起来了，也始终没有查到。

心向往之

边区群众抗击日寇题材的《歌唱二小放牛郎》（方冰词，劫夫曲"红"152），当时已经半公开地传唱。另一首《晋察冀的小姑娘》（赵洵词，徐曙曲，1939）是说唱性的叙事歌曲，因为太长，当时只传来其中的几句，但它的故事梗概已经悄悄地传开，起了不容忽视的政治宣传作用。

秧歌剧的选曲，除《兄妹开荒》（路由词，安波曲"秧"47、50）外，还有拥军题材的《朱大嫂送鸡蛋》（崔牛词曲"红"158）"母鸡下鸡蛋呀，咕打咕打咕打叫，朱大嫂收鸡蛋进了土窑，咿呀嗨，"因为可以边唱边舞，吸引了爱玩的学生们。

校园寄趣

在教堂学唱的有《快乐歌》：

> 快乐快乐我们崇拜，荣耀上主爱之神，心如花开到主面前，主如旭日我欢迎。苦意愁云恳求消化，疑惑黑荫求散尽，永恒快乐求主赏赐，旭日光华满我心。

另一首《我要真诚》：

> 我要真诚，莫负人家信任深，我要洁净，因为有人关心，我要刚强，人间痛苦才能当，我要胆壮，奋斗才能得胜。

以上都重复末句后，唱"阿门"。

校园中另有一类并无政治内容的歌曲，更符合青年活泼向上的情绪要求，如《唱出一个春天来》（佚名）"年轻的朋友快快来，忘掉你的烦恼和不快，千万个青年一颗心，唱出一个春天来！西边的太阳下山啦，东边月亮爬上来。从黑夜唱到大天明，快乐歌声唱不完！"大家在游戏中一面拍掌，一面反复唱这首短歌，节奏逐步加快，欢乐情绪也越加高涨。

另一首《大家唱》（佚名）是一人领唱，带领群众齐唱的歌咏动员，

也是独具情趣的艺术启蒙,唱起来非常活泼,后边几句是级进的旋律,越加热烈亢奋。虽然没有找到资料,但它的词曲我还记得:

来来来来来,你来我来他来她来,我们大家一齐来,一齐来,来唱歌,来唱歌,来唱歌,来唱歌,我们大家一齐来,来唱歌,来唱歌。一个人唱歌多寂寞,多寂寞,一群人唱歌多快活,多快活。你别说,我们唱歌尽是斗来咪发梭,你别笑,我们唱歌尽是哇哩哇啦哇啦叫。唱歌使我们勇敢向前进,唱歌使我们坚强又活泼,我们唱,我们歌唱光明,我们唱,我们歌唱胜利。来来来来来来来来来来来来来来来,小伙子来呀唱呀,姑娘们来呀唱呀,老人们来呀唱呀,大嫂子来呀唱呀,同学们来呀唱呀,同志们来呀唱呀,大家唱我们高声地唱,我们尽情地唱,我们欢乐地,我们大家唱,我们大家唱,我们大家一齐唱!

此外,解放战争时期,北京大中学生爱唱边疆少数民族的抒情歌曲,成为一种与民主进步要求相呼应的潮流。因长久广泛流传,资料易得,故只列部分歌名如下:

在那遥远的地方	阿拉木罕	达坂城的姑娘	雨不洒花花不红
小河淌水	在银色月光下	掀起你的盖头来	康定情歌
半个月亮爬上来	玛依拉	彩虹妹妹	送大哥
新凤阳歌	青春舞曲	可爱的一朵玫瑰花	小白菜
小放牛	……		

第三篇　阳　光

我在1949年3月参军,入第四野战军南下工作团学习半年,在湖南分配到某军,经历广西追歼战后调到师宣传队。1950年到广东淡水、曲溪驻防,至1952年宣传队撤销。在我的成长道路中,这是一段阳光灿烂照耀,歌声如雷如潮的日子。我参军初期学唱的群众歌曲,以及宣传队的一些演出曲目(大都延续了战争时期为广大群众喜闻乐见的风格),多收录在此。

中国的群众歌曲，始于20世纪初的"学堂歌"，盛于民族危机深重的30年代，在北京、上海、武汉、延安、重庆，都曾有著名音乐家登台指挥抗日救亡的大合唱，为群众歌曲的普及造势。但真正席卷全国形成热潮，是在解放战争取得全国胜利的年代。在欢庆新中国诞生的日子里，人们改天换地的豪情，像火山赤焰喷发，像大海波涛汹涌，歌声从城市蔓延到农村，从老解放区蔓延到全国每个角落。进入北京的解放军宣传队，以及华北大学、革命大学的宣传队文工团，带进来许多优秀的歌曲，又通过学生的传播，迅速在群众中普及，就像浇了燃油的干柴被点燃，轰然一声，大火腾空而起，瞬时照亮了天空。

解放军进了城，一大批接受能力强、向党靠拢、要求进步的学生，从隐蔽地下转为公开。全市约6000名学生响应号召，踊跃参军，加入南下工作团（仅清华大学就有1000人报名，最后批准的有200人）。这支朝气蓬勃的学生军，在北平训练的半年时间中，成为歌咏大潮的主力，在他们的带动下，一些工厂和文化单位应声而起，把一大批革命的群众歌曲、解放军歌曲、秧歌剧和歌剧插曲、陕北和东北的民歌，唱遍了北平的操场、礼堂，唱遍了一切适合集会、行进、作报告上大课的地方。所到之处，互相拉歌、比赛、齐唱、轮唱、大合唱，一片亢奋欢乐，北京各阶层的市民群众，从铺天盖地的歌声中感受到了共产党、解放军的精神风貌，为庆祝开国大典的文艺活动，准备了雄厚的社会基础和群众条件。

那段时间，我们唱起《新中国青年进行曲》（钟惦棐词，丁辛曲"南"15）"……挺起胸来，年轻的兄弟姊妹们，新中国的一切，要我们安排，新中国的一切，要我们当家做主人，……"倍感历史使命的光荣而自豪，极大地激励了革命意志。唱起庄严雄壮的《民主建国进行曲》（贺敬之词，焕之曲"南"20）"看！我们，我们胜利的旗帜迎风飘扬，看灿烂的太阳升在东方。嗨嗨，全国和平就要实现，中国人民百年的血汗有了报偿。……"感受了长期战乱之后亿万人民要求民主建国的期盼。还有随时随地听到的《新民主主义进行曲》（贺绿汀曲"南"19）："起来，同胞们快起来，武装起来上战场，肩并肩冲上前，要把那法西斯卖国贼一扫光！你看，全中国在怒吼，革命的烈火在燃烧，解放军到处都接连打胜仗……"激发出一股强烈的求战情绪。因它的旋律编成了气势磅礴的管弦乐曲，长期用于中央纪录电影制片厂的片头，随着工农兵塑像的厂标的旋转，播放出解放全中国的时代强音。

《我们是民主青年》（希扬词，马可曲"南"22），是学生军队伍的音乐标志："我们是民主青年，我们是人民的先锋，毛泽东教育着我们，全心全意为人民……"高昂振奋，勇敢向前，每每在大街行进中一遍遍高唱，带动了一些市民也跟着唱起来。

还有铭刻着鲜明时代印记的《我们高声歌唱中国共产党》《都因为有了共产党》《你是灯塔》等一系列歌颂党和毛泽东的歌曲，饱含着群众的热爱和信任，声势浩大地覆盖着北平上空。集体、族群类的歌声，成为声乐艺术中罕见的特征，例如，表达解放区欢乐情绪的《解放区的天是明朗的天》（刘西林词曲"南"37），在大型集会中，齐唱之余，还往往要以多部轮唱出现，多个不同单位，在一位临时指挥之下唱得那样整齐雄壮，此起彼伏，酣畅淋漓，真是蔚为壮观。

入城解放军各部的宣传队，以及一些执勤连队所唱的队列歌曲，使城市居民和新入伍的学生，感受了人民子弟兵特有的质朴，《说打就打》（谢明词，庄映曲"南"29）唱起来豪迈粗犷，杀气腾腾，令人坚信这些血性汉子的战无不胜。另一首《我为人民扛起枪》（丁洪词，一鸣曲"南"34），言简意赅地把个人和革命、祖国的前途直接联系起来，统一起来，它的曲调昂扬明快，深情自信，洋溢着乐为人民献身的精神。北平市民对军旅歌曲并不陌生，过去听过北洋部队唱的《五虎将》，吴佩孚部队唱的《满江红》《登蓬莱阁》，冯玉祥部队唱的《服从歌》等，但没有哪一首像解放军的这些歌曲，让北平人感到同自己呼吸相通，它塑造了新中国的柱石的音乐形象，使人们感到一种安心和信任的依托。

南下工作团经过短期训练，终于向着待解放的南方开进了。我们深知要担起光荣的历史使命，必须先从脚下的功夫开始：要像战士那样一步步行军，脚底打泡要坚持，要不怕苦不怕累，听到枪声要往前跑；在行军途中还要克服自己的软弱、幼稚，抛弃一切妨碍进步的思想情绪。为了把自己锻炼成一名合格的人民战士，一起南下的清华学子汪声裕，为大家写了一首合着青春脚步，从北京唱到南海边的《走向胜利》。歌词如下：

> 我们大家手牵手，我们彼此肩靠肩，没有恐惧更没有留恋，一心一意下江南。
>
> 我们大家手牵手，我们彼此肩靠肩，反动统治马上就要消灭，人民胜利在眼前！

这首歌明快地唱出了知识分子挑战自己的真实心态，不要恐惧，更不要留恋！这是极为传神的自我教育。城乡的群众、部队的干部战士，正在看着我们列队走过，有鼓掌赞扬的，也有评头品足的（背包过大、裹腿松垮等），也有暗地里怀疑"五分钟热度"的，但我们只盯着前面，紧跟着队伍，唱着发自肺腑的歌。

在老同志的带领下，针对实际情况和具体困难，开展了长途行军的宣传鼓动。作为巩固和提高战斗力的各种形式，除去口号、标语、快板、笑话外，最有效也最有传承意义的还是歌声。当肩上的背包带、水壶带、米袋都被热汗浸湿，迈开每一步都在咬牙的时候，针对容易泄气的心理，有人领唱了充满生活气息的《爬山歌》（佚名"南"30）：

> ……嗨嗨哟嗨，亲爱的同伴努力向前走，跨过高山越过激流，咬紧牙关努力向前走……一百里的路程走了九十九，今天的目的地就在前头……

一唱众和，好像是身上添了一把火，"嗨嗨哟嗨"，这不是疲劳的呼喊，而是自豪与自信。没有这样的行军生活写不出也唱不出。还有那首从延安流行的《行军小唱》（李伟词曲"南"30）：

> 长长的行列，高唱着战歌，一步步地走着……炮口在笑，战马在叫，战士们的心哪，战士们的心在跳……我们越过平原，我们跋过山坡，我们走过村庄，我们渡过大河，炮手啊扶着炮，驭手啊拉着骡，驮粮的毛驴儿摆着它的长耳朵……

歌词中的艰苦行军，象征着革命的征程；长途跋涉中的炮口、战马、摇摆的驴耳朵，富于军旅生活情趣，抒发着坚忍不拔的意志。曲调中饱含着革命的浪漫气息，劳累和轻松的交错，又是正义与乐观在艺术精神上的完美统一。行军路程虽然有限，但部队政治工作的光荣传统，春风化雨般悄悄地渗入了我们的心灵。

带着浅薄而可贵的自信，我被分配到某师的宣传队。队长是抗战的老干部，分队长、小队长是东北参军的老同志，年近四十的炊事班长和"马号"（驭手），资历也都相当于干部；甚至女分队那几个小丫头，队部的小通信员，也都比我早一两年入伍。大家开口闭口都是："四保临江那会儿……""打塔山的时候……"至不济也能讲讲"进关那天"或"北平入城式"。幸好一路走来，有十几个湖南广西的学生被"扩招"，排辈还在我后头，我不敢得意太早，只能先引为同类，一起接受老革命的关爱和引领。

宣传队是文艺单位，天天唱歌演戏，但和过去不同的是，这是为部队服务，是光荣的职责。我很快适应了宣传队的工作，不仅装车卸车、抬箱子挂幕布乃至扫地帮厨等日常劳动中勤快得力，而且跟着排练演出，很快就熟悉了上演的各个节目。那个"肃清残敌""建设国防"的年代，每个人都恨不得三头六臂，十八般武艺，再立新功，所以，我的"音乐才能"（熟读简谱、唱起来不跑调）不必卖弄，也无需"藏拙"，很快被"伯乐"们调动起来，先是让我演一个歌剧《千里寻部队》的主角，幕启：我饰演的副班长扛着机枪上场，唱"修好了机枪赶队伍，不知道队伍在哪边……"接着，二分队副把他的大低音号给了我，说"你练练这个，好学"；再后来就是队长要我顶替他，扮演歌剧《刘胡兰》中的反派角色"石头"。幕后的合唱、伴唱需要声势，我这个"新生力量"也被安排加入。那可真是"不拘一格"的年头，有的是工作给你干，虽然演完唱完也有指摘、批评，但基调都是爱护的。

部队干部战士大多出身农民，爱憎分明，接受革命的戏剧、音乐最敏锐，表达自己的情感最率直，我和他们的艺术感受完全相通。但我的文化水平比战士高一点，又身在舞台之上，接触艺术创造更多、更深、更细腻一些。《翻身道情》（陕北道情"老"148）、《妇女自由歌》（山西民歌，阮章竞填词"红"171）、《王大妈要和平》（放平、张鲁词，张鲁曲）等女声独唱，引起了台下强烈的共鸣，不依不饶地喊着"再来一个要不要?

要!"我自己呢,也是站在幕布后面一遍遍聆听,特别是在"往年咱们眼泪肚里流""旧社会好比是黑咕隆咚苦井万丈深"等几句唱腔中,反复品味那种动人心魄的音乐快感。《老母鸡》《三担水》《军民互助》《刘顺清开辟南泥湾》这几出小歌剧,是解放区随着战争胜利不断扩大的产物,都有化解新区老百姓疑虑,体现人民军队宗旨的情节,剧情动作性强,音乐素材来自东北或陕北,但是同新的生活新的语言结合得很好,有力地烘托了喜剧效果,干部战士看得兴致勃勃,哄笑不断,并记住了角色名字,日后见到这个演员,就用角色来取笑,以表示对宣传队的感谢和友好。老实说,为这些小歌剧谱写的曲调音乐,实在是太朴素太简单,可是效果都太奇妙了:不但每一首都好听好记,而且都能恰如其分地为阐释剧情、塑造人物服务,生动地构筑出军民之间、官兵之间融洽和睦的快乐氛围,因此许多人(包括我)虽未必参演,但都会唱其中的选曲。

大型的戏剧,有更广阔的生活内容,更丰富的音乐体裁形式,产生的心灵效应也更加巨大深刻。我曾参演的歌剧《刘胡兰》(西北战斗剧社 魏风等编剧,罗宗贤作曲),人物、情节和音乐的设计都有强烈的时代感,主要人物的唱段和环境气氛、音乐真实感人,除"数九寒天下大雪"已成经典,脍炙人口外,开幕时群众唱的"枪声紧又紧哪,炮声响又响啊,解放军为咱们打仗,拥护军队,理应当啊";刘胡兰与地主面对面斗争唱的"石三海你过去当会长";为伤员老赵换药唱的"我给老赵解绷带"等唱段,都是以音乐阐释人物性格、形象,引领观众体验英雄心路、时代精神的佳作。全剧结尾曲唱的是"同志们别流泪,老乡们老乡们别伤心,这笔血债万丈深,血债要用血来还!"应和台上的歌声,台下各个连队的(值周)排长都来领呼口号:"打到××去!消灭×××!""为胡兰子报仇!"激情排山倒海,电闪雷鸣,此起彼伏,使我的内心又一次震撼,想象着明天会出现更多的英雄,取得更大的胜利。

部队从行军作战转入驻防以后,我除了参加演出,还多次下连队开展文化活动。知识分子与工农出身的战士,从思想感情的格格不入,到彼此了解、接近、融洽,是一个漫长的过程,而帮助战士学文化、写家信、办黑板报,教唱新歌,以真诚的热情同战士相处,就是克服自己弱点的开端。我在教唱《战斗进行曲》（韩塞词，佩之曲"红"168）、《我爱我的祖国》（丁毅词，庄映曲"广"137）、《我的枪》（佚名"默"）时，因为战士发音不准，节奏意识差，反复纠正，事倍功半，十分泄气。我的喉咙喊冒了烟，他们也已声音嘶哑，排长悄悄告诉我"别太较真儿"，班长用大搪瓷缸子给我泡来不知名的茶；条件的局限一时不能克服，但情感的交流却逐渐开启：我这个"教员"，看着一双双善意和渴望的眼睛，逐渐解除了焦躁、笨拙、尴尬，倒好像他们才是教员，我却不过是个不谙世事的孩子，原来以先锋自命的劲头不知哪儿去了。我承认完成下连队的任务，比队里任何老同志都差，但我开始懂得了，在满足艺术的需求上，我和战士们有平等的权利，让他们充分享有这个权利，是我天然的义务。几次下连队之后，我的教歌就比较轻松自如了，一首《进军号》（张建华词，彦克曲"广"129），只教了两次就顺利完成，原因就是放下了端着的架子。

  本着"军民一致"的老传统，我们宣传队的演出，每次尽量都留点坐席或站席，让潮汕乡亲们和部队一起，欣赏从未听过见过的东北民歌、山东琴书、河南曲子戏、湖南花鼓戏，乃至边疆的歌舞，尽管水平不高，但这是划时代新文艺的传播，意义深远。与此同时，积淀深厚的潮汕民间艺术，如潮剧、潮乐、大锣鼓、英歌舞等，也滋育了我们的创造：艺术来自人民生活，坚守民族风格的理念，从此在心里扎下根。尤可自豪的是，在战争结束前后，为消解南方群众和来自北方大军之间的隔阂，增进彼此理解交流，宣传队起了积极的作用，而我正是其中一员。

  音乐伴随我的成长，曾让我从情感上体验人生痛苦，面对残酷时心灵颤抖；也曾鼓动青春生机，引我战胜恋旧和消沉。参军之后，音乐帮助我同底层群众建立沟通，鼓舞了我面向基层，为兵服务，融入集体的勇气；让我和战士们有了趋同的生活感受和价值取向。回顾几十年前唱过的那些民歌、部队歌曲、歌剧选曲，至今还有鲜明质朴的情绪记忆，这首先应归功于那个文艺群体对生活的热爱，对人民审美需求的理解，对艺术功利的尽责，而不是个人具备什么高明的才华技巧，更不是脱离实际脱离群众拥有了"艺术天才"。

  宣传队的艺术创造和服务，让我和战士们一起接受了革命的哺育，增强了前进的力量和信心。我的18岁至21岁的青春，就在这明媚的阳光照耀下度过，每天唱得响亮，干得起劲，摒除了杂念，成长得结实起来。正如那首《宣传队之歌》（木愚、若谷词，照晖曲"南"35）所唱的：

> 我们是为兵服务的文化战士，我们在战斗中成长；我们是部队的宣传队，活跃在爱国解放的战场。把人民的力量战士的荣光高声歌唱，把杀敌的勇气战斗的烈火高度发扬，我们面向连队和战士在一起，我们深入实际改造自己！高举毛泽东的大旗，高举毛泽东的大旗，永远前进，永远胜利！

"阳光"歌曲简释

欢声雷动

《都因为有了共产党》（安波词曲"南"2）："都因为有了共产党，坚持了抗战八年长，洒了多少血，流了多少汗，打走了鬼子小东洋。救我们出苦海，天空里现太阳，谁叫我们得解放，都因为有了共产党……"

《我们高声歌唱共产党》（佚名词曲"南"4）："我们高声歌唱共产党，二十八年来你始终站在斗争的最前方，……你像浓雾里的朝阳，放射着辉煌的光芒，你像大海里的灯塔，指引着航行的方向……"

《跟共产党走》（沙虹词，久鸣曲"南"3）："你是灯塔，照耀着黎明前的海洋……"

到前方去

《我们是民主青年》有三段词，其一是"我们是民主青年，我们是人民的先锋。毛泽东教育着我们全心全意为人民。千万青年跟着毛泽东，永远向胜利，永远向光明。"

《说打就打》有两段歌词：

> ①说打就打，说干就干，练一练大盖枪，刺刀手榴弹。瞄得准来投呀投得远，上起了刺刀叫他心胆寒；抓紧时间加油练，练

好本领准备战,不打垮反动派不是好汉,打他个样儿叫他看一看!

②说干就干,说打就打,人民的子弟兵什么也不怕!民主联军前方打天下,老百姓后方反恶霸!前方后方是一家,打天下来反恶霸,建立好我们革命的家!再去那乌龟壳里捉王八,捉王八!

《我为人民扛起枪》的歌词是:

我为谁人来打仗,为谁来打仗?我为谁人扛起枪,为谁扛起枪?为革命,为祖国,为了自己来打仗,为了你,为了他,我为人民扛起枪!……鱼和水,不能分,血和肉紧相连,军和民,一条心,解放全国杀敌人!我为人民,人民为我,人民解放我解放,人民解放我解放!

旧军队的歌曲给我留下印象的还有:《五虎将》(佚名"军"20)"三国战将勇,首推赵子龙,长板坡前逞英雄……";《服从歌》(冯玉祥词"军"88):"军人首重服从,命令何等森严。纣有兵丁一万,何敌周臣三千。离心同德,胜败昭然。切戒藐法任意抗顽。"

鼓舞军民

当年我下连队教唱的歌曲,有《战斗进行曲》(韩塞词,佩之曲"红"168):"我擦好了三八枪,我子弹上了膛……";有《我爱我的祖国》(丁毅词,庄映曲"广"137)"我是个国防军的战士,驻守在祖国的边疆,我爱我的祖国,保卫我们祖国万年长……";还有一首忘记了出处的《我的枪》(佚名):"我的枪,光溜亮,我要带你上战场,天天我要把你擦,天天我要练一场……"为了弥补部队没有参加抗美援朝的遗憾,还特意选唱过一首《进军号》(张建华词,彦克曲"广"139):"进军号洪亮地叫,战斗在朝鲜多荣耀,看我们的红旗哗啦啦地飘,好像是太阳在空中照。……就是我们今天吃点苦,能使我们祖国牢又牢,不被炸弹炸,不被烈火烧,我们的父母常欢笑。……"

小歌剧《老母鸡》（高崑、白人、田川集体创作，吕若增曲；有华新出版社 1949 年单行本）的选曲一："眼看日头偏了西，吃罢晚饭来喂鸡，房前房后都找遍，找不到我那秃尾巴老母鸡。"选曲二："我正想办事上前庄，听说又有队伍来住房，吓得我急忙回家转，赶快去把东西藏。"选曲三："老大娘你放心，我们不是蒋匪军，他们拉伕又抓丁，专门欺负庄稼人。"

小歌剧《三担水》（丁洪编剧，一鸣作曲；有东北书店 1948 年单行本）的选曲一："开开两扇门儿，还是不见人呐，（白：锁儿！锁儿！）雪花满天飘，寒风吹来像刀刮，你为什么不回家呀，不呀么不回家。"选曲二："一条扁担软溜溜，挑起水桶快快走，软呀软溜溜，快呀快快走，……帮助老乡来干活呀，我越干越加油！"选曲三："小同志会做事，又会说话。帮老乡挑担水，这算个啥？你帮我挑了水，我拿啥来谢谢你呀？军和民，是一家，还谢谢个啥！"

小歌剧《军民互助》（王向立、王焰、陈戈编剧，李鹰航、彦克、一鸣曲）的选曲一："说不搬就不搬，看你把我怎么办！说要搬就要搬，看你把我怎么办！"选曲二："部队天亮把身起，天黑才到达咱这里，冰天雪地多辛苦，他们应该好休息。"选曲三："这场雪下得大，满院都是白花花，帮助老乡来扫雪呀，就像打扫自己的家！就像打扫自己的家！"

秧歌剧《刘顺清》（翟强编剧，张林籍作曲"秧"190－192）的选曲一："刘连长你莫笑，破钟怎能把镢头造？破钟的铁成色好，打成的镢头比买的妙，革命工作靠创造！"选曲二："小徒弟叫一声，王铁匠被唤醒，走出门来看一看，来了位八路军。一见老铁匠，我高兴地走向前，跑遍了南泥湾，才把你找见。"选曲三："部队里要开荒，等着镢头用，没有铁，搬来了一口大钟。特意来，请你去，化铁打镢头，几十把在七天里，就要完工！"

以上四出戏我都参演过，在这里不惜篇幅地援引其唱词，并非只为纪念，而是想说明，只有面向基层为人民服务，文艺才能随着时代前进。1946 年，东北民主联军（后来的第四野战军）政治部编印了《部队剧选》，收入了包括后两出在内的八出戏，并在前言中论述了作者们的创作探索和经验。这些作者都是联政宣传队的老同志；他们从延安走来，在毛主席的"讲话"之后明确了方向，在《兄妹开荒》的道路上继续开拓前进，通过深入部队生活，学习借鉴民间艺术，才取得了创作的成功。那些简单而深刻，质朴而动人的旋律和表演，贯穿的是革命文艺的灵魂。因此直到今日，我还乐于在默唱中体验前辈的光辉行程。

第四篇　反　刍

我曾唱过的20世纪三四十年代电影插曲、流行歌曲，大多从收音机（唱片）和电影中学来，现在大多都能找到资料。

这类歌曲被称为"时代曲"。改革开放以前，由于长期的左的错误，时代曲基本都被指为"思想感情不健康"，被排斥在"为工农兵服务，为社会主义服务"的"百花"之外，甚至就某些具体作品，把时代曲一概批评为"黄色歌曲"，形成不分良莠，一棒子打死的局面。

时代曲集中地发生于上海，它继承了学堂乐歌和五四新文化运动的优良的传统，许多"时代曲"确以优美真实、深刻感人的艺术魅力，鲜明生动地表现了城市生活的情感，受到市民群众的欢迎，广泛流行于各地。时代曲是在左翼文化带动下发展起来的。1930年起，直面日益深重的民族危机和社会不平，一批左翼文化团体（文学、戏剧、电影、音乐、美术）相继在上海成立，呼吁救亡和改造社会的抗争精神，是左翼文艺作品的一般特征。在歌曲创作上，最具代表性的作品有《开路先锋》《大路歌》《新的女性》《毕业歌》《义勇军进行曲》《夜半歌声》《渔光曲》等，这些歌曲在当时就发挥出巨大的动员鼓舞作用，后来因被奉为革命音乐的圭臬，被划在时代曲的范围以外（也正因如此，这次我把自己唱过的十几首这类歌曲，编入了"旧梦"等篇）。上海是个环境复杂的现代化大城市，畸形的文化需求，使时代曲创作的题材体裁、演唱的艺术风格，不能不受歌场舞厅商业运作的制约，部分作品宣扬了纵欲享乐、消极颓废，其负面作用也应科学地评估。

我从小就受到"时代曲"的影响。先是跟着别人学唱，后来从电影或收音机中自学了不少。但对于各种内容样式，并无定见和选择，遇到什么就学什么唱什么。有时独自哼，也有时和要好的同学一起唱，大抵从一时兴趣出发，并不关注它的思想内涵和艺术价值，在庭院里、大街上，张扬自我，旁若无人，可以说是兼收并蓄，食而不知其味。现在把它列入《光景宛如昨》，主要原因是经历了两次"反刍"，如阿庆嫂说的"这茶喝到这会儿，喝出点味儿来了"。

第一次"反刍"在1968年，我因"文艺黑线"等接受批判和审查，被送进"学习班"（"牛棚"），编入小组，失去自由，每天在两个"掺沙子"的战士陪同下，读书讲用，斗私批修，为了使我心无旁骛，宣布撤销职务，家属（当然已搬出营区）每周也只见一面；规定除语录外不得看别的书，不得与小组以外的人交谈。极度的禁锢激起反弹，我发现只有在冲凉房里才能摆脱监管：那间大厅里用木板隔成许多格子，每格里有粗大的水龙头，在高音广播喇叭和哗啦啦水声掩盖下，外边听不清里面声音，更不知道里面是谁。于是，脱得赤条条的我，在里面松弛身心，尽情发泄：先大叫几声，然后就开唱，唱"文革"以来被禁的一些歌曲、戏曲、歌剧，然后就是一些鼓曲唱段、民歌小调……都轮过一遍之后，想到了二十年来没有唱过的"时代曲"，人们说它是"封资修"，而我也已经沦为"封资修"的"黑干将"，那么，正好会会老朋友！逆反心理推着我每天到冲凉房去赴约，搜索枯肠，连记忆断续模糊的在内，把时代曲捋了一遍又一遍。

这是一种难以想象的泄愤形式，也是一次难得的"反刍"的机会：作为一个已被撤职的文化干部，不妨回到老百姓——从不承担路线方针责任的角度，重新审视我所知道的时代曲。一句句、一声声，凭着真实的直觉，初步判定它们既不姓封，也不姓资，而应该姓民，它是那个时代城市平民大众的艺术。它的思想倾向、艺术成就，基本符合那时平民大众的娱乐需求。

"工具论"者指斥时代曲消解正义、粉饰生活、腐蚀斗志，毒害社会，以极左狂热排斥了清醒公平。就整体而言，时代曲具有特定历史条件下的普遍价值，它的缺陷弱点主要源于时代环境的局限，而它的建树和成就，集中表现为经典作品超越时空的魅力。"文革"前，我因不甘于只学某一种"舌",曾以王维的山水诗、赵佶的花鸟画为例,侈谈不直接表现社会思想内容的文艺精品,可以具有"永恒的普遍的价值",为此被指为"人性论"遭到痛批。而冲凉房里的"反刍"启示我:相信历史和艺术本身的法则,固守自己的良知吧!确实,夜深不寐时我常有"翻案"的情绪,但天一亮又恢复理智,仍去扮演假投降的角色。一年之后"学习班"宣布我"毕业",放回原单位"继续改造"。十年后终于平反,给我摘掉了"严重政治立场和路线错误"的帽子;接着,党的十一届三中全会打开新局面。但我比较迟钝,当真的要"解放思想",想重新估量包括时代曲在内的文艺作品时,耳边又响起了防治"精神污染"的警报,只好打住。

又过了三十年,即2008年,离休后的余热已尽,于是有了第二次"反刍"。这时的环境条件与往昔大不相同:风和日丽,心情舒畅,几位热爱时代曲的朋友,给我提供了一批相关的光盘、书籍,而此前我并没有仔细端详过时代曲的歌词和曲谱,不再仅靠粗疏和模糊的记忆。而三十年中我耳濡目染的一些新的歌曲,兼及其他怀旧歌曲,都可以作为比对的材料;因此,我的第二次"反刍",比过去内容丰富些,思路宽阔些,狭隘保守少一些。尽管所知有限,又没有专业的眼光,终归对时代曲有了进一步的认识,形成如下观点:

一、时代曲的概念。五四运动在中国的思想文化上开辟了新的时代。从此发生和展开了爱国的、反帝反封建的、具有进步意义的新音乐运动,它可以被广义地理解为:从1919年起至中华人民共和国的成立,举凡在中华大地创作、演唱,并在群众中发生积极影响的歌曲和音乐作品,都可以称为时代曲。其中为繁荣音乐创作,推进新音乐运动的发展做出历史贡献的,不仅有北伐前后的革命歌曲、抗日救亡歌曲以及国统区、解放区的群众歌咏活动。还应包括三四十年代国统区、沦陷区大城市中传播的优秀电影歌曲、流行歌曲。我们过去只把后者称为"时代曲",是一种狭义的理解和使用。

二、1949年后由于新政权的建立,以及社会变化等原因,"时代曲"理所当然地逐渐退出了群众的音乐生活,但并不意味着这些歌曲失去了应有的历史价值、艺术价值。尤其是一批具有代表性的作品,其歌词的人文内涵具有时代特色，继承了我国诗词说唱文学的优良传统；其曲调在民族民间音乐基础上创新，吸收外来音乐并赋予大众化的品格；演唱这些作品的歌唱家、歌星、电影演员、民间歌手，发挥才华进行艺术创造，促成了这些歌曲的普及和流行，至于它们在词意、风格上存在的缺陷，在人民群众中留下的消极影响，多是时代、环境的局限所致，不应忽略，但也不应苛求，更不应夸大。

三、由于新中国成立以来文艺运动的左的错误，特别是理论批评中狭隘粗暴的影响，"时代曲"中优秀作品的历史地位，长期地被错判、误解、淡化，词曲作者的建树和成就被忽略、贬低、湮没。改革开放以来，通过回顾与反思，这些现象正在被重新解读、认识和纠正。在音乐研究、音乐创作、音乐教育领域，为帮助青年一代摆脱成见，开阔眼界，汲取营养，温故知新，我以为应把"时代曲"作为必要的借鉴，从新的角度回顾进步音乐的传统，了解大众化的方向和现实主义的方法，科学地探讨中国音乐文化的建设。

四、改革开放以来，新创的时代曲发展势头劲猛，其成就令人高兴，而某些弊病又使人忧虑，一些被吹捧为新的先锋的作品、歌手，热衷追求商业价值和曲解个性审美，为名利走红炒作，日益危及歌坛的健康发展。真正滋养心灵、提升境界、引起深层共鸣的音乐，应如何在娱乐的乱象中立足？已经引起有识者一再质疑。至于旧的时代曲，在媒体运作中也出现了新的偏向：有关曲目的选择制作，多局限于老歌迷忆旧；宣传介绍多重在歌星身世、婚恋逸闻；艺术创造和演唱风格的综述分析很少；歌曲的时代背景、词曲创作的艺术成就和影响更是少有提及。模唱的歌星，不乏酷肖原唱的精彩，但也存在片面追求"原汁原味"，单纯复制过去年代的发声、表演、服饰、举止，甚至将某些局限或缺陷加以发挥夸大。这反映了对青年观众的审美引导，对不同层次的鉴赏需求，以及对社会效益的判断，都还考虑不足。

我的文艺观曾受到监管和拷问，由于这种反复折腾，促使我反刍反思，挣脱枷锁，放开脚步，终于有所收获：流行音乐必须以艺术本真的、大众可以识别的面目出现，在娱乐性中追求滋养心灵、提升境界、引起深层共鸣的社会效果。为了感悟创新,必须拒绝浮躁,安静下来,深入生活,刻苦学习;坚守服务社会的功能,要有对不同文化、不同生活方式的尊重,要有历史地宽容和耐心。我企盼中国的流行歌曲尊重并继承自己的优良传统,把面向世界、张扬个性、立足当代、直面功利,与尊重民族审美标准、适应大众的需求与承受能力统一起来。而面对这个艰巨复杂的问题,首先要解决"为了谁,依靠谁,我是谁"的问题。

"反刍"歌曲简释

灾难与不平　伤感和抗争

《春天里》(关露词,贺绿汀曲"上"343)

> 春天里来百花香,郎里格郎来郎里格朗……不用悲,不用伤,前途自有风和浪,稳把舵,齐鼓桨,哪怕是大海洋。向前进,莫彷徨,黑暗尽处有曙光。

此曲以活泼流利的城市民谣体,把衣食无着、处在城市边缘的奋斗者,表现得乐观进取,轻松活泼,虽无奈,仍无畏,有勇往直前的精神气概。

《新莲花落》(安娥词,任光曲"不"182)

> 我们都是没有饭吃的穷朋友,……饥饿道上一块儿走……

莲花落是一种明代以来就流传于民间的俗曲,南方北方都有,多用于乞食。作者利用这种形式表现工人和城市贫民的团结抗争精神。以大众化音乐素材谱成歌曲,富有趣味性。

《天堂歌》(徐卓呆词,严华曲"上"53)

> 上海呀,本来呀非天堂,没有欢乐只有悲伤。满目流泪,大饼早缩小,油条价又涨,身死少棺木,生病无药尝,问苍天难道不是爹娘养?街头巷尾水门汀做床,受不尽前生的孽和障,我的上海人唉唉,要买粮食当了衣裳,有了衣裳没有食粮,要买粮食当了衣裳,有了衣裳没有食粮!

这是影片《七重天》插曲的第二段词,第一段说的是繁华中富人的享乐。用人们熟悉的腔调为底层群众抒情,生动活泼,有一种反讽的意味。

《街头月》(吴村词,张昊曲"上"190)

> 街头月月如霜,冷冷地挂在屋檐上。街头月月如霜,冷冷地挂在屋檐上。母女沦落走街坊,饥寒交迫只得把歌唱,唱呀唱,唱呀唱,唱不尽悲欢离合空惆怅。唱不尽白山黑水徒心伤。街头月月如钩,弯弯地挂在柳梢头。街头月月如钩,弯弯地挂在柳梢头。母女相依沿街走,低弹缓唱唱到泪双流。流呀流,流呀流,流到了心碎肠断不忧愁,流到了天昏地暗有时休。

这是影片《天涯歌女》中的插曲,画出了一幅苦难深重、哀怨凄凉的流民图,"白山黑水"点出东北沦陷的时代背景。40年代在影院听此曲,第一次潸然落泪,打下烙印。

《银花飞》(任慕云词,严华曲"上"56)

> 银花飞银花飞,银光穿透了绣罗帷,张灯赏雪红楼里,浅斟低酌,羊羔美酒,不等到桃花流水就鳜鱼肥。谁知道,哀鸿遍野,冰天雪地,无食又无衣。……

共三段词。

"朱门酒肉臭,路有冻死骨"的词意,前后的曲调和节奏都以强烈的对比动人心弦,是另类的警世之作。

《水上人家》(李隽青词,严个凡曲"不"263)

> 圆圆的月亮空中照,水上人家静悄悄,双栖的有多少,孤眠的有多少,单恋的还有多少?几家完好?几家完了?几家悲啼?几家笑?这笔账谁也算不清,我想月亮总明瞭,月亮摇头也说不知道!

这是民歌"月儿弯弯照九州"的"城市版"。在列举了"双栖""单恋""孤眠"之后,发出悲喜兴衰的追问,音乐向上级进之后又急转直下,借"月亮摇头"诉说了人间的无奈与惆怅。

《五月的风》（黎锦光词，陈歌辛曲"上"444）

　　五月的风吹在花上，多多的花儿吐露芬芳，假如呀花儿确有知，懂得人海的沧桑，她该低下头来哭断了肝肠……

共三段词。

此曲创作于上海成为"孤岛"之后，是杜诗"感时花溅泪，恨别鸟惊心"的新图解，乱世沧桑，哀伤悲戚，动人心弦。

《钟山春》（范烟桥词，黎锦光曲"上"427）

　　巍巍的钟山，巍巍的钟山，龙盘虎踞石头城，龙盘虎踞石头城。……啊，莫想那秦淮烟柳，不管那六朝金粉，大家努力向前程，看草色青青，听江涛声声，起来，共燃起大地的光明。

共两段词。

南京经历日寇的屠城浩劫后，草色、江涛仍蕴含着大自然无限生机。历代繁华，已成过去，关注现实，鼓舞向上，瞻望未来，光明在前，据说"激发民心士气"是写作者的本意。

《秋水伊人》（贺绿汀词曲"不"196）

　　望穿秋水，不见伊人的倩影……

共两段词。

此曲是电影《古塔奇案》插曲，是贺绿汀的电影歌曲代表作之一。伊人，可泛指远隔的意中人。两段词分别由剧中母女演唱，离情恻恻，如泣如诉。

《渔光曲》（安娥词，任光曲"不"173）

　　云儿飘在海空，鱼儿藏在水中……

此曲是同名电影的主题歌，曾在国际电影节获奖。痛苦忧郁的情绪表现得深沉委婉，是思想、生活、艺术完美结合的标本。六十年来海内外流行不衰。

《夜半歌声》（田汉词，冼星海曲"不"187）

　　空庭飞着流萤，高台走着狸鼪……

悲愤控诉，动人心魄。星海自述创作时正逢国家危难，乃"寄怒号于悲鸣"。

《疯狂世界》（李隽青词，黎锦光曲"上"453）

> 鸟儿拼命地唱，花儿任性地开，你们太痛快……

这是影片《渔家女》（1943）中，为一个精神失常者所写的歌曲，导演卜万仓曾解释："歌词实际上是对沦陷区的现实世界的否定和诅咒。"

精神向往与品格情怀

《香格里拉》（陈蝶衣词，黎锦光曲"上"447）

> 这美丽的香格里拉，这可爱的香格里拉……

向往神秘超凡的仙境，竟是普世的理想追求。曲调高昂挺拔，悠扬悦耳，中间旋律升调，引人想象风光的奇异和旖旎。

《天伦歌》（钟石根词，黄自曲"不"179）

> 人皆有父，繄我独无，人皆有母，繄我独无……

孤儿无父母，人间有伦理，欲庇护一切鳏寡孤独残疾老幼，鼓吹大同博爱，这是社会意识演进中的一步。曲调的艺术成就很高，有专文论述。

《慈母心》（陈蝶衣词，黎锦光曲"上"432）

> 慈母心像三春晖，只有温暖只有爱……愿你们奋发有为，不枉母亲的教诲，但愿你们光大门楣，就是给母亲的安慰。

现在虽有母亲节，但如果排除歌剧和儿歌，几乎没有歌颂母爱的歌曲。

《博爱歌》（李隽青词，梁乐音曲"不"249）

> 我们是人应该爱人，我们是人应该爱人，不分远近不限亲邻，唯有博爱才有人生……

这首歌的歌词近乎教堂传道，但音乐气势雄伟深沉，有感染力。在不讲阶级论的时代，被看作是有益的教化。

《玫瑰玫瑰我爱你》（吴村词，陈歌辛曲 "下" 222）

  玫瑰玫瑰最娇美，玫瑰玫瑰最艳丽……

曲调热情、亮丽，借玫瑰歌颂了不畏风雨荆棘的情操，有大陆和港台多位歌星传唱至今。是中国第一首被译成英语传向世界的经典名曲，50年代曾登美国流行音乐排行榜榜首。

《蔷薇处处开》（吴村词，林枚曲 "下" 252）

  蔷薇蔷薇处处开，青春青春处处在……

同上一首，也是以物咏志，音乐轻快活泼，唱出了人们迎接春天的喜悦，极为流行。

《真善美》（李隽青词，侯湘曲 "上" 136）

  真善美，真善美，它们的代价是脑髓，是心血，是眼泪，哪样不带辛酸味？多少因循，多少苦闷，多少徘徊，换几个真善美……多少牺牲，多少埋没，多少忏悔，剩几个真善美……

题材独特，流传久远。它写的是艺术创作和追求中的复杂心情：因循、苦闷、徘徊、忏悔……寻求人们理解其中的甘苦，在过去的时代，普通的人生追求是相通的。据说这是李厚襄（笔名侯湘）的代表作之一。

《天上人间》（叶舫词，严个凡曲 "上" 84）

  树上小鸟啼，江畔帆影移，片片云霞停留在天空间……

自然风光，动静结合，通俗之至，不仅流行于舞榭歌台，就是社会底层也都挂在口上。

《春风秋雨》（范烟桥词，严华曲 "上" 72）

  春到人间送晚风，雏莺乳燕舞晴空，爱他万紫与千红，生机动，意情浓，云想衣裳花想容。……秋到人间草木黄，西风萧索又浓霜，繁华景色变凄凉。真如梦，梦难忘，欲寄相思天一方。

一组旋律，分配两段不同情绪的歌词。第一段唱出轻松欢快的情绪，烘托花季年华、艳阳天气；第二段则唱得压抑低徊，浸沉着遥远的思念。

《可爱的秋天》（李厚襄词曲"不"40）

　　冬天的风雪实在凶，吹在你脸上叫你痛，哪能比秋晨丝丝雨，哪能比秋晚片片风，秋天呀秋天最情浓。……

共四段词。

构思巧妙，把春、夏、冬，都拿来和秋对比，写成了别出心裁的"四季歌"。音乐流畅，抑扬有致，是开发生活情趣之作。

《不变的心》（李隽青词，陈昌寿曲"上"232）

　　你是我的灵魂，你是我的生命，为梦想，鸳鸯般相亲，鸾凤般和鸣。你是我的灵魂，你是我的生命，经过了分离，经过了分离，我们更坚定。你就是远得像星，你就是小得像萤，我总能得到一点光明，只要有你的踪影。一切都能改变，变不了是我的心，一切都能改变，变不了是我的情。你是我的灵魂，你是我的生命。

这是周璇在影片《鸾凤和鸣》（1944）中演唱的主题歌，执着、热烈、欢快、开阔，有人把它的情感引申为爱国的情操，也是可以接受的。

贯通传统与现代的情爱倾诉

《小山歌》（梅阡词，金玉谷曲"不"245）

　　三月里村庄好风光，三月里场上人人忙……哎，哥哥你好像清溪的水呀，妹妹我好像绿苗儿样，……

这是影片《复活》的插曲，江南民歌风，把劳动中的恋情表现得那样热烈、甜美、浪漫、传神，影片中的情节是否脱离现实，已经不重要了。

《采槟榔》（殷忆秋词，黎锦光编曲"上"420）

　　高高的树上结槟榔，谁先爬上谁先尝……

以湖南花鼓音乐素材写出流传极广的情歌，而又不失乡土气息，可称上品。翻唱此曲的歌星无计其数，其中包括后来的邓丽君、奚秀兰等港台名家。

《叮咛》（黎锦光词曲"上"408）

　　我的年轻郎，离家去南洋，我们俩离别，顶多不过二春光，望郎莫悲惶，不必太心伤，沿途多保重，再会时期并不久长。望情郎不必多悲哀，总要辛苦去求财，胡闹花天无正业，等到老来苦难捱。望郎要心安，赌博不可贪，世上多少少年郎，全因赌博做人难。

第二段词从略。

社会底层的爱情生活、语言的民谣风，与婉转细腻的音乐紧密融合，充满朴质生活的实感和劝慰体贴的深情。

《卖杂货》（黎锦光词曲"自"）

　　漂洋过海卖哟杂货，漂亮的姑娘啊，风波浪里危险多，你是荷花刚哟出水……狂蜂浪蝶太凶恶，赏花人无采花人太多，一失足成千古恨啰！

第二三四段词从略。

为她担忧，对她劝导，善意谋划，真挚、细腻、热烈，曲调有浓郁的民歌风，是一首别开生面的求爱曲。

《郎是春日风》（李厚襄词曲"不"167）

　　郎是春日风，侬是桃花瓣，单等郎吹来，侬心才灿烂……

桃花、河水、泪珠、浮云的比兴优美，是艳情一派的代表，曲调飘柔起伏，虽在舞厅流行，仍可领略深情的炫美，而无滥情的低俗。

《送君》（严华词曲"上"50）

　　送君送到百花洲，长夜无眠在画楼，梧桐叶落秋已深，冷月清光无限愁……

原以为是个古典美人所唱，后来寻得资料，才知它是影片《七重天》的插曲，影片内容是现代城市中一幢七层楼上爱情故事，四段词从不同角度表现送别恋人时失意的心情，典型的民歌格调，旋律简明，好听好唱，群众喜闻乐见，但语言太过古典，令人会有时空割裂之感。

许多流行歌曲出于地方戏曲改编的古代题材影片，如《西厢记》中插曲"拷红""月圆花好"等，至今脍炙人口。这种流行歌曲和传统文化互相渗透的现象，似可称传统文化之延伸。但那时的古代题材的改编，出于电影艺术的需要，多是丰富（发展）了人物性格和故事情节，民族的传统的婚恋伦理仍然被恪守着，故为群众所接受。以下几首就是这一类型。

《月亮在那里》（欧阳予倩词，严工上曲"不"204）

> 月亮在哪里？月亮在哪厢？它照上我的房，它照上我的床，照着那破碎的战场，照着我甜蜜的家乡。几时能入你的怀抱？也好诉一诉我的衷肠！……

这一首是影片《木兰从军》插曲，是花木兰与裴元度的对唱，共有四段，各诉心曲，借物咏情，含蓄贴切。

《千里送京娘》（叶舫词，严个凡曲"上"89）

> （女）柳叶青又青，妹坐马上哥步行，长途跋涉劳哥力，举鞭策马动妹心。哥呀，不如同鞍向前行。（男）用不着费心，我不怕这区区路程。……

这是同名电影《千里送京娘》插曲，四段词。赵匡胤送弱女返乡，弱女含情脉脉，以身相许，而赵正气凛然，不为所动，最后唱出"君子仗德行，我送你岂为了私情"。此曲流行中常有人把"哥呀"唱得娇声嗲气，类似情况其他歌曲中也有，素质使然，非作者之过也。

《相思曲》（黄嘉模词，金玉谷曲"不"210）

> 相思恨绵绵，夕阳照花前，……旧欢重拾难，时过境又迁，今生成永诀，且结来世缘，琵琶别抱魂欲断，满腔血泪哭云天。

共四段词。

这是影片《梁山伯与祝英台》插曲，祝英台唱，这里引的是第四段词，悲情动人。

《盼君早日返家园》（叶舫词，金玉谷曲"不"211）

  梁上双栖燕，梁下君不见，怀中幼儿饥饿啼，高堂白发泪涟涟，仰望着残月愁肠断，盼君早日转家园。……

这是影片《秦香莲》插曲，委婉、凄楚，贴切地表现了人物心情。此为四段词中第一段。

《梦断关山》（范烟桥词，严华曲"上"73）

  念良人，从军远别十二度青春，千里送雏儿，消息又沉沉，挑水磨粉，茹苦含辛直到今。实指望重圆破镜，再见光明。怎奈干戈扰攘，关山险阻，恨不能插翅飞，便好梦，也难成。只落得，朝朝暮暮，思思想想，凄凄切切，冷冷清清。

这是影片《李三娘》主题歌。故事源于元杂剧中的《白兔记》，各地方戏曲均有此剧。它和"梁祝""西厢记"等都是封建制度下的爱情悲剧；但它有独特处，即渲染了重重灾难中女性忍辱负重、坚韧不拔的精神。词有散曲风，曲调既哀伤悲凉，又坚定沉稳。

《天长地久》（范烟桥词，姚敏曲"上"309）

  红遮翠障锦云中，人间鸾凤御炉香，缥缈随风，今宵花月都美好，春气溢深宫。……栉风沐雨，尽力耕种，要麦黄稻熟庆丰年，有饭大家吃，民生第一功。一年容易又秋风，屈指佳期又到，渡银河，又梦到巫峰。你别来无恙，依旧意气如虹，力田辛苦，雨雨风风，恨盈盈一水，如隔关塞重重，不能相依朝夕，只有灵犀一点通。来也匆匆去也匆匆，良宵苦短情话偏浓。纵使会少离多，都是天长地久，人间天上不相同。

这是影片《解语花》插曲，构思三层，首尾呼应。第一段是"男耕"，未引的第二段是"女织"，以古代的农耕生活为背景，倾诉会少离多的思念，婚恋与生产劳动相结合，传统的诗情画意，是少有的特色。

城市生活节奏与风情

《讨厌的早晨》（李隽青词，黎锦光曲"上"459）

粪车是我们的报晓鸡，多少的声音都跟着它起，前门叫卖菜，后门叫卖米……

棚户区、贫民窟的生动图景，作者对这种生活太熟悉了。

《夜上海》（范烟桥词，林枚曲"上"217）

夜上海夜上海，你是个不夜城，华灯起乐声响，歌舞升平。酒不醉人人自醉，蹉跎了青春。……

以舞女生活的痛苦与无奈，映衬十里洋场繁华背后的奢靡腐朽，呼唤新时代新天地。

《满场飞》（包乙词，黎锦光曲"上"436）

香槟酒气满场飞，钗光鬓影晃来回……

纸醉金迷，挑逗煽情，节奏跳跃，旋律轻快，充满感官刺激，对青年有极大的诱惑力。

《何日君再来》（黄嘉谟词，刘雪庵曲"上"36）

好花不常开，好景不常在……

1936年7月，刘雪庵在上海国立音专第四届毕业生举行的茶话会上，应邀即兴创作了一首探戈舞曲，感叹人生聚散无常，为古典诗词中常见的意境。后经黄嘉谟填词，成为电影《三星伴月》主题歌，周璇演唱。1938年的电影《孤岛天堂》也用此歌为插曲，黎莉莉演唱。1941年李香兰将此歌灌制了唱片。由于流行唱法中，对风格韵味的肆意发挥等原因，致使此曲后来被解读为"反动歌曲""黄色歌曲"的标本，刘雪庵受害奇冤，写下了音乐史上最不堪的一笔。

《恋之火》（陶秦词，陈歌辛曲"上"221）

眼波流，半带羞，花样的妖艳柳样的柔……

《雷梦娜》（姚敏词曲"不"40）

蕾梦娜，听力瓦河畔歌着爱之音，……

《桃李争春》（李隽青词，陈昌寿曲"上"241）

窗外海连天，窗内春如海，人儿带醉态……

这一类歌曲不少，以上三首有代表性。词句华丽，音乐缠绵，大多渲染情场的得意或失意，满足那些无所事事者的享乐追逐，如今只有资料价值。

《特别快车》（黎锦晖词曲"上"479）

盛会绮宴开，宾客齐来，红男绿女，好不开怀……

《金丝鸟》（栋荪词，严华曲"上"54）

金丝笼中金丝鸟，锦衣玉食养得娇，挂在绣楼闲逗主人笑，隔帘细语啁啾，不知春已到。问小鸟，枉自聪明，为何常守笼牢？……

《三轮车上的小姐》（裘子野词，林枚曲"上"263）

三轮车上的小姐真美丽，西装裤子短大衣……在他身旁坐个怪东西，年纪倒有七十几，……你为什么对他嗲声嗲气，他凭什么使你那样欢喜？……

《夫妻相骂》（李隽青词，梅翁曲"上"307）

（女）自从嫁了你，幸福都送完，没有好的吃呀好的穿，没有股票呀，没有田地房产，没有金条也没有钢钻。……（男）自从娶了你，每天听你烦，你说投机呀我不干，你说囤积呀我更不愿，不做贪官哪来的金刚钻？……

以上是大都市里畸形的婚恋，牺牲了尊严、自由和前途，酿成多少悲剧。这些歌曲有讽刺，有劝诫，也有愤慨。内容沉重，形式却力求优美；直白泼辣，而回味深长。

《秋词》（佚名"不"167）

桂花飘又来这小小的园里，苦的心肠死的灵魂，也有沉醉意。谁的青春谁不怜惜，苦恼又谁人替，往日的欢乐，甜蜜的笑语，就永远没有归期。……

有人说它的原题是身入囹圄的"囚辞",也有可能。总之是找不到出路,又忍受不了痛苦折磨,终于铸成大错者的心声,也算是都市角落的特有题材。

第五篇 异 域

20世纪50年代的中苏友好,在中国政治、经济、文化各个领域产生了重大影响。以群众歌曲为中心的音乐艺术,给当时的青年一代留下不可磨灭的烙印。现在北京景山公园中,有一个由二三十位老年人组成的外国歌曲合唱团,每周日上午聚会咏唱,已经坚持十几年;他们把咏唱的怀旧曲目,编印了两本歌册,在总计的173首歌曲中,有俄罗斯歌曲(含前苏联)54首,占总数的31%;如果加上歌册以外我个人熟悉的部分,数量远远超过了任何其他外国歌曲。

我认真学唱或随意跟唱过的苏俄歌曲分述如下:

十月革命前的歌曲7首:《红旗》《我们是熔铁匠》《你们已英勇牺牲》《我们是红色战士》《乘风破浪》《跨高山越平原》《斯拉夫送行曲》;

十月革命后的歌曲21首:《迎接》《俄罗斯》《列宁山》《喀秋莎》《祖国》《有谁知道他呢》《我的莫斯科》《神圣的战争》《海港之夜》《勇士歌》《灯光》《小船》《遥远的地方》《山楂树》《太阳落山》《小路》《春天里鲜花怒放》《共青团员之歌》《蜻蜓姑娘》《友谊圆舞曲》《莫斯科-北京》;

苏联电影插曲17首:《快乐的人们》《五月的莫斯科》《红莓花儿开》《丰收歌》《你从前这样》《祖国进行曲》《夜莺曲》《快乐的风》《青年歌》《莫斯科你好》《朋友》《雁之歌》《莫斯科郊外晚上》《我最亲爱的母亲》《幸福鸟》;

俄罗斯民歌有7首:《伏尔加船夫曲》《贝加尔湖草原》《光明赞》《纺织姑娘》《三套车》《田野静悄悄》《草原》。

我能够唱这么多的原因之一是:早在20世纪30年代,就有许多从苏联歌曲改编而来的革命歌曲流传。例如由《同志们勇敢向前进》(《光明赞》）改编的《红军进行歌》、由《你们已英勇牺牲》改编的《二七纪念歌》、由《布琼尼骑兵队》改编的《上前线去》、由《乘风破浪》改编的《霹雳啪》等。我在学生时代接触的主要有《伏尔加船夫曲》《光明赞》《快乐的人们》《喀秋莎》等。参军后不但公开学唱苏联歌曲的机会多了，而且作为铜管乐队成员，还演奏过一些由歌曲改编的乐曲，如《我们是熔铁匠》（演奏用曲目）、《你们已英勇牺牲》（作哀乐用）、《斯拉夫送行曲》等。自然，在学唱和演奏中，也就通过音乐形象，增强了对苏联的历史文化的理解。歌曲与乐曲中的革命、火与血、行军站岗、思念故乡、忠诚与牺牲、爱情和友谊、夜暗和曙光、向往崭新的生活……这一切恍似光影流动，留在我青少年的体验和感动之中。几十年过去，那些旋律如白桦林或大草原的轻风，伏尔加河或贝加尔湖的水波，仍让我感受到异域心灵的呼唤、跃动、飞翔，真是要感谢艺术家，把人间最珍贵的情感用音符编织起来，长存久远。

我们这一代经历了革命传统的传递，贯穿了中苏音乐的交流。作为域外文化潮流来接受的，首推苏联文学和苏联电影、苏联歌曲，在新中国成立前后，这是相当普遍的现象。我这样来谈苏联歌曲，并非要读者同我一样的共鸣，这不可能；但这作为早年传播，并影响了一代人的异国艺术，为什么它的烙印至今没有流逝淡化，反而历久弥新？音乐家、翻译家薛范先生曾著文指出，我们怀恋苏联歌曲，因为它"体现了对远大理想的追求，对崇高事业的奉献精神"；"把普通劳动者作为主人公，讴歌他们的业绩、生活和爱情"；"是对我们曾经拥有而如今正在失落的弥足珍贵东西的呼唤"。今天，我们再唱前苏联歌曲，是因为"理想主义的光辉永远不会在我们心中熄灭"。[1] 我不惮当这样的文抄公，是为了说明选取这些歌曲的依据。

当然，近现代中外音乐的交流，除了俄罗斯（苏联），还有更加广阔的领域。上溯到清末编练新军时期，最早以沈心工、李叔同为代表的留日学生传回了一大批学堂乐歌；民国以后，欧美国家音乐渐次流入，诸如教

---

[1] 见薛范：《理想的光辉永不熄灭》，载《音乐爱好者》1994年第5期。

会学校和教堂以键盘乐器伴奏的《赞美诗》；政府兴办的用于礼仪的管乐队；上海工部局由意大利音乐家主持的管弦乐队；海归留学生参加的音乐社团等等，都是介绍西方音乐的桥梁。新中国成立后，通过中外文化交流，音乐教育的展开，通过各种传媒和演艺团体，向广大人民群众介绍、传播了世界各地的经典音乐作品，促进了中国音乐的进步和创新。欧洲、美洲和亚非拉地区的歌曲，各自以民族的、民间的、古典的、现代的文化特色，丰富和塑造了新一代人的精神生活，同俄罗斯（苏联）的歌曲一样，它们对于拓展心智，提高审美，激发创造力，丰富生活情趣，也都大有裨益。

改革开放以来，由于工作性质和生活环境的改变，我接触、欣赏异域音乐、外国歌曲的机会越来越少了，接受能力也越来越差，印象中激动人心的新曲很少，问起其他喜欢音乐的老年人，感受大体一致，似乎新的历史时期引进的外国歌曲，娱乐性偏强，不像以前的外国歌曲，能与我们的现实的政治情绪、生活情感息息相通，引发共鸣。我怀疑这是我个人的文化禀赋和年老的自然法则，致使我在开放中低估了成绩，放大了缺陷。但同时我也怀疑确有文化权力部门、企事业单位，存在重开放而忽略监管，顾多元而疏于引领，只愿满足娱乐人群的需要，不惜片面诠释音乐文化的本真的问题。有需要就有市场，但不应让市场决定一切。那些狂野或奇诡的、强化刺激或迷茫沉醉的、颠覆了艺术功能没有确切情感指向的音乐，也许不可能改变或消失，但我总是希望，报刊、影视、网络、广告、歌厅、剧场和一切文化的阵地，对它的商业价值加以适当限制，多留空间给正常文化消费的人群，给心智发育尚未成熟的青少年。对青少年外向的欲望和趣味，在音乐生活（也包括其他方面）上应该照顾、满足和指导，而不是利用他们的无知来炒作、造势，更不允许在艺术教育、文化消费中纵容崇洋媚外。

吸收外来文化，是音乐艺术和其他艺术门类共同的重大课题，任何探讨和努力，都应坚持以我为主，在构建具有中国特色的现代公共文化服务体系中，衔接世界文明和中国文化的优良传统，保持社会主义文化前进的方向。相关的专业部门应该自觉地担起这个重任。毕竟，扶持通俗文化，引导流行文化，改造落后文化，抵制有害文化，是全面建成小康社会的总体要求中不可或缺的组成部分，是改善文化民生的重要内容。

两首"异域"歌曲简释

《迎接》是苏联影片《迎展计划》插曲，它的另一译名是《相逢》，相关影片名为《相逢之歌》。原曲谱的后半部为二声部。全曲歌词五段，今录其第一、二段。

这首歌在二战期间成为法国抵抗运动战士的队歌。1945年6月，这首歌的曲调被用作《联合国国歌》，节拍由2/4改成4/4，重新填写歌词的是美国诗人 H. J. 罗梅，歌词是：太阳与星辰罗列天空，大地涌起雄壮歌声。人类同声歌唱崇高希望，赞美新世界的诞生，联合国家团结向前，义旗招展，为胜利自由新世界，携手并肩……1945年8月15日，日本宣布投降，重庆电台向全国播放了这首歌。

过去只觉得优美好听，当了解了它曾经历的变化之后，我对歌唱艺术有了更深的理解。这首歌的形象和情绪，体现了人民对劳动创造、对美好世界的追求向往，它的高度审美价值，就在于突破了国界、肤色，引起最广泛人群的认同和共鸣。这当然是作者深厚艺术造诣的结晶，而最重要的，是作者为生活理想、光明前途所激发的创作动机。

斯拉夫送行曲

菲多托夫 词　阿加普金 曲

F 2/4　进行曲速度

（乐谱略）

这一首进行曲振奋人心，忆当年侵略军压边境，战士们别家园登上列车，这首歌伴他们去出征。

四一年唱着它保卫莫斯科，四五年唱着它进柏林，俄罗斯站起来万众一心，多少年，经风雪历艰辛。

假如有一天，敌人来进犯，我们为祖国奋起投入神圣战争。田野麦浪滚滚，祖国大踏步前进；战胜那灾难，赞美那劳动，保卫住幸福和安宁。战胜那灾难，赞美那劳动，保卫住幸福和安宁。（这一）

原载 景 1-13

　　《斯拉夫送行曲》的这一歌谱，是从北京景山外国歌曲合唱团的歌本录入的，曲调和节奏记为 F 调 2/4（原谱：A 调 2/2），歌本无来源说明，无译配人名；歌曲原无前奏，录入时我根据记忆的演奏谱加上了；录入"假如有一天敌人来进犯，我们为祖国"的旋律时，我也根据自己演奏分谱的记忆，将乐谱调高了八度。后来在网上查到了资料，发现了以上与记忆不同的地方，但为了保持忆旧的原状，没有改正。

　　新中国成立初期，我从大连参军的老同志处学奏此曲时，曲名为"ССＰ"，可能因直译"斯拉夫送行曲"不易理解，就起了这个象征性很强的名字，使我们觉得它是苏联军乐的代表作，是苏联文化精神的标志。

　　近年来因网络的方便，对这首歌才有了较多的了解。《斯拉夫送行曲》，又名《斯拉夫女人的告别》，它历经十月革命、苏联内战、卫国战争，可以说是见证了 20 世纪俄罗斯战争史的一首军旅歌曲。1941 年 11 月

7日，德寇已经兵临城下，莫斯科红场举行阅兵，联合军乐团演奏了这首《斯拉夫送行曲》，这首歌描写了士兵在赶赴前线时视死如归的离别之情，为了家园，为了亲人，为了祖国，死亡的恐怖早已无足轻重。1945年的莫斯科胜利游行中，苏联红军军乐团又演奏了这支乐曲。此后，苏联和之后的俄罗斯，在重大典礼，特别是阅兵式上几乎必定要奏响这首"斯拉夫送行曲"。现在，伏尔加河上的轮船，从莫斯科始发的各次列车，运送新兵到服役地的列车，都在这支乐曲声中发车。莫斯科的白俄罗斯火车站广场，树立着"斯拉夫女人的告别"纪念碑。

许多诗人为这支乐曲填词，这些歌曲都表达了士兵以及所有亲人身在战场的妇女们的心声，动人的悲怆感和爱国主义的民族精神。歌曲被众多演艺团体采用。它的唱片和录音，发行数量惊人。其中最具代表性，影响最大的，除A.费多托夫填词的阅兵版外，还有F.拉查瑞夫填词的男女二重唱版以及库班哥萨克合唱团的版本。

如果说阅兵版的歌声是雄壮、震撼、威慑、强大，那么，扎拉与佩服佐夫的男女二重唱的风格迥然不同，它用低微柔和的音律交流，如泣如诉地演绎了细腻抒情的爱国节操，中段低徊的旋律以小三和弦表达了与阅兵版同样强烈的英雄气概。首尾的军鼓声、列车在铁轨上的行进声，女人手执的军帽，画十字祝福的画面和歌声一起让人刻骨铭心。从网络上看，这支歌曲的二重唱，是拥有着数量最多、反响最强烈的词条。它的歌词是：

军旗飘，军鼓敲，出发时刻到，只见你含着泪对我瞧。
你和我分别时紧紧相拥抱，望远方惊雷动，起风暴。
天茫茫，雾蒙蒙，硝烟笼罩，亲人们常担忧，心内焦。
俄罗斯在号召建树功勋，好男儿雄赳赳，志气豪。
再见我家园，再见，常思念，再见，这一去谁知有几人能生还。
绿草原，黑森林，高山丘陵，征途中，送晚霞，盼黎明，
不能忘妇女们前来送行，殷切切在我耳边叮咛。
我们心中不再冰冷，正义之光照亮我们的心。
为了爱，为了捍卫祖国山河，我们愿洒热血，献生命！

再见我家园，再见，常思念，哦，亲人们，再见吧，再见，再见！……

2010年俄罗斯卫国战争胜利日演唱会上，扎拉动情地演唱，晶莹的泪珠沿脸颊流下，仿佛又回到了那个年代送别亲人上战场的情景。观众中不少人跟着唱，一位老妇人甚至痛哭流涕。据说苏联1918年到1928年出生的男性公民，到1945年只有9%幸存。可见战争牺牲之大，歌曲内涵之深。

库班哥萨克合唱团演唱的《斯拉夫送行曲》，歌名为《俄罗斯，起来，为信仰抗争》，这是一台具有浓郁地域色彩的、高昂的爱国主义情调的大合唱，男女老少、乐手演员，穿着五光十色的民族服装，交互烘托，层层叠叠地站满舞台，稚嫩的童声和雄浑的男中音为主，演唱的形式与主题情感高度统一，使人感到人民群众中蕴藏的无穷力量。

作为歌曲的《斯拉夫送行曲》，有多达20余部电影和电视剧把它用作插曲。如苏联电影《雁南飞》《高加索俘虏》，中国的电视剧《掩护》、话剧《喜剧的忧伤》。

作为歌曲的"斯拉夫送行曲"，俄罗斯（苏联）众多的军乐团，和国家、地方的音乐团体，把它作为自己标示荣誉的保留曲目。演奏它的外国军队军乐队，除中国人民解放军的军乐团外，还有美国海军陆战队乐队、德国边防总队军乐队、奥地利卡林西亚军乐队以及保加利亚、罗马尼亚、法国、挪威、瑞典、南斯拉夫等国家的军乐队。1937年波兰人用这首乐曲填词，写成了一首波兰游击队歌。以色列人填词的《向斯拉夫女人告别》，成了一首欢快的部队歌曲，也唱出了坚定中透着忧伤的感觉。

在中国，从网上可以查到，近年演唱（演奏）它的群众音乐团体很多。北京的有：友谊管乐队、阳光管乐团、龙潮管乐团、清华大学军乐队、北京大学手风琴协会、大兴三中管乐队、孙指通州文化馆、天坛周末1516口琴队、海星口琴乐团等。北京之外有上海军之声合唱团、郑州西亚斯学院军乐团、延边自治州金秋管乐团、吉林油田军乐团、四川警官学院军乐队、重庆铜管五重奏组、武汉奥园之声艺术团手风琴合奏、军旅管乐艺术团；武汉市李家墩社区手风琴合奏、山东泰安老年大学铜管乐队、南宁市第十二届中小学艺术节管乐团。杭州、西安两地的音乐喷泉也都选用此曲。作为个人活动的报道，除大量有关的互相交流、学习外，还有2015年刘少奇长孙出席广州市抗战纪念音乐会时演唱斯拉夫送行曲，以及陈德凯在酒吧里的手风琴独奏此曲等信息。

一首被填出了多个版本歌词的外国乐曲，广泛地被专业和业余的音乐团体演唱和演奏，超越国界发生这样大的影响，是极为罕见的。我为这首歌曲写了这么多文字，反映了它在我心中的分量。我希望我们的音乐人（好像这称呼的概括比较全面）也能发掘加工或创造出，质量与影响足以和《斯拉夫送行曲》相比肩的作品，希望我们的"中国好声音"中，我们的流行歌手群里，也能有自己的"扎拉"（她是俄罗斯流行女歌手），唱响让广大人民群众产生强大共鸣的歌声。

（2012年初稿　2015年定稿）

潮涨汐落　放歌晴空
——《光景宛如昨》编后

青少年对外界事物最为敏感，心智最为活跃，这个时期对于听觉艺术，往往是本能地兼收并蓄。"近朱者赤，近墨者黑"，为着塑造健康向上的精神性格，无论新旧时代，青少年的音乐欣赏歌咏活动都需要引导。对于这个近乎常识的问题，年逾八旬的我，竟产生了以亲身经历加以解说的冲动。

我的青少年正处于新旧中国交替的重要历史时期。在新中国成立前，无论是启蒙的、谣谚的、学堂的、流行的歌曲，对于培养正义进步的良知，都起了潜移默化的作用；新中国成立后，我有幸接受了新时代音乐的熏陶，在歌声中随着千万青年一起，走进革命军队，走上为人民服务的人生旅途。在新旧交错期间，还有大量通俗歌曲和优秀的外国歌曲，也对我产生了积极的导引的影响。

音乐，特别是群众性的歌曲活动，给予青少年美化心灵、摈除恶念的引导，有利于树立正确的人生观。但新中国成立以后，左的错误曾经强迫群众的精神文化活动服务于现实政治口号，"文革"中更是被推向极致，本应丰富多彩的群众歌曲，被扭曲为宣传政治狂热的工具，在音乐史上留下深刻教训。经历重大挫折，迎来新时期后，新音乐运动的优良传统得到继承，弘扬主旋律与提倡多样化并行，群众歌曲蓬勃发展，涌现了一大批人民喜闻乐见的、滋润心田、激活思维的好作品；特别是被长期打压的通俗歌曲，在港台优秀歌手的影响下，也出现了创新的好势头，其主要对象从市民转向城市青少年，更加突出了青春情感的呼唤。但受西方大众文化的影响，过度强调娱乐的效应，热衷于打造"爱欲盛宴"，诱发即刻的感官冲动，传播肤浅低俗的趣味、庸俗的享乐主义，成为通俗歌曲难以愈合的致命伤。

爱，自从人类文明发轫以来，它的内涵无比丰富，作为艺术创造的永恒主题，它拥有无比广阔的题材，并不仅限于婚恋之爱；更由于任何社会族群的生活，都处在发展变化之中，因而普世的各类情爱包括两性情爱，总是在某一层面上渗入审美的、价值的观念，音乐艺术表现"爱"的美好情感，诚然是为人民放歌抒情的题中应有之义；而且还要看到，爱欲情感与社会取向的互动，"美"的心灵追求与伦理道德的统一，正是中国传统音乐美学特征之一。新时期以来，由于构筑和谐社会的理念深入人心，在各种音乐体裁特别是歌曲中，以爱为广义主题的优秀作品（包括性爱、亲情友情之爱、对于乡土、祖国之爱等）大量涌现，为群众提供了精神引导和美感享受。

但不容忽视的是，也有片面崇尚西方文化的音乐人，曲解"同世界接轨"的文化交流，他们所热衷于从西方音乐、港台音乐中引进的，是人的感性、人的自我个体的神圣化绝对化，是把两性爱欲的情感内容置于思想、理智之上，甚至宣扬非理性、反理性的个性张扬与冲动，超越社会、脱离生活，否定伦理道德的约束❶。受到这种影响的通俗歌曲，其歌词内容多把男女情爱虚化、泛化，歌词应有的广阔明晓和文学品格被削弱，鉴

---

❶ 参见许璐：《中西方音乐哲学中有关"美"的探讨》，载《西江月》，2010年第1期。

赏趣味被引向肤浅肉麻，精神价值被推向悬疑迷茫，或虽标榜"励志""公益"而名不副实；在音乐语言的使用、音乐形象的塑造上，所谓的都市情感、现代节奏、心灵快感、冲击力量等，削弱或伤害了逻辑性完整性；或为追求音响奇诡，脱离特定内容强化感官刺激，不惜在编谱配器中背离谐调统一的原则；精品意识被曲解为"青春时尚""打造包装"，盛行的演唱风格，往往是不顾音乐形象地张扬个性，卖萌耍酷，制造与听众的"互动"。这样的"劲歌"，除了让少数人名利双收，满足低俗情感的宣泄，完全不关普通百姓痛痒。❶它的"娱乐"效果，无非把涉世未深的青少年，吸引到情欲的冲动、迷茫、彷徨、沉醉之中，销解具有文化终极意义的信念、信仰和理想。

通俗歌坛上脱离群众、脱离实际、脱离生活的艺术理念、审美取向，必然导致偏离文艺的"二为"方针，偏离音乐的民族化大众化方向。少数从业者已公然宣称，他们的演唱就是为了自己的小圈子玩得痛快，不需要在意别人说什么。这种是非荣辱倒置的根源，固然在于部分音乐人素质修养的缺失，也是相关的权力部门、组织，出于政绩考量、利益纠结、学术迷失，对不良倾向少作为、不作为，甚至推波助澜的结果。2008年，中国音协重视人民群众的呼声，曾发起抵制网络歌曲低俗之风，释放出正能量，取得了良好社会效益。但从长期趋势来看，通俗歌曲对青年健康成长的引导，仍然被淡化、异化，音乐艺术中构建主流价值观的目标，仍有被架空的危险。

潮涨汐落，精神文明建设任重道远，不健康的、低俗的东西不可能灭绝，但可以防止它的泛滥，不让它戕害青少年的心灵。音乐为什么人服务、怎样服务的问题，正在以前所未有的新形态出现在人们面前。在娱乐化、商业化、多元化的汹涌潮流中，澄清真善美和假恶丑的混淆，坚守住民族审美传统和道德底线，推动流行音乐通俗歌曲的健康发展，重在教育和疏导，首先是深化文化体制机制的改革，在群众文化领域摆正"为了

---

❶ 极端的例子如作为"神曲"的《忐忑》，捧场者以"精英文化"自诩，以智力和审美的优越自居，蔑视、拒绝质疑和批评；而多数听众将它的演唱视为一场喧嚣的娱乐。

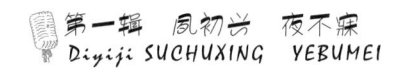

谁，依靠谁，我是谁"的态度，克服理论评论的软弱和媚俗。

  继续关注歌声，希望那混有铜臭和脂粉气的雾霾逐渐散去，看到更多的晴朗天空，是我最后的愿望。

（2013年1月18日改稿）

三 同窗杂记

白云悠悠　鸽哨阵阵

北京解放后我离开育英母校，参加南下工作团，不久分配到军队，先是在宣传队、文工团工作十年，后来调到政治机关，在宣传文化部门工作二十五年，结尾转到军事百科的编辑岗位又是十年。风风雨雨，锻炼成长，我像套了缰绳的野马，在鞭策下逐渐习惯于听从指令向前奔跑，一路上，有过驰骋疆场的豪情，也有过踉跄跌倒的痛苦，只是没有回头望一望的时间。

现在真的休息了。回顾自己的经历与追求，不能不想到我的母校——那最早给了我良知和勇气的地方。如今师长们大多作古，同学中早逝者亦不在少，灯市口新楼栉比，旧梦难寻，白云悠悠，鸽哨阵阵，惆怅无尽，歪诗有成，公诸同窗，以求哂正。

（1996年8月）

桃李无言——校长

校长李如松，主校二十余年，他的特点一是重视体育，二是善于延揽人才建设强大的教师队伍。他在日伪时期曾遭拘捕。他在解放前夕赴台湾，并在台创办另一育英中学多年。我和众多同学一样怕他，有时从校长室门外偷看一眼，看见那张摇椅在摇……离开育英了，从年刊上仔细端详他的容貌，才觉得他和蔼可亲。

他依然坐在木椅上摇着，依然穿着那件灰哔叽长衫；

透过眼镜神情凝滞地瞪着我,猜不出他是高兴还是不满;
我向他低下又扬起白发的头,表达我的尊敬、保留,以及抱歉;
心中默念,哲学的核心是批判,一切历史变迁总是必然!

梦幻曲——先生们

教会学校,称老师为"先生",似减去了几分"师道尊严",但多了几分亲近。我们喜欢和先生"互动"、对话,有时在课堂和先生捣乱,给先生乱起外号,可是从未影响先生们的倾心教学,即使责罚,也都宽严相济,贯穿着真诚的关切、爱护。报时的大铁钟一响,先生来了;大钟再响,先生累了……

已知,求证;READER AND GRAMMAR;风雅颂,赋比兴……
一位位衣袖上沾满粉笔末的、雄辩、自信、滔滔不绝的先生;
无论当时是认真还是走神,别问后来怎样消化运用,
下课的钟声犹在回响,每一节课都让我享用了一生。

1949届的断尾——同学

1949年1月下旬得民联组织通知,在家待命听候调遣,可能有作响导或护校的任务。29日告知谈判成功,北平和平解放,明日到校接受统一安排的工作。——提前毕业,革命去也!

三院踢球,五院溜冰,一院荡起吊环,遥看贝满绿草坪,
图书馆前阳光和煦,实验室里几净窗明,小花园中琴声叮咚……
莫道少年天真,学苑隔世,听啼饥号寒,心潮涌动;
铁门紧闭的四院❶里,交流着疑问、不安,思索着人生。
那一年战鼓催春,智慧灌浆,心灵抽穗,
盼望着云开日出,把热能转换为动能;
曾记否,走出校门时天地变色,山摇地动,
至今的思念、友情,依稀带着雷与火的烙印。

---

❶ 四院是高中部,一院是毗邻贝满女中的初中部,三院是体育场,五院是教员宿舍,冬季有小型滑冰场。

2009年于恭王府
同学兼战友的重聚

迎新絮语
——为《悠悠万里情》轮值编辑之作（1997）

送旧迎新，除旧布新，祝老师们、校友们新年快乐！新年进步！

《悠》刊像一棵小树，从它还是一棵幼苗时，就有许多人来参与浇灌、栽培，两年以来已出了五期，可以预见，它将会长得枝叶披拂，摇曳多姿，这，既是我们在育英同窗的纪念，又是对即将来临的毕业五十周年聚会的献礼。

九七年香港回归祖国，全世界的炎黄子孙，都满怀激情欢庆这一盛大节日，由此想到，散居海外的众多育英校友，他们在思乡思亲的时候，能不思念母校、老师、同学吗？我们从课文中读过杜甫的这首诗：剑外忽传收蓟北，初闻涕泪满衣裳。却看妻子愁何在，漫卷诗书喜欲狂。白日放歌须纵酒，青春作伴好还乡。即从巴峡穿巫峡，便下襄阳向洛阳。海内外的校友们，如今闭目吟唱，宁不共鸣？

为了迎接毕业五十周年的相聚，我们愿和一切有条件的同学，共同来作宣传、团结海外校友的工作，向他们提供有关信息，向他们约稿，动员、争取他们参加聚会。当然，我们绝不因此松懈、疏忽了与国内校友的联络工作。

在新的一年里，我们的愿望是：得到48届校友和其他有联系的校友的充分支持，把《悠》刊办得更丰富、生动、好看，更加切实地体现它"沟通信息，联络感情，增进友谊，促君健康"的宗旨。

正待发稿，传来噩耗，郭成浩校友1996年12月31日因心脏病突发，在济南逝世，享年64岁。他1984年起在山东建材学院任基建处处长、总工程师等职，1991年退休。不久前他来信，关切地询问了48届校友情况，并表示一定要参加即将举行的毕业50周年纪念活动。正喜母校凝聚有力，同窗相会可期，孰料晚霞苦短，彼竟不待；佳日何迟，友皆唏嘘。痛哉惜哉，《悠》刊一角发浩叹，明年祝酒少一杯！

——编后补记

秦皇岛之旅

由学友发起，筹措经年的育英49~51届学友"秦皇岛之旅"，于1994年9月7日成行，11日结束返京。"秦旅"参加者多达72人，这数字说明了我等学友们的外游能力和要求，也包含了对同窗的执着怀念、对组织者的信赖之情。

9月8日，游览老龙头、姜女庙、山海关及角山长城，晚举行舞会。9日，参观集装箱码头和煤运码头，游览近年修建的（秦皇）求仙入海处和（战国）七国风情园、风景优美的西山公园。10日去"鸽子窝"看日出后，又去昌黎"黄金海岸"游览，参观昌黎汇文中学。

五日之游，安全惬意，轻松振奋。七十二"闲人"，精神矍铄，谈笑风生，集体活动之余，诸学友偕夫人，约挚友，徜徉于海滨沙滩，散步在庭院花丛，笑语盈耳，往事动心。晨熹夕照中，波光秋色里，抛却了眼前的烦恼，追寻起远逝的青春。学谊植根于学校生活，每每谈起的，是李如松、黄子彦等师长的音容笑貌、手势口音，是操场上、课堂里寓爱于严，寓教于严的师表作风；是出入校门时的淘气和勤奋；是启蒙时期的幼稚与自信。回顾机遇，感慨命运，无论酸甜苦辣，都兴致勃勃，童心未泯。

学友之谊并不限于回忆，止于既往，它像牵枝引蔓的葛藤薜萝，仍在勃发生机。在"秦旅"的日程中有一次"汇报会",几位学友汇报了他们集资的"×××"建筑公司的项目,陈述了公司的壮志雄心,呼吁学友中的建工人才参与发挥余热,干一番事业……类似学友之间的优势互补,就求医、问药、购物、办事等所构成的新的互助关系,不待一一述及。

应特别提到的是,几位已故先生和学友的夫人,作为育英之友参加这次活动,与大家情同手足,亲密无间。她们均丧偶未久,如今聚首是悲喜交加,话题多是谈后代、谈明天,她们神情坚毅,说不清是谁劝慰谁。一生在贝满女中任教的T女士豁达乐观,风范感人。她以七十高龄引吭高歌,一曲用德文演唱的《野玫瑰》(歌德词,舒伯特曲),令人联想起当年育英、贝满的教师阵容、文化氛围。

临别执手依依。学友们享受了前所未有的快乐,大呼痛快:"再组织,我还来!""我也来!""我争取来!"……

书毕,试以数言小结:

  曾记否,校门高悬两块金匾,题词是"教泽常流""陶铸功深";

  万千学子,万千次从匾下走过,真正识得,却是几十年后的如今!

  来啊!同窗们,一起重温母校的培育,老师的辛勤;

  歌唱我们共同的少年之旅,"美哉壮哉……",皓首童心!

密云纪行

育英校友密云之聚,经五个月筹备,于1995年9月20日成行。是日晨,58位学友报到,互致问候,谈笑风生。众人自报家门,介绍简历,发表感想,谐谑有加,笑声不绝,在密云水库招待所揭开了聚会的序幕。

一波三折 凝聚更紧

好事多磨,一点不错。

有的同学老病交集,与夫人同行的还可互相保驾,单人出行的难免家人挂牵，于是有几起自行结对，互相照料。然而一路上仍是风波不断：领队的 N 素称思虑周密，经验丰富，他为了途中联络方便，将几位车长的电话抄在小卡片上，不料途中需要用时竟遍寻不见，很着了一阵急，成了"有备有患"，最后从自己内衣口袋中翻出。W 怕睡过头，上好闹钟提前就寝，不料耳朵失灵，出门已晚，幸好他打的追赶，居然在亚运村赶上了队伍，大家为此高兴，主要是解除了"心脏病又犯了"的担心。Z 乘火车来京，到站已是半夜，辗转行止，未曾见面先吃了许多苦头。还有许多同学，为弄清集合点，提前一天"踩道"，反复计算行路时间。总之，大家那种急切认真，那种力排万难又往往顾此失彼，缺乏自信，都为这次密云之旅涂上了一层喜剧色彩。

山光水色　荡涤胸怀

21 日晨，乘车北行 15 公里至黑龙潭，循依山伴崖小路，拾级而上，迂回曲折，草木深幽，危陡处有栈道护栏可凭。石壁清冷，悬缀百千红伞，潭水澄澈，漂泊三五彩舟，野色中夹杂了现代意味。学友们上下关照，前呼后应，时鼓动登攀，时劝慰休息，行行止止，各自量力而行。未几，宣告"达标"者已多，坚持前进者渐少。最终统计，有 10 人爬上某某洞，虽未臻绝顶，已是最高成就。大病初愈的 L，疾患在身的 D，二人均在老伴的支持下奋力拼搏，堪称奇观。

自黑龙潭西行数里，至京都第一瀑，石峦壁立，大块兀然，清流直泻，银龙坠空。崖头高处数十米，大家解衣脱帽，席地而坐，指点风景，说古论今。老夫人们见瀑下清流，纷纷到溪边戏水濯足，一时笑语喧哗，依旧燕语莺声。忽听高处有人呼叫，原来几位脚力雄健的学友已爬上崖顶，依稀可辨一红衣人为副领队，蓝天丽日，青谷白云之间，只见他挥手摇臂，似在大声疾呼："我们还行！"

22 日去水库大坝，观赏北京的"一盆净水"。但见群山空寂，人迹杳然，波光浩渺，似与天接。久居城区，至此绝无烟尘污染之地，如沐仙风，心静神清。是夜雷雨交加，晨略止，仍按计划去司马台长城。途中又下起雨来，越下越大，是前行？还是折返？不到长城非好汉，大家知难而进！又前行里许，陆续下车，打伞步行，雨幕中，只见右侧山梁上的城墙，沿着陡坡逶迤而下，烽火台矗立其间，险峻至极。众"好汉"顶着雨水，踏着泥泞，追忆着古代施工、驻军的艰辛，纷纷拍照留念，虽衣裤尽湿，心满意足矣。

归程至白龙潭停车，雨过天晴，游兴再起，因宣布45分钟后集合，时间很短，大家以能量有余，竟争分夺秒，一下车就"放了羊"，各自觅路上山。此间山路简陋，起伏回转，树遮草迷，有些路段似有若无，难于辨认，加之梯级高且窄，雨后湿又滑，一面警惕攀登之险，心里嘀咕下山之难。危机四伏中，三三两两，互相搀扶，前引后推，一路爬上福字亭，一路登临河图石，还有一路直取白龙潭。集合上车45分钟果然不够用，拖后了15分钟人才到齐，只见人人顾盼自雄，个个"全须全尾"，最担心的闪腰崴脚、跌倒摔伤，竟无一例！

高论神驰　欢愉情浓

中学的友谊，比小学更多一些人生感悟，又比大学少几分利害考究。有人把它比作远古遗存的冰块，它还保持着当年的纯洁、没有污染的透明。我们聚会的吸引力，就在于彼此都不戴面具，相处真诚，无论离别多久，见面就能交心。有几位曾有从幼儿园到小学、中学一路相伴的经历，或曰是同一种乳汁哺育大的，一旦相会，谈兴极浓，职业经历只是新生活的内容，而不是叙旧的障碍。

学校生活烙印永不磨灭，学友们每每提起老师的音容笑貌，课堂内外的淘气和用功。有几位当年"黄河篮球队"成员，回忆了球场上如何奋勇冲撞和耍赖皮；有几位住宿的贫困生，回忆了寒假中的勤工俭学，怎样拉架子车、磨花生酱挣钱；也有的回忆起青春脉动，放学时在校门外一起目送那骑着"飞利浦"的贝满长辫子的逸事，浸沉在温馨的旧梦之中。

有些回忆是苦涩的。G在"运动"中蒙冤，二十年横遭摧残，但他说，即使在最受煎熬的日子里，也还常从回忆师生交往中得到慰藉，他的话引发了同情和慨叹：新中国成立前后大家仰慕革命，追求光明，几十年过去，有的忘我工作，事业有成，也有的微端肇祸，折损一生。有的人历经磨难，踉跄前行，终成"正果"，也有的人乘兴而来，却不能理性对待复杂环境，终于扫兴而退，凡此种种，令人多少感慨、遗憾、痛惜。

　　学友现状，颇具特色：权力者少，学问者多。一方面是专家学者教授高工以及某长的头衔，另一方面又多是"既不能令，又不能受命"的性格和处境。交谈中，无论是正在拼命工作，加速冲线的，或退居顾问，静待"咨询"的；也无论是身怀某技，待机再发的，还是拒不出山，坚辞返聘的；各种活法，各有道理，而议论交流，颇有利于开阔思路，深辨利弊，或从中获得启迪信息，优势互补，促成机遇。

　　随性地闲谈，无拘无束，话题广泛，海阔天空。谈工作，谈物价，谈住房，谈治病，批判袁世凯，审查陈希同，善待儿媳妇，辅导小外孙，诙谐坦率，妙语连珠。也有直抒胸臆、忧国忧民的崇论宏议，不乏犀利激愤之词，只是作为老人，大话空话多，不过是活跃思想，驱除积闷而已，比较实在的，还是何处买好药治好病，或怎样煎鱼炖肉炒麻豆腐，听后牢记在心，准备回家实行。

　　欢乐的高潮是散会的晚宴，这一晚笑声掌声不断，有祝酒，有献词，有翩翩起舞，有即兴高歌，独唱合唱，尽情发挥，从《忆儿时》唱到《夕阳红》，从《送别》唱到《友谊地久天长》。这一席插科打诨，纵情欢笑，那一席浅酌低语，互诉心音，虽无一人醉于酒，却无一人不醉心。最后是服务员疲惫之色提醒大家，夕阳终是夕阳，为人为己，都该散场了。

　　育英的校歌中把学校比喻为亲密的家庭，同学是家庭中的众子女，本着这一精神，学友们以赤子之心来赴会，他们传承着育英精神，愿育英精神永存！

　　今摘校歌金句作结：

　　　　……栽培教育虽数载，其恩万口难传述；
　　　　将来虽或长别离，你精神永与我同住。
　　　　在天涯，在地角，我们绝不能忘记母校，
　　　　海可枯，石可烂，我们爱你心肠永远不变……

（1995年10月）

（四） 敝帚自珍

小时候看见过的"敬惜字纸"四个字，印在一种竹编糊纸、小口大肚的字纸篓上，这种纸篓大概是源于俗人敬重文人，爱屋及乌的"创意"吧。纸是载体，是否应该敬惜的，其实是纸上的文字。

离休以后，杂什篇章，多随手丢入以此为题的文件夹，积有数年。多是当时记录随笔，或情怀态度映照，或治家交友留痕，也有追慕时髦，玩弄风雅之作。其价值在于"真"，哪怕是矫情造作，也是当时真情，若后来追忆模仿，是写不出来的。

今冬翻看消闲，虽鱼刺鸡肋，无需"敬惜"，然皆轨迹烙印，一时不忍付丙，于是稍加整理，点明背景，使其含意明晓，并大致按时间顺序排列起来，但也有在一个专题中编年的。这些文稿有的是手写的底本，也有些是从电脑中寻见的改稿定稿，均维持原貌。总题则用"敝帚自珍"四字，算是实至名归。

（2005年最后两小时）

伊姓探源辨

《百家姓》中有伊姓。据《中国姓氏起源》：伊姓出自陶唐氏，为尧后代。尧生于伊水，尧裔孙伊尹曾为商相。伊尹生涉，其后为伊姓。然满族伊尔根氏另出一源。据先辈传闻：公元1127年宋徽宗（赵佶），钦宗（赵桓）及臣属一部被金太宗（完颜成）自汴京掳去，放逐于金国五国城下。越十年，二帝殁，葬吉林扶余。公元1189年金章宗即位，免宫籍监户及奴婢为平民。后又赐姓旧宋臣属，称伊尔根觉罗（意为贫民），许屯田户，与当地居民通婚，其生息之地称伊尔根山，后衍称依兰山。殆女真崛起，编成八旗，伊尔根觉罗被纳入正蓝旗，乃为满族支脉之一。又谓：辛亥革命后，伊尔根氏多易汉姓，以单冠赵姓居多，或谓取原属赵宋之义；少数单冠伊姓，则似为保留满族姓氏渊源。惟时日既久，鲁鱼相讹，又间被误为伊尹氏后裔矣。

《满族宗谱研究》（李林著，辽沈书社出版1992年）指出：伊尔根觉罗氏为满族中一大姓，在满族史上占有重要地位（118页，224页）；乾隆九年（1744）编纂的《八旗满洲氏族通谱》中，记伊尔根觉罗氏达四卷之多（254页）。该书记述伊氏后世的汉姓多用赵字，其附表所列八种伊氏谱书中，有六种称为赵氏宗谱（家谱）。作者认为，满族姓氏演变为汉姓有五种缘由：一是沿用金朝所定汉字姓；二是以满姓字头音译汉字为姓；三是以祖先姓名第一字为姓（下略）。作者对伊氏始祖及一些分支的由来与变迁作了考据和研究，指出：从本溪赵氏谱书中可以查见，伊氏冠用赵姓始于康熙末年（224页）。但作者也指出，民初满族姓氏大量改用汉姓是受了辛亥革命的影响。凡此种种，多与我所听到的传闻相近或暗合，殊非偶然，却又难穷究竟，因我既非学者专家，又无经世致用之志，不自量力，考证荒远，未免无稽。

寻根之风，于今为烈，未必均诘实得益。将金姓返称爱新觉罗，裨助歌星走红，画家义卖，无可厚非；但无限引申，单以宗族血统论人议世，于国家社会，百无一利，徒增混乱。今传世族谱详尽者莫如孔氏，孔祥熙孔繁森均可考为孔子第×××代嫡孙，然只宜供学术研究，不可标榜沽名。吾祖伊尔根觉罗氏成珠堂固非商汤伊尹之后，而上溯为赵宋被掳臣属之说亦乏历史文献确证，姑妄听之而已。阿Q虚荣，宣布乃祖姓赵，挨打之余，还被赵太爷斥为"不配"，可叹。

呜乎，穷究往昔枯荣，莫若善待现实利钝。倘后世饱暖无虞，处世有常，无论根系隐显，褒贬扬抑，均无足论矣。

（1996年5月23日撰）

读书与走路

下岗了，想读书，听说北京图书馆为方便读者，实行全日开放，令人鼓舞，今天兴致勃勃地去了，直线距离两公里，谁知竟走了两个钟头。

坐地铁，本次列车终点积水潭，统统下车，等下一趟，耽误了半天；在车公庄换26路，前边两辆小汽车蹭到一起，堵了一长串；到四道口换320路，因前边小公共停在站台揽客，320司机赌气甩站，引出一片叫骂声，我想再等一辆还不知要多久，灵机一动，上了114无轨，心想从紫竹院公园南门穿过去，走一条新路，没料到这一站离公园门口那么远；吭哧吭哧走得腿有点发沉了，才看见北图的大楼，附近有北图的南门，但从来不开，我必须从西向东、向北、进东门再向南、再向西，拜罢了四方，这才进入大楼。

进去才知道，全日开放，还有许多限制、许多条件、许多折扣。到期刊阅览室去查一种资料，1997年以后的没有，说是经费不足所致。

乘兴而来，败兴而返，回程又是下班高峰，而且又增加一段58路的磨难，进大门再步行到60楼，用时一小时五十五分。

"读万卷书，行万里路"，考验决心，先罚走路。

（1998年3月10日）

温故知新

儿媳临产，开始阵痛。送点什么吃的呢？有两种意见：我说应该送排骨汤，老伴说应该送小米粥，都有道理，争执不下，于是决定两种都做准备。十四日晨，我马虎潦草地比画了几下健身操，就直奔菜市，拣最贵的排骨买了一块；回到家，老伴的小米粥已经开锅。

我想，儿媳食欲甚好，又是第一次送吃的，仍应以排骨汤为首选，于是立即端下粥锅，改炖排骨。

稍顷，儿子从医院打来电话说，油腻似不如清淡，于是，老伴立即端下排骨，重温小米粥。我早说过，两手准备，才是上策，内心也不甘落选，伺机又将排骨移到火上，不料一分钟后，小米粥又居上风，我看她毫无妥协之意，悻悻然无计可施，因为只有一个保温筒。

当我们提着小米粥走进病房，儿子迎上来说，医生已经决定给她做剖腹产，现在禁食。

中途岛战役中，南云司令官一会儿要飞机卸下鱼雷，改装炸弹；一会儿又命令卸下炸弹，改挂鱼雷，最终是在混乱中，自己的航空母舰被美国飞机炸沉。其教训就是情报不确。温故而知新，信哉！

（1998年3月15日）

名可名　非常名

给孙儿（女）取名，是继往开来的大事，老伴也多次提醒我，此事就是要独裁，绝不可放权。分娩日近，于是引经据典，搜索枯肠，力求微言大义，无违先贤遗风。2月14日写了一篇东西交给儿子，虽也说你们有什么意见还可以提，但口气是没商量的。全文如下：

"满洲正蓝旗伊尔根觉罗氏成府君（珠堂）第六代孙，依惯例旧俗，取名应有'火'的部首偏旁。今择一'燕'字。

"燕，古地名，可喻北京。

"燕，益鸟，利于人类；候鸟，能依自然规律选择生存环境；燕多双飞，喻婚姻美满；燕善调雏，教子有方；燕衔泥垒巢，辛勤自立。

"燕，古语中有安乐之义，燕好。

"《龙文鞭影》有'燕投张说'句（十蒸），释文谓唐张说母梦玉燕入怀，生张说，后封燕国公。故生男可名伊燕怀。燕赵多慷慨悲歌之士，燕怀喻壮士宏图大志。又有'燕佶梦兰'句（十四寒），释文谓郑文公妻燕佶，梦天使送兰花，后生穆公，名兰。故生女可名燕兰，吉兆早伏，岂不甚好？"

儿子儿媳无异议，只是说用兰字的人多。3月14日临盆，得一女孩。

女儿来电，对我取的名字不以为然，说姓名二字连起来会念成一个字。她要我慎重对待；同时，她也拟了许多名字，从电话中报来，带有

"火"的如秋缨（不好，令人想到老玉米穗）；睿灵（睿字不通俗）；烁良（飞车越过黄河壶口的叫柯烁良）；默纯（无光彩）；抒然（太轻飘）；等等。也有不带火字的名字：妙聪（像尼姑）；可诗（像给外国人起的中国名字）；慕菡（简单了些，但大家认为朴质、秀雅、脱俗、音韵好听）。

女儿拟的"慕菡"，推动了我的思想解放。我希望我的观念脱离旧的轨道，但不能自拔时，正需外力帮助。我想，用这个名字，也是对女儿在家里重要地位和作用的肯定——满族人家都有尊重姑奶奶的传统。

老伴表现了她政策的灵活性：只要是你定的，就行；别人定不行。

我说，就是女儿提的"慕菡"吧，我前边说的都不算数。

祝福我的孙女慕菡，永远美好、纯洁、不染、不妖，如一支亭亭玉立的白莲。

事情总是一波三折，过了几天，儿子说，他们查了字典，菡为去声，不甚好听，现报户口在即，是否可再推敲？于是我又选出了菊、兰二字，最后定为慕兰，征询各方，皆大欢喜。儿子立即重新去印了自己的名片，单位名称印的是"慕兰××有限公司"。闹了半天，微言中的大义，原来就是生意。

或问：最终不过如此，当初何必费劲？

我心中失笑。我这是甘与封建迷信为伍，向世俗陈习投降呢？还是对传统文化的痴情倚重呢？还是仅仅为取悦儿女，顺乎常情，帮助找个吉祥字儿呢？我也说不清了……

（1998年3月25日）

发昏手记

见到了病重的L，他出来散步，看新盖好的军职房。

其实，军师团，营连排，最后都只要五尺就够了。

杜牧诗云：世间公平惟白发，贵人头上何曾饶？

警句多多，有：

余致力国民革命凡四十年，深知欲达此目的，必须唤起民众，……

谁是我们的朋友，谁是我们的敌人，这个问题是革命的首要问题。……

实践是检验路线、方针、政策是否正确的唯一标准。……

最早是一位西方圣人说得好：全世界无产者，联合起来！

但他们都没有料到，一部分无产者变成有产者之后，联合起来的形势。

交电话费，去早了，大家等着、议论着，从服务态度、收费标准，说到衙门作风、腐败现象，慷慨激昂，热血沸腾，都是受害者。

铁门一开，争先恐后，立刻化悲痛为力量，老弱退避不及。

要把耽误的时间抢回来，别碍事！

电视广告：北冰洋（饮料），点点滴滴都是爱！

让世界充满爱，哄人而已，不能当真。世界倘被爱充满了，别的往哪里放？不满，对抗，斗争，革命，整顿，严打，判刑，交战……这些是血红的；还有灰色的，像下岗，调价，假冒，使托，打白条，收提留，吃拿卡要……五颜六色，七情六欲，才是现实世界。

荣誉室里，一张张照片，都是饱经沧桑的面孔，安详而微露笑容。

想当初，一出生，为世事茫然而哭；长大了，为哀鸿遍野而哭，直到，闭眼撒手，由亲人为自己哭。每个人八十一难，哭声震天。

如今陆续远去了，还是不能破颜大笑，因为哭声隐隐继续，有啜泣，有嚎啕，为不平，为冤屈。

但照片上的微笑凝固了，那是永远的微笑。

（1999年4月2日）

女儿学龄文集的编辑说明

女儿识字早，但作文不算早，现存的最早一篇是1975年写的常识答题,那一年她 10 岁,严格说只是复述,智能并不超常。她对读书很有兴趣,可惜生不逢辰,少儿时期所得到的思想文化的营养,都因"文革"受到极大局限或夹杂了伪劣,影响着她作文的立意和行文,这是不能苛求的。

从 1979 年到 1988 年,是党的十一届三中全会指引思想文化大解放的十年,她从初中读到大学,"文以载道",看得出新的历史时期育人的方向和轨迹,从童稚的诚实、善良、求知、向上,走向思考社会生活中的情与理、是与非、美好与丑恶、理想与实践,并且同其他孩子一样,以自己悄悄增长的知识、半熟的见解、仿造的文字表述能力,不时赢得我们的意外惊喜。

但是,今天回顾她的成长过程,我也有愧疚和遗憾:我做了一辈子文化工作,理当在这方面给孩子更多一些,"文革"无奈,不必说了,但在拨乱反正,重新认识历史、认识社会的时候,我没有积极地鼓励她广泛涉猎,放胆表达,还是把她推给学校、老师、作业,这其实是自己缺少时代精神、文化自觉的反映。因此我的一条教训是:要积极引导孩子提出问题,更要勇于回答,哪怕一时不能做到准确、周到;不要推到明天,不要推给老师;实在回答不了,那就如实告诉她,爸爸也在学习和探索。这虽已超出作文的范畴,但思想的能力与文字的能力永远是紧密相关的。

编辑孩子的作文,并非因为其中有多少过人之处,而是为了留个时代的纪念,这面镜子里也有我软弱的身影,感到亲切而又惭愧,是不言而喻的。

示　儿
——给远在深圳打工的儿子写信

关于不要用公司电话办私事问题,已讲过几次,今特去信再说一遍:倘有紧急情况需用公司电话给家打长途,可以向孙先生请示或事后报告,一定会得到同意和谅解。如果没有紧急事情,不要再用公司电话给北京挂长途。凡做事业,总要有所自律,要善于约束自己,肯于做出牺牲,付出代价，才会真正有所成就，或得到相应报偿。如果在一些小事上都不能言行一致，管住自己，一定会失去信任，失去机会，一定会因小失大。

1996年4月　初用电脑

要能吃苦，这不仅是在受苦时能挺住熬过去，而且有意识到这是对自己的捶打锻炼，以苦为乐、以苦为荣的话且不说罢，至少要以苦为必然、为必须，受一次苦后，要有更坚强的意志来迎接第二次苦，而不是赶快寻找弥补、抚慰。

还有，要能正确对待批评，人总有缺点，别人指出缺点时也不一定百分之百准确，有些批评方式、语言也不一定都很讲究恰切，这时就要严以责己。深圳的人际关系、社会风气虽与北京有许多不同，但基本内涵是相通的，善于接受批评，虚心待人待事，就会使自己较快地进步、成熟，而虚荣爱面子，文过饰非，生怕别人看到，指出自己的不足，最终是耽误了自己。

但是，虚心绝不是唯唯诺诺，逆来顺受，一味取悦于人。这是两回事。工作中要坚持原则，要有鲜明的是非观念，要积极主动地维护公司权益，认真地完成工作任务，为此，在关键时刻，重要场合，要敢于说话，敢于争辩，敢于吵架，拿出男子汉的胆略气魄。

你走了这么久，甚为惦念，虽通过几次电话，但以上这些意思还是给你写封信为好。望你熟读几遍，反复揣摩，对照实际情况，找出应该注意的环节，明确努力的方向。诸葛亮有诫子书，至理名言流传千载，我的诫子书没那么高的水平，但也希望能对你在一年半载（这一时期对你极为重要）的时间中起点作用。别拿这些话当耳旁风，老一套，跟别人我还不费这个劲呢。

（1994年1月4日）

持家守则[*]

我等离京远行	家中一切交你	现有几句嘱咐	亦可视为家规
安全卫生秩序	睦邻节约守纪	六项基本原则	包括许多小事
问题在于观念	主人还是客居	所辖非止一室	厅堂过道在内
还有厨房浴厕	统一使用管理	平时勤加擦拭	上下内外仔细
家中一切器物	力求摆放整齐	用后放回原处	免得再找着急
用火必开烟机	随手清洁灶具	饭后洗刷器皿	妥善处理残余
渣滓勿落水道	每晚倒尽垃圾	抹布适时烫洗	拖把涮后吊起
洗衣洗澡善后	地上勿留水渍	暖瓶经常蓄满	入夜低温为宜
冰箱每月化霜	花草经常浇水	出门关好窗户	尤其风雨天气
水电燃气用具	阀门用后关闭	有人打来电话	务必问清是谁
信件报纸汇票	各种证件单据	所部有关通知	处理转达及时
总之统管一切	责任不可推卸	以上莫嫌烦琐	做人做事之基
养成良好习惯	须从点滴做起	认真领会精神	无须罗列仔细
男人应该带头	妇女比较心细	你俩互相督促	持家必有优绩
待我回来检查	表扬批评有据	准备奖优罚劣	勿谓言之不预

（父字　1995年8月27日）

---

[*] 1995年与儿子儿媳挤在一套三居室。

平民情怀
——为堂弟 P 的文集补白

堂弟 P 和我四十年未见，大约 1985 年重逢。因为"文革"等原因，他的经历很坎坷，但精神状态很好。我们交谈了各自的境遇，那时他已 48 岁，在工厂做宣传工作，工资不高；妻子有病，孩子刚上小学，住房狭小，生活比较窘迫，但他并不叫苦。谈起自己写稿子，编小报，给工人讲课，兴致勃勃，对于个人前途非常乐观。给我的印象是，经过时代风雨的冲刷，他能从大局着眼，不计较个人遭遇的不幸，甘心在平凡的岗位上，做一个勤勉敬业的普通劳动者。

后来，如他自传所说，退休后为了生活，也为了坚守自己的价值观，他在社区居委会等基层，做过最需要奉献精神的工作，如劳动中介、民事调解等，同时还以志愿者的身份，受聘担任青少年校外辅导员等。多年来，由于他不畏艰苦不怕麻烦，全心全意地为基层群众服务，做出了突出成绩，获得许多赞扬和表彰。

我曾感慨地对他说，老爹（他的父亲）当年生活优裕，后来命运逆转，还能主动适应新的环境（指坐吃山空之后，三十岁起从事重体力劳动），咬牙奋斗，克服困难。这方面你很像您。他却说，不完全一样，因为我从十岁起，就是苦日子，和石景山的工人一样，过的是平民百姓生活。

是的，P 的品格，就是平民的情怀。他长期生活在基层，坚持工作在基层，更重要的是，他是心无旁骛地与基层群众在一起，始终保持朝气蓬勃，奋发向上。因此，他所写的各种文章和文艺作品，也无不体现着这种真诚、朴实、亲切的平民情怀。

舟山行

1997 年春，决意趁杭州疗养之便赴舟山造访我的亲家老 W。5 月 4

日，与老伴乘特快抵杭州。在疗养院查体问病，例行公事，唯每日学太极拳，颇有兴趣。参加外游三次：净寺、花港；六和塔、虎跑；三潭印月。摩肩接踵，全无幽趣。独自去看了都锦生丝织展览，倒长了些见识。22日出院往宁波，开始舟山之行。

亲家老W在宁波接站，午后抵舟山市定海区寓所。男女亲家接待殷勤周到。当晚，女儿女婿从深圳飞来，加上W家几位近亲，欢聚一堂，都极高兴。

23日，渡海至朱家尖，游览了金沙海滨浴场、乌石滩，参观了已竣工尚未投入使用的舟山机场。午后乘船往普陀山。因亲家在当地熟人很多，得到许多方便，使我们仅用一天时间，就基本上游遍了各主要景点。各处都优礼有加，普结善缘。

普陀山不愧海天佛国，观音道场，倚山面水，林木幽深之处，多有古刹掩映其间，或宏大，或微巧，皆殿堂辉煌，禅房整洁，香飘烟袅，僧众肃然。其盛衰兴废，典故传说，帝王封敕，名士题咏，书法诗文，楹联碑刻，积淀之丰厚，令人目不暇接。是日海内外游人如蚁，诵经礼佛，许愿还愿，捐资献金者络绎不绝。我等在普济、法雨、慧济三大寺均逢佛事，大殿中袈裟生辉，铙钹齐鸣，阵阵梵音警尘念，声声佛号宣天心，仰望金身光被，环顾经幡低垂，此情此景，当令凡夫俗子，顿生皈依之心，虽非善男信女，宁无随缘感悟？故

舟山烈士塔

老伴在亲家母陪同下一路礼佛，拈香叩拜，祷祝合家安泰，早抱孙儿，炒股得利。女儿、女婿亦间或参拜，神态虔诚，各自求神保佑："让他/她对我再好一点儿。"总之，环境气氛，造成了信仰的不断升温；慈航普渡，已被理解为对一切欲念的许诺。鲁迅讥讽过的"洋服青年拜佛"，"革命

六七十年未见稍弥，看正面妙相庄严，背面人间功利，抵牾冲突，何言圆通？倒是老W为我跑前跑后，频频拍照；随行的晚辈女孩左右扶持，唯恐闪失，我感谢他们做的好事，胜于感谢菩萨。

24日下午返回定海，次日晨女儿女婿飞深返回工作岗位。

老W陪我等在定海盘桓三日，游览了文化街区和竹山公园、烈士陵园。鸦片战争中英军攻陷定海，清军葛云飞等三总兵率部固守竹山，激战中殉职。今竹山辟为纪念公园，树碑塑像，展览文物，教育后人，是一件很有意义的政绩。唯在今人题词的石刻中，有某将军张扬武力呐喊"解放台湾"的一首诗，初看似未尽合宜，细想又觉得这是底线，立此存照也是可以的。烈士陵园安葬的，主要是为解放舟山牺牲的干部战士，有朱总司令为纪念碑题词，笔力雄浑。又，海军曾有一艘潜艇在附近失事沉没，官兵数十人牺牲，遗体不得，就在这陵园中筑了他们的衣冠冢。

老W虽退休，仍挂着一个协会的秘书长，因我们到来，他每日除去办公室转转，还要兼任采购，一会儿鱼蟹瓜果，一会儿又是冲洗照片，至为辛苦。亲家母则在厨下烹调五味，家常饭菜，都极丰盛可口。老W为我们放映了去年女儿女婿来舟山结婚的录像，又给我看了一些家族的源流资料，据权威考证，定海W氏始于唐宋，近世出了几位很有才能和成就的人物。我说，同你们这样一个兴旺、和睦而且人才辈出的家族结亲，我很高兴。他听了也很兴奋。

29日晨临别，给我们包了许多螃蟹，又送了许多鱼片鱼干等水产品，以及普陀山的画册书籍。亲家母又特别送给老伴一尊白瓷观音像，说是已经开过光，很灵的。老伴学着我的样子，双手合十表示感谢。因为没有盒子，我只好用几张报纸草草包上，塞在鱼片鱼干一起提着。

（1997年6月21日）

老有所乐的歌咏大会

1997年7月1日，由解放军老干部俱乐部组织，庆祝建军70周年驻京部队老干部歌咏大会在海军礼堂隆重举行，我躬逢其事，就所知拾锦一二。

6月上旬，支部书记找我："香港回归，（干休）所里开晚会，唱歌有你一个，另外，你们两口子再出个对唱，好不好？"经过讨价还价，后一项得到豁免。几天后歌篇发下来了，这时才知道《贺香港回归》等三首是干休所晚会的节目；《八一军旗高高飘扬》《四渡赤水》两首是要参加驻京部队老干部歌咏比赛的。任务下达后，每周练歌两三次；三十余人到场，内只有十个老干部，其余都是老夫人；每次先练前三首，而后部分人员退场，留下被认可参加比赛的精英——男女高低音各五人共二十人，练后两首。大家很守纪律，准时到场，服从指挥，虽然音准音值不大讲究，练得多了，也还都有些进步。

6月23日晚，所里开了喜迎香港回归的晚会，我们的三首唱得整齐、动情，每段歌词都有人记得清、唱得出，赢得了全所男女老幼的掌声，后来有几个怀抱的娃娃也会两句"一边的荣辱沧桑"，这大概是最高评价和最好的纪念。

此后，加紧了歌咏比赛的准备工作，我们二十个人的身份作用也更加明确。第一，每人发了一套新制式军装，料子和驻港部队的一样，使一些人心热眼红；还发了文工团用的红色肩章，更令几个没穿过军装的老太婆大喜过望。所领导很体贴人，派人给我们照了白发戎衣的集体相。第二，是到另一干休所，与离退休的专业演员一起练这两首歌，大长见识。他们一共六十人，是我们总部机关参加比赛的主力，理所当然被排在合唱队队形的核心位置。而我们和其他直属单位机关的老干部共四十人，就镶在左右和后面的边沿。在跟着专业演员练了几次声，挨了专业指挥几次"克"之后，我们逐渐"悟道"了：我们的奋斗目标应该是不求声美，但求无错，特别是不要"冒炮"。

经过几次合练，又整顿了队形、仪表、台风，我们的声音更小了，演唱效果更好了。10日海军礼堂走台，十二个单位共计一千二百位花甲老人，轮流上台，台下仍留了五百个空位，因每个演出单位届时还要带四十名观众来。走台开始，主办者宣布：原定歌咏比赛改为歌咏大会，参赛单位排名不分先后，一律有奖，回归了唱歌的本义，使大家得到了实事求是的解脱。接着各单位上台排队形，试音响，唱片段，强光下每人出一头汗，轮过之后，因并无观摩其他单位的欲望和精力，都及时离场上车返回。我们第四个出来，大家在车上七嘴八舌，推荐明天观看正式演出的观众（本所有十个名额），有的说应该请所长政委；有的说应该请担任教练的W老（他担任过文工团团长，合练时不好出面）；也有的说应该请这次参加陪练的"非精英分子"等，都各有道理地考虑了影响问题。

每个大单位都藏龙卧虎，充分发掘了具有专业水平的潜在力量，经过严密组织，精心准备，11日的正式演出大获成功：歌颂第一代领导人的歌曲占据突出位置，某部的混声合唱《东方红》，严格照谱演唱，最后一段转高二度，磅礴辉煌，久不闻矣，发人遐想；《四渡赤水出奇兵》有四个单位先后演唱，亦非偶然。其次是各种军歌，包括各军兵种歌曲，整齐雄壮，而某工委的《祖国不会忘记》词曲优美深邃，继承古典的爱国情怀，兼有现代品味。最后是革命历史歌曲，包括民歌，都演绎着亲历者的深情，某大学一曲《山丹丹开花红艳艳》，在艺术加工中，更着意于保持风情的质朴。多数的指挥有水平，特别是几位女同志，充满激情，富于控制力和表现力，应居头功。

在演出中，各单位自行统一服装，军衣为主，百花齐放，尤以某部设计周到，连衬衣领带也全部制式，而且一律白袜白鞋。上场的老干部阳刚焕发，自不必说；老夫人们摘去耳环项链，薄施脂粉，亭亭玉立十分钟不晃不动，蔚为奇观。大会由一位著名演员主持，也算铢两悉称。场内第二十排加了一行桌子，标为"首长席"，就座的是各单位老干办的负责人，由他们给老红军、老八路来评奖，未免滑稽。好在大家并不在意，精神全部集中于宣泄感情。这千把人虽是选拔而出，毕竟上了年纪，登台跟跄吃力，所以又专设一班战士"保驾"，一批批地上下搀扶接应，避免了碰撞跌伤。演出中有好几位老同志双腿颤抖不止，但都坚持把歌唱完，保证了大会顺利结束和按计划发奖，堪称杰出贡献。

我们二十个演员回到干休所，被所长政委邀进小食堂，席开两桌，酒过三巡，慰问辛苦，庆祝成功，新来的炊事员见所长政委亲自作陪，更是使出浑身解数，把菜做得一个比一个咸。席间话题并不是演出的成败得失，而是组建干休所的趣闻逸事，一些同志谈兴特浓，吃了一个多小时，因老夫人们惦念孙子，这才尽欢而散。

后来听人说，中央电视台和《解放军报》都报道了大会盛况，这种报道自有定例，我已没有继续关注的兴趣。还有所里要发纪念品的消息，为此叮咛老伴，别去打听，等他们送来，表示感谢。

1997年　穿上礼服唱回归

（1997年7月27日）

第二辑

惑与悟　风中行

- 一　文艺兵和"铁路线"
- 二　求仁得仁乎 ——一段旧案的寻踪和思考
- 三　那时的严酷与温情——回忆1973年业余演出队的进京演出
- 四　魂牵梦随的心结——答友人
- 五　元帅锦言采集设计中的纠结

一　文艺兵和"铁路线"

汕头潮州之间有两条公路，一条沿韩江大堤修建，林荫掩映水色，风景别样旖旎，通称"护堤线"；另一条公路称"铁路线"，原来早在清朝末年，就有爱国华侨张榕轩张耀轩兄弟，捐资建设了潮汕之间的铁路，造福乡里。1939年因日寇入侵，为防止为敌所用，铁路被主动拆毁。但铁路的路基被保留和利用，修成了"铁路线"的公路。

1951年1月2日，我所在的师宣传队从淡水出发，进军潮汕，9日抵达铁路线上的浮洋。1952年6月我调到军文工团工作，移住宏安，与军部驻地彩塘跨线相对。彩塘是铁路线上的大镇，它以东的华美、庵埠，直到汕头，以西的鹳巢、乌洋、浮洋、古巷、枫溪过潮州到意溪，各处都曾驻有部队；如果转去铁路线附近如桑埔山、莲塘、焦山、炮台的部队，就在庵埠或葫芦市换乘营业单车；如去更远些的驻外砂、澄海、南澳，或驻樟林、东里、黄冈方向的部队，向东向西，也都要走到铁路线尽头换乘。对于守卫海防的部队，这条公路的重要性不言而喻，而为了把文艺宣传送到部队，许多像我一样的文艺兵，无数次往来于铁路线上。

在彩塘，沿线的铁轨和设备已全无踪影，但半世纪前的二层站房还在使用，从蚬灰斑驳的售票窗口，可以买到过路汽车客票。公路既平且直，路基保养得很好，高于两侧农田的路面平铺黄沙，车辆行人络绎不断，骑单车的多是利用农闲搭客赚钱的小伙子，坐长途汽车的有农民、小贩，有衣饰鲜明的归侨或侨眷，也有军部人员从这里乘过路车前往各部队。公路两侧村落连绵，人烟稠密，从车窗展望潮汕平原，真是风光无限。我们这些文艺兵，星期天还可以去汕头办事或度假，17公里只刹那间就到了。有的去繁华的小公园购物、淘书（那时还有几家旧书店），有的直奔外马路的新华电影院、青春照相馆，有的走向新兴街，炒粿、蚝烙、牛肉丸大快朵颐，也有的专程寻访北方风味的母女饺子馆……日落黄昏，同车返回，歌声笑声飞洒在铁路线上。

20世纪50年代初，部队从战争状态转为驻止训练，文艺宣传在面向部队的同时，还要考虑为新区群众服务，这就给文艺兵的工作和学习，都带来新的内容。1951年的春节，浮洋的大戏棚里刚刚演完潮剧，我们的歌剧《刘胡兰》就登场了，无须买票，座无虚席，老百姓吵嚷喧哗了一阵，终于静下来看戏，普通话虽然陌生，但善恶是非都能领略。我演戏中的恶人"石头"，后来还演话剧《打通思想》中爱发脾气的副班长，都无例外地遭到台下的嘲笑起哄，虽然听不懂说什么，但我的心里很踏实，还多少有点自豪。

过了几天，浮洋镇的春节游街（原是迎神游街）开始了，为了融洽关系，军民同乐，展示解放军的形象，我们又奉命参加了这传统又新鲜的民俗活动。民间的大锣鼓敲打一番之后，丝竹乐起，当时我们也不懂得潮乐的学问，加上行进中乐器分散，音量偏小，旋律陌生，远不如锣鼓摄人心魄，但看众多乐手虔诚认真、一丝不苟的演奏，完全不理会外界的嘈杂，倒也引起我一种莫名的敬意。游行队伍最后压阵的，是我们军乐队，所有铜号都擦得锃光瓦亮，太阳光下一片金光灿烂。

我们同潮汕的父老乡亲的交流、亲近，就是这样开始的。

从彩塘出发，沿着铁路线到各部队去，大多是演出，也有时分成小队去开展基层文化活动。虽有方言障碍，但部队还是本着"军民一致"的老传统，在文工团的各类演出时，尽可能地给老乡留点坐席或站席。那时的综合性文工团，除排演话剧外，在歌舞类节目中，追随全国的"百花齐放"，兼顾了各民族、地域的不同风格，所以，我们有东北民歌"小拜年"，也有蒙族舞蹈《顶碗》，有山西民歌《五哥放羊》，也有山东琴书《梁祝下山》，有河南曲子戏《喝面叶》，也有湖北表演唱《一把扇子》，湖南花鼓戏《双送粮》《打鸟》乃至新疆西藏的歌舞……后来随着苏联红旗歌舞团等外国艺术团体来华访问，我们还学演了经典名曲《在遥远的地方》《丰收之歌》，舞蹈《哥萨克》，水平虽然不高，但50年代的潮州汕头，还不是很发达方便的地方，老乡们能欣赏到舞台上丰富多彩、古今中外的艺术风情，和铁路线上驻扎了我们文艺兵是分不开的。

落地生根，解放军住在哪里，都要和哪里的群众相结合。来自北方的同志第一要学几句潮汕话，和老乡寒暄："加崩喂？"（吃饭了吗？）"勒克敌格？"（你去哪里？）"瓦夸苏阿投替可陶！"（我去汕头玩儿！）第二步是脱了鞋，抢过水桶学着浇菜，然后是跟老乡学喝功夫茶、吃咸橄榄；女兵同做抽纱的女孩搭讪，比比画画表示惊讶羡慕；男兵买一块花格"浴布"，下河洗澡时披在背上，以示入乡随俗……但文艺兵最重要的任务，是向群众学习潮乡的艺术，充实自己的创作和演出。因此，在彩塘的大竹棚里，全团观摩了潮剧（梨园戏？）经典剧目《陈三五娘》《扫纱窗》；又派人去购置乐器，学习潮乐和大锣鼓。

慢慢地，我们了解到，潮州可不是什么穷乡僻壤，开元寺是唐朝的，广济桥（湘子桥）是宋朝的，城里那些布店药店都是上百年的老字号；潮州有弹琵琶、弹筝的有许多世家，而且都是自成一派。汕头也不得了：历史上最早开埠，1927年曾有"潮汕七日红"，有著名的角石别墅，有声名远扬的金山中学、华侨中学，特别是电影院，经常放映香港拍摄的"进步"影片，别具一种文化吸引力，在解放初期绝对是他处所无。至于40公里长的铁路线上，我们发现，任何一村都有以精美石刻、金色雕梁为装饰的祠堂；都有比较标准的篮球场，都有能打正式比赛的农民篮球队。异样的富庶和文化的普及，逐步打开了我们的眼界，消除了狭隘的地域观念。

1953年实行义务兵役制，文工团从潮汕才艺青年中招来几个兵，一位拉提琴，一位拉手风琴，一位打篮球（背心8号），业务上都表现出色，并很快融入集体。唯有一个十六岁的民间鼓手小丁，身材矮小，文化程度不高，内向木讷，因方言的隔阂反应也比较迟钝，他是以潮州大锣鼓的杰出人才被推荐的，经请示上级批准试用。小丁穿上军装，举手投足都不像个兵，不少人怀疑他的传艺能力，可是几天后一次排练，证明了他确是文化沃土上的天才。

那天的排练，只见乐队各就各位，小丁的大鼓居中，他先向乐队队长咕哝了半天，又对左右的乐手们点头哈腰，比比画画，大概是要大家关注指挥，也有请大家照应的意思。然后，他拿起鼓棒轻触鼓面，示意做好准备，忽然大吼一声，两眼放光，左边一扫，右边一扫，双手举起鼓棒，俨然是统率三军的架势，一扫此前的拘谨怯懦……过程不必再说，以后我再看任何单位的潮州大锣鼓，都觉得鼓手水平不如小丁，或不相上下。他那密集的不同位置的鼓点固然好听，但更耐品味的是鼓棒的飞舞，在空中的画圈、画线、抖动、两棒交叉、横压竖杵，快慢疾徐，左右睥睨，于是各种锣、钹、椰、鼓和小叫（一种挂在掌心敲击，发出丢丢的声音的小锣）都有了生命，有时重要的节奏并不是落在鼓面，而是停在空中，那绝对是对乐曲意境和韵味的创造和发挥。

舞蹈　士兵英歌　　　　　　　　　　**小舞剧　姑嫂鸟**

小丁是偏才，三个月后，带着一身留作纪念的军装回家去了。他帮助我们心灵手巧的乐队，掌握了大锣鼓和潮乐的演奏。1954年，文工团创作的潮汕特色节目大丰收：反映东山岛战斗的小歌剧《杨阿兰送水》，唱腔和伴奏完全是潮剧风格；舞蹈队女同志根据当地传说创作了小舞剧《姑嫂鸟》，伴奏伴唱也都是潮州味。男同志到普宁等地采风，改造了扮演梁山好汉的英歌舞，创作了挺拔豪放、阳刚十足的《士兵英歌》。乐队排练了潮乐经典曲目《粉蝶采花》《双咬鹅》。这一年，相关的艺术技巧就成为全团的基训内容，清早吹了起床哨，女声部就唱起《送水》的唱段，后面拖着潮剧特有的童声伴唱"哎哎哎……"；民乐组练习软哨小唢呐的滑音，练习二弦（四度定弦的潮乐主奏乐器）上连续16分音符的碎弓；舞蹈队男兵们嘴里念着"嚓！嚓！"，把手中的英歌棒耍得飞转……有时晚上排练，在祠堂前空地上点起汽灯，引来宏安的群众围观，久久不肯散去。老百姓已经和我们熟了，向他们征求意见，都笑容满面伸出拇指说好，说"士兵英歌"比迎神走会好看；说杨阿兰挑担小跑转圈："3 3 ǀ 5 5 ǀ 5 6 5 4# ǀ 3 3 ǀ"，把潮剧的音乐、台步都学到了家。当然，在正式演出中，这些节目也都得到部队和领导的肯定和鼓励。

说文艺兵的见闻只限于文艺，也不尽然。我在铁路线上还经历了两次打击敌人进犯的事件。一次是1952年9月，一支敌特武装百余人占领了南澎岛，我军奉命出击收复，因岛不大，部队不宜多，于是从铁路线各部抽调精干老兵，集中到汕头，组成一个加强营，经短暂海练（划竹排子、抢滩）后，转往南澳岛各个进攻出发地。当时我被抽调到战勤组，乘坐一只很小的登陆艇，顶着带咸味的海风，在汹涌的波涛中前后颠簸左右摇摆，我强忍晕船的痛苦不敢吱声，生怕被带队的干部申斥，被退回原单位。在南澳岛登岸后，头天在隆澳被分配去渔船上宣传政策了解反映；第二天又要我仿画几张南澎地形图，没有比例尺，还要画好等高线；20日清晨派我翻过雄镇关到深澳送信，赶回云澳已是黄昏。当晚部队在木壳炮艇配合下，乘机帆船发起渡海作战，一昼夜全歼守敌。我们这个军在东北鏖战三年，挥师南下，打到南海之滨，战绩辉煌，可是南澎一战敌我伤亡比例却很不如意，渡海夺岛之难自有战史来总结，只说我的终身难忘的见闻：天明时我们战勤组在海边，从船上接应了前方下来的我军重伤员，一个个尚未妥善包扎，浑身鲜血淋漓，忍着极端伤痛只说"后面，后面还有，还有……"，话语中透露着战斗的残酷；一间充满鱼腥味的小屋里，女俘虏躺着，捂着伤口呻吟着："枪毙我吧，枪毙我吧，我反共到底！"事后知道，被歼之敌是国民党收编的海匪，政治上极端反动，装备也得到超常的加强，百余人的队伍火力凶猛：大量用弹带的轻机枪（所谓轻机重打）、折把冲锋枪、长梭卡宾枪……每人至少两件武器，最后阶段还多以手枪匕首搏斗，有的还投海自尽。"全歼守敌"四个字，战士们付出了多少生命鲜血的代价！

几天来执行战地勤务，眼见干部战士和渔民的舍生忘死，使我倍觉自己无能，唯有全力投入工作，根本不愿想自己是个文艺兵。后来，在东里修建了烈士墓，军政委在墓前痛哭失声，那都是降级使用的具有丰富经验的战斗骨干哪，他们千锤百炼堪当大任，不料竟倒在蕞尔小岛！怎不让人刻骨铭心！烈士墓前立着白色石碑，从公路上看很是矮小，但陪伴它的巍峨群山，在夕阳下却闪着缕缕流金，叩问着人心。

另一次战斗是东山岛之战。1953年7月15日，敌突袭东山岛，住在斗门桥（离庵埠很近）的某团三营，奉命轻装前往支援友军歼敌，我当时正在该营11连（当时每步兵营编四个步兵连，一个机炮连）辅导文化活动，16日连队吃过午饭，刚要休息，突然响起急促而凄厉的紧急集合号声，而且此起彼伏，营部和各连都响了，我预感到情况不寻常。跟着连队跑步来到铁路线上，见营连干部腰里都串着驳壳枪的子弹带（平时都不串），正在检查部队的武器装备，特别是再三检查弹药带够了没有，水壶灌满没有。干部们严肃而急躁，告诉部队"前面有情况"，究竟哪里、什么情况，并未传达。部队在公路上整好队，有几个干部开始拦截公路上的客车，无论开往哪里，乘客一律下车，截下了六七辆之后，出来几个地方干部，帮助做乘客的解释说服工作，部队则忙于编组分工，那时的客车里都是紧凑而狭窄的木椅，全副武装的单兵挤在一起，已经无法动弹，还要想办法把重机枪、迫击炮、七五无后坐力炮分解抬上去，弹药箱填空，坐好之后，任何人不能活动。广东的7月，还没有开车，每人都已大汗淋漓。

三营是塔山战斗中荣获"守备英雄团"的一部分，齐装、满员、全训，绝对是精锐，关键是能否及时到达指定位置。我们的车载部队从斗门桥出发，经潮州、黄冈（饶平）入福建境，过诏安、云霄、陈岱，到达八尺门渡口，从16日14时出发，到17日5时天亮之前，行军约二百公里。事后得知，部队的任务是配合华东友军，以长途奔袭，防止敌空降兵控制这个渡口。军情火急，三营征得民用车辆的支持，能够及时抢上八尺门，登上东山岛，完成了战斗任务，首先归功于指战员的旺盛斗志、严明纪律，同时还要感谢那十几辆客车上的潮汕籍司机，他们互相也不熟悉，但得知打仗的需要，个个都慷慨激昂，一路上强忍饥渴、酷热和疲劳，在熟悉的铁路线上，在陌生的跨省公路上，都跑得又稳又快。这里多说一句我们可爱的战士们，我和他们在一起，深感这样坐车比徒步行军更艰苦，七八百人被塞进狭小的空间，不能挪动，不断出汗，不准说话，不准吸烟，停车也不能下车，15个小时的颠簸之后，从车上下来的，是一群群衣服拧得出水、几乎站立不住的汉子，每每还有一出来就晕倒的。水壶都是空的，可也没有撒尿的。但毕竟乘车保存了体力，几分钟后整理队伍，清凉的海风吹来，立刻精神抖擞，一声令下，渡过八尺门，直向东北方向杀去……

20日，部队撤下东山岛返还原建制，我也回到铁路线上宏安驻地，这回我这个文艺兵似乎有点用了，马上提笔拟稿，写了一个山东快书《打伞兵》，连续忙了几天，才算有个交代了。回想东山之战，不过几天时间，枪炮声、硝烟、血迹、被毁的房屋、押下来的俘虏，过眼云烟，好像一场梦。这个梦给我的回味，是战斗行动的紧张，是军民一致的强大，还有就是回到潮汕，感受了一种回到家的甜美、亲切。夜晚村头，大榕树下，三两老农，闲适地演奏着"寒鸦戏水"，二弦的长弓迟缓而尖锐有力，椰胡的呜咽声断续地散在夜空，它们黏在我的耳边，挥之不去，往返萦绕，把这块土地上的历史文化、和平生活、农民守望，和这条"前人栽树后人乘凉"、没有铁路的"铁路线"，都串在了一起……

(2011年)

1955年在宏安的劳动锻炼

二 求仁得仁乎

——一段旧案的寻踪和思考

引 子

日前在孔夫子旧书网，看到一纸书札，作为史料或文物出售，编号VZD15120203。这是一封由诗人韩笑写给《鸭绿江》文艺月刊的主编阿红的信，共两页，时间是1980年。为了广告效应，书商"缀简楼"将它挂在网上，摘要如下：

阿红同志：

信收到。谢谢。上次讲的有人化名在《诗刊》对我攻击一事已查清。就是我的下属文艺科长柯原①及歌舞团的瞿琮②。柯原是想把我赶走，他好上台，瞿琮是个搞打砸抢的造反派。此事我已告到中宣部，贺敬之副部长作了批示，诗刊已于九月十二日写信给我作了检讨，向我道歉。打算十一二月再发我一首诗，消除影响。我要求公开处理。他们可能感到为难。

对柯瞿二人，我认为是违反刑法145条，犯有诽谤罪。我先求军内解决，已向军区党委报告。如他们不检讨，我只好依法上诉。不然他们欺人太甚，还要兴风作浪。这次《诗刊》就是受骗上当，轻信谣言。几乎所有报刊，他们把我骂遍了。这次我把广州军区党委为我作的平反结论寄去，《诗刊》才晃然大悟，你五月来广州，听到的"闲话"大约也是他们吧？幸好你是个明白人，没有轻信。……

韩笑　1980.9.26

韩笑于 1966 年曾以一篇关于海上文化工作队（以下简称海队）的文章轰动一时；1967 年从广州军区政治部文化部创作员晋升为副部长；1969 年被隔离审查；1971 年 10 月在林彪事件的清查中转为公开逮捕，1975 年释放；1979 年作为"反江青"的冤案平反。他状告的柯原、瞿琮都是同单位的诗人，但毁誉并非诗歌，而是交集于韩笑的平反。找来解放军出版社 2010 年出版的《韩笑诗文集》③仔细察看，其第三卷选入的他人评论，赞扬韩笑诗作，大多中肯，应该尊重和学习；但选入的作者文章，谈到自己"文革"中起伏曲折，性质不明，比这封告状信，更有探索厘清的必要。

共产党员应有坚定的信仰理想和组织纪律观念，二者应是互为保障的统一体。韩笑 1947 年参加革命，根红苗正，志存高远，工作中和诗歌创作上有很多贡献，但在乱云飞渡的"文革"中，错判了形势走错了路，又以一贯正确自恃，不能在组织纪律约束下自省，以致在清查林彪事件中被捕坐牢，备尝痛苦。引我思考的是，他始终未以共产党员应有的自我批评精神总结教训，而是极力掩盖错误，争取舆论，把自己粉饰为"反江青"的勇士。韩笑已于 1994 年病逝，他作为卓有成就的诗人，平反后完成的长诗《毛泽东颂》《中国人民解放军颂歌》，获得冰心、艾青、田间、臧克家、贺敬之、魏传统、魏巍等诗坛元老的赞誉和广大诗歌爱好者的好评。但他的错误和悲剧，从增强党性修养和自律的角度，仍值得重新审视，对于研判一些沉浮升降，祸福交错的异常人事，也不乏深入启迪和警示的意义。

五十多年前我在文化部工作，曾被指为"攻击革命左派"（指文化部及海队领导人），"犯了严重的政治立场和路线错误"，受到批斗后又在"学习班"审查一年。1978 年 3 月平反，结论是：受到"以人划线的政治诬陷"④。为辨明那一时期涉及韩笑的政治历史真相，供读者和现代文艺史研究者评估参考，我有责任提供一些情况，同时我也愿得到他人，包括《韩笑诗文集》中提到的知情者，给予补充和批评指正。

"海队"的旗帜与韩笑的追求

"广州军区的文艺工作在全军不断频频闪出耀眼的火花。优秀的文艺作品不断涌现,如话剧《南海长城》、小说《欧阳海之歌》等;……深入海岛边防的广州军区海上文化工作队,成为全军文艺战线的一面鲜艳红旗。"这是1966年一篇报告文学中的赞扬。确如所言,特别是海队的先进事迹,在1966年已经传遍全军。

1966年4月,广州军区文化部创作员韩笑率海队去北京,向解放军总部作汇报演出。

1966年4月10日,《林彪同志委托江青同志召开的部队文艺工作座谈会纪要》(以下简称《纪要》)正式文件下达,这个文件歪曲历史,颠倒是非,包藏祸心,是江青登上最高权力层的重要标志。过了一个半月,即5月23日,韩笑撰写的《突出政治是办好文化工作队的根本》(以下简称《根本》)在《解放军报》发表,署名为广州部队海上文化工作队。这篇长文把海队经验归结为贯彻林彪提出的"突出政治"的成果。本来,海队在执行面向基层、为兵服务的方针中,为坚定意志、发扬传统、培养作风、提高服务质量所做的思想政治工作,确有很好的教育作用,但《根本》除了论述一些具体问题(如红与专、政治与业务的关系,对所谓洋、名、古的批判,文艺批评的标准)存在片面、夸大或某些偏见外,更重要的是,全文的主题和导向,迎合了《纪要》的出笼。《纪要》的核心和要点是:

> 文艺界在建国以后,基本上没有执行毛主席的文艺路线,被一条与毛主席思想相对立的反党反社会主义的黑线专了我们的政,这条黑线就是资产阶级的文艺思想、现代修正主义的文艺思想和所谓三十年代文艺的结合。……坚决进行一场文化战线上的社会主义大革命,彻底搞掉这条黑线。这是关系到我国革命前途的大事,也是关系到世界革命前途的大事。

韩笑撰写的《根本》说：

> 解放后的十几年来，文艺界存在着一条与毛泽东思想相对立的反党反社会主义的黑线。一小撮反党反社会主义分子，到处兴风作浪，偷贩黑货，……（我们要）积极参加社会主义文化大革命，彻底搞掉这条黑线，彻底摧毁一切反党反社会主义的黑帮，彻底清除资产阶级、修正主义对我们的影响。

《纪要》中其他重要论断如"文艺战线两条道路的斗争，必须要反映到军队内部来"，"文化革命解放军要'起重要作用'"，"领导人要亲自抓，搞出好的样板"，"重新教育文艺干部，重新组织文艺队伍"等，也都在《根本》中得到响应和发挥。

如此及时而紧密的配合，当然得到最高层的青睐，文章被置于中央级媒体的顶尖。全文占据了整个头版又转版；发表时该报加了罕见的长达一千余字的编者按；次日全国各大报转载。人民出版社随即排印了单行本，向全国发行15万册。

> 代表中央高层表态的《解放军报》"编者按"指出，"（海队）的实践又一次证明，只要突出政治……就心红眼亮，能够战胜任何资产阶级思想和修正主义思想的侵蚀"；"我们一定要彻底搞掉这条反党反社会主义的黑线"；"（海队）这个总结，突出政治，是一篇生气勃勃、思想性战斗性很强的文章。值得全军所有文艺工作者、文化干部和全体同志们认真地读一读。"

全军的文化单位闻风而动，立即组织学习《根本》，做出各种表态。广州军区文化部获此殊荣，更是积极部署，要求大家联系工作来讨论，与无处不在的"黑线专政"做斗争，其最直接的效果，就是所有干部都来检查对于海队这个先进典型的态度，掂量自己的行止进退，褒贬功过，诚惶诚恐，人人自危。随后，文化大革命的揭发、批判在本部机关掀起高潮，一时间，对"黑线专政"陷阱的恐惧感，批判犀利化的自保之风，同时蔓延开来。

《纪要》中所谓"文化革命要有破有立，领导人要亲自抓，搞出好的样板",包藏着篡夺党对文艺工作领导的险恶用心。韩笑则在这篇震动文艺界的《根本》中,借助《纪要》把海队推上了"路线斗争"的制高点,打出来一面突出政治,唯我独尊的旗帜。为了夯实海队在文化革命中的样板地位,《根本》从八个方面作出归纳(此处仅录其标题):

(一)文化工作队是执行毛泽东文艺方向,最广泛地为兵服务的好形式。

(二)文化工作队最能够继承和发扬老红军宣传队的光荣传统。

(三)文化工作队是文化工作贯彻执行突出政治五项原则的重要措施。

(四)组织文化工作队是文化部门加强战备的重要措施。

(五)组织文化工作队是领导机关面对面地指导连队文化工作的重要方法。

(六)文化工作队能很好地使文艺工作者和工农兵结合,改造思想,促进革命化。

(七)文化工作队是全面锻炼人材,提高业务,培养文化战线上红色接班人的革命学校。

(八)文化工作队是繁荣创作的一种好形式。

结论:办好文化工作队是一场无产阶级世界观同资产阶级世界观的斗争。

这八条论证了:海队是文化革命深入发展的产物;是文化领域突出政治的排头兵;海队带头响应、坚决执行林彪和江青的指示精神,是全国的先进文化样板;全国学大庆,学大寨,自然还应该学海队。这就是韩笑的追求。

"两条路线斗争"和以人划线

1966年5月《根本》一文发表后,6月,《广州部队海上文化工作队事迹》由湖北人民出版社出版；7月，《广州部队海上文化工作队创作选（1）》出版，内收《炮打司令部》等17首毛主席语录歌。此后，又有关于海队的图片、唱片、纪录电影短片相继问世。当年"八一"前夕，海队的代表在北京出席了建军三十九周年的宴会，次日，在军事博物馆参加首都军民欢庆建军三十九周年联欢会，演出了《毛泽东思想万岁》《海上文化轻骑兵》等节目。在此前后，陶铸、贺龙以及军区黄永胜司令员、刘兴元政委，曾分别接见海上文化工作队成员，对大家鼓励勖勉。

军区文化部重视海队的建设。1965年3月起，韩笑以文化部党支部委员的身份，参与组建海队工作，加强海队的领导（海队另有一位C队长），在随队行动中做一些队员的思想工作和对外宣传报道。海队以小分队形式，坚持面向基层、为兵服务，发扬了我军文化工作的优良传统，在文化部得到一致的充分的肯定；但同时在工作讨论中，对于它的人员抽调、任务规划、宣传分寸等，也存在着不同意见和看法。1965年年底，在"四好"科室评比中，这些本属正常的意见分歧，被个别的领导人扭曲利用，指为否定海队成绩，攻击党支部领导，是一场捍卫革命文艺路线的原则斗争。受批评的一方主要是文艺科副科长柯原和作为支部委员的我。这种批评还与当时整个文艺界所受的指责相联系，说文艺科的问题就是不学毛著，不突出政治，"跌到了修正主义的边缘"。不久，机关开展"四大"，柯原的诗被分析为"反党""现行反革命"，被武装看押。我被指为炮制"毒草"，犯有严重政治错误。我和柯原过去对海队工作提出的意见和争辩，这时都被提到"坚持什么路线、谁专谁的政"的高度，对柯原上纲上线尤为险恶，每每冠以"疯狂""恶毒""阶级仇恨"等字眼，由领导公示，属于"打倒"之列。

1967年韩笑晋升为副部长后，与原分管海队的X副部长公开联手，掌控本部的"文革"。他们强调学习海队"在不断地和内部、外部的错误思想斗争中前进"的精神，以人划线，泾渭分明：站在海队代表的"革命路线"一边的，是几位领导和骨干；其他大多数人都因这样那样的错误检讨。一位W干事，为研究文艺"黑八条"的流毒，翻出韩笑在1962年写的文艺科工作总结，送给了造反的"文体红联"，被视为内奸追查不已，而才上任一年多的 L 部长，在海队问题的争论中被质疑"中立"，不久被调往"批陶办"，离开文化部领导岗位（1968 年我被"学习班"隔离审查，领导要我与重点对象 L 部长"结对子"，动员他交代曾召集哪些人在他家里议论海队，以"将功折罪"）。海队的内部由于各种争辩引发两派对立，瞿琮的造反大字报，就公开贴在礼堂前，而这些"笔斗"的影响又传递到各文工团，此时韩笑还在军区支持的群众组织"三军联委"的领导层任职，参与处理军内文体单位的两派斗争，凡与海队的宣传相左者，都难逃阶级斗争、路线斗争的批判。

韩笑打造海队这个典型，并不满足于《解放军报》在全军范围给予的高度评价，在本部产生的颠覆效应更是题中应有之义，他的追求是借助"突出政治"把海队树为全国文化战线上的旗帜，与大庆、大寨享有同等的地位。这不是一时的失言失策，而是极左思潮与恃才傲物相结合的价值判断，是企图利用动乱的风向，攀爬荣誉最高峰的追求；这个目标一旦确立，就锲而不舍、千方百计、不顾一切地去实现它。

危险的执着碰在纪律铁壁上

1968 年，在一次讨论编制的会议上，韩笑向高层宣传了《纪要》关于"重新教育文艺干部，重新组织文艺队伍"的精神，鼓吹了提高海队政治地位的主张。与韩笑同时晋升的李长华副部长，在回忆录《抹不掉的记忆》[5]中"恢复文艺队伍"一节，记录了韩笑的发言：

> 1968 年夏天，广州军区党委就提出要恢复军区的文艺队伍。10 月，军区党委委托任思忠政委，召集了杨梅生、詹才方两位副司令员，萧元礼、卜占亚两位副政委，政治部的张展东主任、李福尧副主任，以及文革办公室、干部部、组织部、直属政治部等有关人员，研究这个问题，我和于波（原杂技团长）、韩笑三个文化部副部长也被指定参加，而且主要组建方案要听我们三个人的意见。半个多月中，会议进行过四次。争论最大的问题是：要

不要专业分工？600个名额怎样分配？设不设总团？用不用原来的干部等。

韩笑提出不要专业分工，不用原来的干部，认为这样做就是文艺黑线回潮；600个名额应分编成二十个像海队一样的小队，这样才能体现"文化大革命"的新成果新面貌。这些主张他一直坚持到最后也没放弃。多数首长还是同意要专业分工，还是按话剧、歌舞（含歌剧）、杂技分编几个团。

要不要成立专职专业的"海队"，有较大争议。多数人主张还是和原先一样，定期由几个团抽人组成临时的"海上文化工作队"，完成演出任务后各回原建制单位。韩笑坚决反对，认为"海队"已是全国文化战线上的一面旗帜，已与工业学大庆，农业学大寨等同，故而必须单独存在。首长们妥协了，同意单建，但怎么建法？放在哪里？因多数海岛集中在万山群岛，任政委和多数领导同志认为，"海队"应放在万山要塞。韩笑说："那不行，你们光考虑问题的一面，没有考虑问题的另一面，'海队'长期放在要塞它怎么提高？"张主任反问："放在要塞就不能提高了？那放在北京行不行？"韩笑说："你别说，不是没有这个可能……"任政委调和说："建制还在军区，只是放在万山……"韩笑仍坚持说"那不一样……"任政委说："好了，不争了，'海队'单独成立，还是放在广州，反正广州到万山也不远，这个问题就这样定了！"

韩笑说："我还有一个问题，'海上文化工作队'叫'队'，其他的是不是别叫团了，一律都叫队听起来顺口，也算恢复了老传统。"任政委问："有没有异议？没有就这么定了，叫宣传队！"

（李长华：《抹不掉的记忆》，陕西人民出版社2010年版，第495-496页。其中的下画线为笔者所加）

1969年3月，政治部张展东主任做了建队的报告，成立了宣传总队，下设话剧队、歌舞队、杂技队和海上文化工作队（后来又成立了京剧队）。海队独立建队并正式列入编制，得到了更好的工作条件和发展机遇，但韩笑这时要的是全国学海队的直通车。编制会议上三位中将四位少将都不予支持，并未引起韩笑的自省，相反，他把将军们的把关看作保守短视，为受到压制而不满；他寄希望于另辟蹊径，向高层人士和舆论界进行游说活动。当军区领导察觉他不肯放弃错误的追求，对海队的建设不利时，于1969年10月，调他去"衡宝战役写作组"担任副组长。1970年10月，他因背离组织的游说活动被隔离审查。韩笑在平反申诉和后来的文章中，都说这是因为他"反江青"，招致军区（刘政委）的"迫害"，地方一些舆论报道信以为真，表示同情。

事实是，刘兴元政委从《根本》一文的发表，编制会议上韩笑的表现，已经对他的不识利害有所警觉。当韩笑背地的活动处于危险的临界时，为了防止他给军区带来"大麻烦"，采取了纪律措施，将他隔离审查。李长华的回忆录《抹不掉的记忆》中"丁盛老人"一节，记录了1971年年初，他在珠江宾馆与丁司令的对话，谈到了军区对韩笑的处置：

丁司令说："（你去北京开座谈会）小心谨慎，不要乱说！"

我说："一定做到。"

我说："那次学习回来向你汇报，你为什么发那么大火？"

……

丁司令说："那么多人在场，我怕你说错话。……文艺本来是很单纯的事，现在成了是非窝。有关样板方面的事，说话要特别留神，不要给军区惹麻烦，也不要给自己惹是非。"

我说："这我知道。"

他说："知道就好！海上文化工作队的问题，是刘兴元政委发现得早，不然要给军区惹大麻烦的。"

（此处李长华加注：有人想把学海队与学大庆大寨并列齐名，说海队关系着林副统帅的大计，以此游说军区领导支持海队，被刘兴元政委查觉，解散了海上文化工作队）

我说："有个同志到现在还闹着要给海队平反，少数前海队的同志也跟着吵吵。"

丁司令说："有什么反好平？同志呀，多么严重的问题呀！……"

（《抹不掉的记忆》，第653页）

"文革"形势动荡莫测，大军区的工作关系着国家安全社会稳定，连接着几十万部队，几千里海边防，领导同志肩负重任，需要关照和处理的事情林林总总，也包括思想文化界的动向。军区曾器重韩笑，提拔韩笑，但韩笑狂妄任性，一意孤行，危及军区大局，领导同志不得不动用纪律措施制止。这就是所谓"迫害"的实情。

关于"抵制""议论""反江青"

江青横行霸道，群众议论纷纷，特别是反感其文化专制主义行径的，大有人在，这类言论是罪是错，处理上因时因地因人不同。有人在重要问题关键时刻直言获罪；也有许多人流露的不满，只受些高举轻落的批评，下不为例。韩笑与这些情况不同，他一面把江青的《纪要》和"样板戏经验"奉若神明，照说照办，一面说对江青有"大量"议论、怀疑、不满和反对，而又始终举不出具体的实质的内容。

"抵制""议论"，贯穿于韩笑的各次辩解，最早则是用于描绘自己离开海队去"写剧本"的背景：

（1）1969年4月起，我在海上文化工作队抵制和议论江青，10月逼我离开，去"写剧本"。（指被派往"衡宝战役写作组"任副组长。《韩笑诗文集》，下同第139页）

（2）不久察觉我抵制江青，把我挂起来——写剧本。（仅指不再管海队的工作。第36页）

我是"写剧本"成员之一，可以提供一些情况供参考。

1969年10月，军区根据军委办事组通知，组织写作"衡宝战役"剧本。这是反映林彪在解放战争中杰出贡献的重大题材，军区极为重视。首先成立领导小组，成员为刘兴元政委、丁盛司令员、任思忠副政委以及参谋长、政治部主任。下设写作组，我和另外五位同志为组员，广东省军区副政委仇天均为组长、战士报社社长郑新生和韩笑为副组长。对韩笑的任职既是重用，又相对宽松，他声明自己不参加剧本的写作，只负责领导写作组的政治学习。1969年12月起，写作组去外地调查战役材料，他可以请假不去；1970年3月写作组回广州，住在珠江宾馆，他也不来宾馆与我们同住。由于工作安排是以半个月写剧本，然后学半个月的政治，他只是隔一段时间来一段写作组，行色匆匆，朝九晚五地上下班。因他是军区领导直接"点将"来的，其他时间他在做什么，仇、郑二位也从不多问。

韩笑对写作组副组长一职，虽然没有全力以赴，但对自己的分工很认真。他亲自制订学习计划，讲读文件社论，倾听讨论发言，在每一专题学习中都做总结性长篇讲话。在那个时代，虽然人人都不可避免地说些应时的套话，但韩笑不同，他推崇林彪的突出政治和江青的"样板戏经验"，态度虔敬而真诚，绝无"被逼"的勉强或伪装的积极。他所谓的"抵制""议论"江青并因之获罪完全是虚妄的。现从我的笔记⑥中摘一些他的讲话要点，供读者判断：

5月25日　在韩主持下，经半月准备，以"改造世界观"社论为题，讲用一周。韩讲话：思想文化战线大好形势：①样板戏。②六厂二校经验。③大批判运动。以上标志以无产阶级面貌改造世界的崭新形势。黑线的基础就是"私"字。思想改造离开无产阶级专政，就是"黑修养"那一套。要把认识提到林副主席评价的高度。

6月7日　主持学习总政文化部电话传达的毛主席关于普及样板戏的指示。

7月上旬　学习两个决议，对照检查写作。17日，韩做总结：林副主席提了一个非常完整深刻的口号，即四个"念念不忘"，集中起来是高举红旗。（学习领会）写作才能不紧张，不怕犯错误。我们向党委汇报时，从来不讲我们这里有什么错误，正常现象嘛！……

8月24日起　韩组织专题讲用。每日一题，韩做小结：

1. 突出政治是无产阶级文艺的根本规律——林提出的突出政治有其特定含义……阶级斗争普遍存在，一筐粪往哪里送还存在两条路线斗争，何况文艺。二十年来的历史说明问题，可对照四条汉子的黑话。社会主义文艺是斗出来的，学习样板戏首先学这一点。

2. 突出政治必须以革命的老一套战胜文艺黑线的老一套——我们的老一套就是（林提出的）三过硬三结合四边四比，黑线老一套就是三名三高，关门提高。智取威虎山的话剧本与现在的演出本可以比较，红色娘子军的几个本子也可以比较。我们要很好地学习样板戏经验，这是无产阶级的戏剧理论。

3. 一切围绕红太阳转是写好戏的灵魂——围绕红太阳转，这是我党几十年来斗争的焦点。林副主席精辟的论述，说出了全党全军全国人民的心里话。历史经验证明，谁不围绕红太阳转，就要毁灭。我们搞创作的，大多数是热爱的，但谈起文艺却崇拜四条汉子，这个问题还没有彻底解决。只有具备三忠于四无限，才能写出无产阶级文艺。

4. 突出政治的人才能写好突出政治的戏——要从文艺阵地谁占领等大问题来激发写作热情，如果是为了"私"字，为了保自己，实际是保了黑线。用突出政治的办法一定能写好戏，不突出政治，即便搞出戏来，人垮了，有什么用？要在斗争中学，斗争中用。等改造好了再写？那也是反突出政治。

9月11日　韩主持学习毛主席哲学著作，讲用：组织纪律问题。

10月上旬　韩主持讲用：名利思想问题。

17日　刘政委来听剧本提纲。韩不知为何未到。仇面色阴沉，讳莫如深。

（从此韩笑不再出现，讲用告一段落）

我被派到这个写作组，虽称"需要"（我写过剧本），但也有考察我是否"认罪悔过"的成分。在写作组，我感触最深的不是写戏，而是在韩副部长坐镇下的学习。那时的学习除了读毛著、文件、两报一刊社论之外，最"吃功"的就是讲用。而对于我来说，讲用就意味着检讨，就是根据韩笑的要求，把学习班检讨过的那一套，结合我在剧本构思和草稿中不被接受的意见，作为世界观改造中的矛盾斗争，再深入发挥一遍。对写作组其他人，两个是外军区的客人，他不便施压，三个是话剧团来的，或有背景，或无前科把柄，所以每次讲用的重点非我莫属。我和韩笑相处数年，有过争辩，我的经历、性格、弱点，他都了然于胸，现在又居高临下，我只能低头自保。戴着镣铐跳舞还要面带赎罪的愧疚，心情复杂，不堪回首，但也因此对韩笑政治情绪留下了深刻印象。

韩笑哪里去了？仇天钧当时"面色阴沉，讳莫如深"，预兆不祥，高压之下不许打听。毕竟纸里包不住火，渐渐地，有传说他被隔离审查，出事与海队有关。一年后，他在清查林彪事件中被捕，人们又议论他与上层的来往肇祸。在各种各样的猜测中，唯独没有"反江青""反样板戏"。

试析《韩笑诗文集》中有关的自述

韩笑为掩盖自己仕途受挫的尴尬，对抗军区的纪律制裁，自欺欺人地编织了"反江青"的外衣，其捉襟见肘的不实之词，散见于《韩笑诗文集》第三卷文章中。今试作摘录和解析：

1. 涉及1970年10月被隔离审查的文字有3处。

①那时我正受专案审查……（第4页）

②1970年庐山会议后，和我一同议论江青的某领导，突然下令对我批斗，给我扣上"反军区党委、反刘政委、反中央"的罪名，我拒不接受。他们就私设专案、内查外调。（第36页）

③1970年10月，批斗我"反党"，靠边站了，无奈去住院。（第120页）

按：以上都回避了被军区隔离拘禁的事实。说刘政委和他"一起议论江青",是企图把责任在人际关系上拉平。把专案人员的问询批评说成"批斗",是在混淆纪律制裁和群众揪斗的区别。所谓"拒不接受""反党"和三个"反对"的罪名,是不承认在高层中进行的非组织活动。生病可以住院,说明强制措施还比较宽松。

附 他的朋友李萌文章："当他（韩笑）提起"文革"中受磨难的事,十分委屈地说,那时年轻,搞不清上面的情况,实在是冤枉……"（第728页）

按：这一节文字透露出韩笑最真切的感受：对上层关系没有摸透,没想到自己背地游说的信息,竟传递给了军区刘政委。

2. 涉及1971年10月被逮捕的文字有8处,或强调"反江青"是唯一的主观原因,或说"反江青"的罪名为客观强加。

①1971年"九一三"事件后,我以为整我的人要垮台了,没料到他们立即以"反江青"的罪名将我抓起,秘密武装关押四年。（第36页）

按：1971年10月,广州军区开始清查与"林彪南逃广州"有关的人和事。韩笑开始错以为军区刘兴元政委垮了,没料到是清查到自己的头上来了。他为了掩盖吹捧林彪"突出政治",为海队争名向上层游说等错误,自己戴上"反江青"的帽子,以转移清查视线,避重就轻。

②1971年10月23日,我因反对江青被抓起来,秘密武装关押四年……（第95页）

③1971年10月,又把我从病床上抓走,罪名是反江青,秘密武装关押四年。（第120页）

④后来因为反江青又被关进班房。（第131页）

⑤1971年10月23日,以"反江青"的罪名将我逮捕,秘密武装关押四年。（第139页）

⑥"文革"中我因反对江青、攻击"样板戏"被关押四年。（第143页）

⑦我"攻击"江青的"反革命言论"中,有一条是,我说江青"和我一样,是个没改造好的知识分子"。当时成了我的一大罪状。（第229页）

按：此处说出他对江青只限于"不敬"，攻守的分寸是：大罪状也不过如此。

⑧我被戴上高帽、挂上黑牌。名字被打上红××，……我忍无可忍，骂了"旗手"，犯下"思想反动"罪，坐了班房。面对刺刀铁丝网，一千多个昏天黑日……（第231页）

按：此处故意把1966年年初因爱人问题受到地方群众的揪斗和1971年军区的逮捕混为一谈，把相隔五年的"骂旗手"和"坐班房"说成同一件事，而且"骂旗手"是出于义愤。

3. 涉及平反的文字有6处，仍反复强调"反江青"。

①1975年8月江青倒霉时，把我放出来治病。结论是："顽固地站在资产阶级反动立场上，恶毒攻击中央领导同志，反对党的无产阶级文艺路线。"（第36页）

按：1975年的"结论"既非正式，又明显不实。"恶毒攻击"的对象暗指江青，把它写在文章中，扯上文艺问题，反证自己的正确和审查的错误。

②江青垮台后，由于派性和官僚主义作怪，不为我平反。我不得不连续上诉，（此处缺主语。——笔者注）被迫于1979年11月23日为我作出平反结论，内称："韩笑同志在1969年5月至1971年8月，的确讲过大量的怀疑、不满和反对江青的言论。……多是对江青推行文化专制主义的揭露和批评，是正确的。"（第139页）

按：1965年4月至1970年10月这一段，海队和写作组只能证明他"确实讲过大量的"尊崇江青的言论，没有人能证明他同时还有"反江青"的言论。此后至1971年8月的这一段，韩笑正在被隔离审查，如果也有"反江青"的言论，唯一可能，就是他把此期间的交代，作为被逮捕的原因，在释放后写入要求平反的申诉书，并得到了确认。

③因为在我交代"反革命罪行"时，反复提到在某岛散布反对江青的言论，在某岛抵制江青的指示，在某岛攻击样板戏……（第156页）

按：这回交代问题有了地点，但仍没有人证，还是虚晃一枪。说自己被审查前已有的"原罪"，是日后要求平反的伏笔。

④（平反文件还写道）……将韩笑同志隔离审查，并且节外生枝，给韩笑同志强加以"林陈反党集团在文艺战线上的黑爪牙"、"极力追随林彪死党黄永胜一伙"等罪名。这是对韩笑同志进行的政治迫害。（139 页）

按：这两个"强加"的罪名虽然不实，但不是无中生有，节外生枝，它说明对韩笑的审查，涉及他鼓吹林彪突出政治的言行，以及与"黄（永胜）办"等高层的关系。

⑤1979 年 11 月 23 日广州军区党委印发红头文件，为我作出平反决定，并通知全国有关报刊。（第 175 页）

按："通知全国有关报刊"的说法不实。

⑥海上文化工作队又因我反对江青被非法解散……（第 176 页）

按：韩笑认为军区撤销海队编制是"非法"，他的游说活动是无可指摘的合法；他承认海队受到株连，但只能把原因归结为没有事实根据的"反江青"，以坐实自己的冤情。

《诗文集》涉及"迫害"的文字，有那么多含混片面误导舆论之处，不是作者失忆或糊涂，而是他不愿面对现实，实事求是地承认自己犯有错误，又忌惮别人去了解真相所致。韩笑虽已远去天国，但基本事实可以回答：他因倾心打造"突出政治"的海队而声名鹊起，又为攀爬荣誉高峰，招致海队和他一起陨落，这两点就是弄清他犯有错误的钥匙。

韩笑案情的联想

1. 海队内部的复杂性，与军区处理韩笑问题相关

一天，我到军区礼堂门口，见有反韩笑的大字报。又有为韩笑辩解的小字报，说韩笑忠于毛主席的文艺路线，"海队"受到了江青的表扬。写小字报的，是位吉林籍的女文艺战士，她说她敢保证韩笑没问题。后来，黄永胜和刘兴元在接见文艺队伍的大会上，宣布韩笑和李长华升任文化部副部长……没过多久，韩笑住了"单间"。为啥？谁也说不清。我总想打

听明白，究竟为啥一会儿把他举起来，一会儿又把他踩到泥里？有人说他反对江青。江青利用她的特殊地位，打这个，揪那个，东指西指，歇斯底里，确令众人反感。但韩笑是聪明而稳重的人，绝不会跳起来反什么江青江蓝的，欲加之罪，何患无词！

（赵清学：《韩笑何去匆匆》，第744－745页）

此事发生于1966年年底，"吉林籍的女战士"名叫李×，是作曲家李劫夫的女儿；"文革"中韩笑多次到北京拜访名人，其中就有李劫夫；李劫夫与黄永胜因历史上的上下级关系极为亲密，他们的夫人之间以姐妹相称；黄永胜在广州任司令员时期，以及调到北京任总参谋长时期，他的夫人项辉方，都一直是"黄办"的副主任、主任；黄永胜的三子黄××是李劫夫的干儿子，他（16岁，学过声乐）和李×（17岁，学过钢琴），都在1966年从沈阳顺利地安排到遥远的广州军区，直接进入海队当兵。这种内部关系，后来还促成海队成员与项辉方的多次来往，⑦李×这张小字报中对韩笑的"敢保证"，以及"海队受到了江青的表扬"等，不是空穴来风，了解内幕者都知道，这是来自北京的权威信息。所以后来韩笑所谓的"反江青"，连他的亲密老友赵清学也不相信其真实性。

那个年代，年轻人革命热情高涨，愿意到艰苦的地方锻炼，应该鼓励。干部靠关系走后门，给子女选个单位去当兵，是常见的事。海队出名后，对干部子弟很有吸引力。海队选人除须有一定艺术特长外，也很重视人际交往能力，这方面一些高干的孩子就很强势，如有直接与高层领导直接过话的需要时，这些孩子就是桥梁。海队中高干子弟至少有四五个，其中较活跃的还有济南军区C副司令的女儿。他们单纯、进取、活泼、外向，工作中得到了很好的锻炼。由于亲情的联系，在广州和北京之间，领导和亲属之间，圈子的朋友之间，群众组织之间，他们会有意无意地传递些有关军队"支左"、两派争斗、上层动向、本队新闻等，某些信息的扩散，引起军区的评估和警觉，是不足为奇的。韩笑1969年调离海队，1970年被隔离审查，都不能排除海队传递了某种信息的因素。1971年"九一三"后，黄永胜于9月24日在北京被关押，交代与林彪的关系；李劫夫因与黄永胜来往密切，于 10 月 20 日被隔离审查；三天之后，韩笑于 10 月 23 日在广州被逮捕，其中有无海队信息的连带效应，也不能排除，那个时期的领导干部都是敏感的。

2. 不承认、不接受纪律约束的严重后果

韩笑以为为海队争取与大庆大寨相提并论的政治地位，是天经地义的革命行动，因而我行我素，不把任何规则纪律放在眼里。军区领导为了工作大局，把他拘禁起来强制反省，是纪律条令对师职干部的延伸，是惩罚也是教育，这种"关禁闭"近似留有余地的"监护""双规"。在单独关押、对外保密的条件下，如能交代问题，认错检讨，不再犯了，就撤销处分。韩笑虽然错误严重，但毕竟还没有造成严重后果（丁司令说刘政委发现得早），如果及早反省做出检讨，刘政委一句话就解脱了，并无法律手续的种种牵绊，而且因为保密，名誉受到保护，出来照常工作，还是副部长。可惜韩笑死顶硬扛，所谓"拒不接受""反军区党委、反刘政委、反中央"的"罪名"，其实就是不承认自己犯了违背组织纪律的错误，不做检讨，与专案组顶牛一年，错失了解脱的机会。而拖到"九一三"后，形势突变，问题就无可改变地复杂化了。转为正式逮捕，接着是四年牢狱之灾，这冤枉也许是可以避免的吧？这怨谁呢？

3. "九一三"后军区"揭批查"形势对案情的影响

1971 年 10 月 23 日，对韩笑从隔离审查转为正式逮捕，是清查林彪反党集团的大势决定的，前账未清，又叠加了有关"突出政治"等与清查挂钩的言行，决定了专案的新力度。

1972 年，刘兴元政委调任成都军区政委。顶牛的对立面走了，这对韩笑说清自己的错误，更为不利。

1973 年 3 月，北京定了 B 某人"上贼船又下贼船"的案子，给广州军区机关带来一场强烈的政治地震，许多干部无端遭到紧急立案审查，已立案两年的韩笑处于边缘化。

1972 年与妻子在广州寺贝通津

1974 年 1 月 28 日，江青派了三位特使，专机给军区和省委两位领导送来了亲笔信，以及"批林批孔"的五种学习材料共 2500 份；军区领导亲往迎候，形同盛典；当晚组织学习，向江青发电汇报，又连夜将信铅印下发到县团一级。此后军区开展了轰轰烈烈的"批林批孔"运动，原军区几位主要领导，被指为林彪的"死党"，"另有组织和思想两套体系"，高层和机关都进行互相揭发，新冤案扑朔迷离。这对于已关押很久，咬定"反江青"的韩笑，并不因有"反刘政委"的帽子得到解脱，相反，涉及"写剧本"为林彪立传，又被重新提起。据笔者的记录，4 月 7 日，军区政治部宣传部 S 部长，在本部会上提问："'写剧本'既然是上边定的，韩笑的案子为何查不下去？"⑧7 月 29 日，中央下达紧急指示，军区打击一大片的运动急刹车，"死党"们的帽子摘了，不提了，但无端受冲击的干部群情激愤，纠偏的过程曲折而漫长，甚至影响日常工作，原有的专案多被拖延搁置。

1975 年 8 月韩笑被放出治病，尚无正式的组织结论。

1976 年 10 月四人帮倒台后，韩笑在申诉中以"反江青"的高调，掩盖和淡化自己的错误言行。军区文化系统也开始批判《纪要》炮制的"文艺黑线专政论"，但这与韩笑的申诉是相逆而行，对结案的影响是负面的。

根据 1977 年 11 月 18 日中央、军委领导就处理"文革"专案的指示，军区加强了复查工作部署,但仍有干扰影响着进程。直到1978年10月25日,一位W副政委还在政治部的揭批查会议上说:"与黄、刘、丁、任、孔(黄永胜及后任军区首长)有牵连的,要彻底交代清楚,……韩笑本有专案,(揭批查)中间他要平反,摆开一看,不是平反问题,而是要继续搞清楚。还是交给原来的专案组,文化部协助。"⑨"摆开一看",看到韩笑的问题还没有搞清楚,还要继续审查他与军区领导人的关系。

1978年年底,军区揭批查宣布结束,许多拖延多年、属于一般性问题的专案,陆续从宽处理,或一风吹了。那时,韩笑的专案已几经起伏,最初拘禁他的原因,已被九年来运动的乱象,以及本人的辩解冲得模糊不清,按疑罪从无的原则似应从宽处理;而韩笑自己说的不满江青文化专制主义的言论,即使没有多少证据,作为群众性政治情绪的表现,也不能完全排除。在这样的气氛中,1979年给韩笑做了平反结论,承认他是在1969—1971年因"反江青"遭受迫害,冤枉了他。这一类平反结论的斟酌折冲,不受运动走势的影响是不可能的。

尾　声

求仁得仁,没有怨艾。求仁不得,怨艾不已。韩笑中年以后,因借助"突出政治"追求极致的人生,跌了大跤;后来虽有平反结论可以傲然示人,虽然提为正师级,又有许多评他诗作的赞歌洋洋乎盈耳,毕竟健康受损,又糟蹋了许多宝贵的创作时间,很不开心。

广州军区在清查中"迫害"了他,平反争执多年,最后在"反江青"上勉强达成共识。然而不考虑他还能写诗,硬要他按规定适龄离休,没有破例给他发身份证,预支和报销旅差费困难,害得他为深入生活吃了许多苦(第60-62页);生了病,没治好,"一生坎坷,一生清贫",军区不爱惜人才,地方都看不过去(第727-730页)……应对诗人的情绪化、身边人的不平,只好宽容无语罢。

韩笑在军区多年,人际关系不很圆满。《诗文集》入选的他人评论文章102篇,其中军区战友(其中也有许多诗友)入选的只有三人5篇;韩笑将柯原、瞿琮告到中宣部，喧嚣一时，但据说还是以和解告终，转弯回头，渡尽劫波，倒也可称善哉。只是给阿红那封信还在书商网上挂着，是个遗憾。

韩笑反复倾诉了坐牢的痛苦，平反的"艰辛"，但对自己的负债却始终沉默。时至今日，也非追究，而是想弄明白：1979年5月3日，中共中央批转了总政治部关于撤销《纪要》给中央的报告，韩笑想必看过这一重要文件，不知他有无联系自己那篇《根本》，曾经为迎合《纪要》，荼毒全国全军文艺界的发声，产生过些许惭愧？他只说过"我歌颂过极左，宣扬过迷信，写过浮夸空泛的废品"（第227页），但这似乎仅指写诗，因而有大事化小，小事化了之嫌。许多了解韩笑的人，期待他多些反思，多些自省，把对"仁"的误解，对"求"的失算，加以盘点、复核。看来他令人失望了。

往者已矣，韩笑虽有错误，仍不失为卓有成就的诗人。"文革"时期关于文化功利的极左的宣传，曾使许多人一时不能辨明是非曲直，韩笑也不例外。不过这绝不是他可以无视法纪约束，甚至借机膨胀的理由。至于在"文革"结束后，粉饰和掩盖实际存在的错误，更是自损清誉。《韩笑诗文集》的不足之处启示传媒：衡文评人，首先应弄清真相，不能感情用事，从印象出发，人云亦云；廓清思想和行动的是非，必须三严三实，有度有据，才是对公众、对历史的真正负责。

最后，还有一则有关发扬优良传统的短讯，做个供参考的尾巴：

2014年4月20日解放军报以"'一团火'与战士心贴心"为题报道：从上世纪80年代开始，广州军区政治部文工团就组建了"一团火"演出小分队。他们每年为基层官兵送去精彩演出……

2015.12.28 初稿
2016.4.7　四稿

注释：

①柯原，著名诗人，1931年生，1946年开始发表诗作。1948年参加革命。曾任广州军区政治部文化部文艺科干事、副科长。"文革"中以"写黑诗的现行反革命""攻击海上文化工作队"等罪名受迫害，武装押送，大会批斗，在农场劳改四年。1972年

降职下放，1978年得到平反，调回军区政治部工作，任文艺科科长。他平反后出版作品集30余部，获政府特殊津贴和奖励、荣誉。1987年从师职研究员离休，担任了一些诗歌组织的会长、主任、主编、理事、顾问等职。他还是广东省监察厅特邀监察员。（摘自《柯原作品选萃》简介·花城出版社·1995，《柯原自选集》简介·银河出版社）

②瞿琮，著名作家，1944年生。他在文学创作上成绩显赫，如歌词《我爱你中国》唱遍全国。曾先后担任广州军区战士歌舞团团长、总政歌舞团团长（1993—1997）、解放军交响乐团团长，后任广州军区政治部创作室主任等职。已出版诗集、小说集等作品四十余部。多次获全国全军的文艺大奖。我在1963年认识瞿琮，那时他刚入伍一年。"文革"初期他曾是海上文化工作队成员，后来对海队有"反戈一击"的"造反行为"。（据百度·百科·个人履历及我的所知编写）

③《韩笑诗文集》解放军出版社2000年出版。全三卷，第一、二卷为诗歌作品，第三卷收入作者文章、日记等81篇，他人评论文章102篇。贺敬之题写书名，魏巍作序。名人题词有冰心、艾青、田间、臧克家、林默涵、魏传统等。

④见1978年3月28日《中共广州军区政治部直属队委员会·决定·关于为伊增埙同志平反的说明》（本人存原件）。

⑤《抹不掉的记忆》，李长华著，陕西人民出版社2010年版。内有"投奔革命""延安岁月""新的考验""转战南北""执行新任务""文革""劫难""老兵情怀"等章节。

⑥伊增埙笔记本WG第2号。

⑦项辉方同志于2003年3月6日逝世，举行隆重的遗体告别仪式时，送花圈的还有"原广州军区政治部海上文化工作队部分成员"，相隔30余年，可见其间感情之深。

⑧伊增埙笔记本WG第17号。

⑨伊增埙笔记本WG第38号。

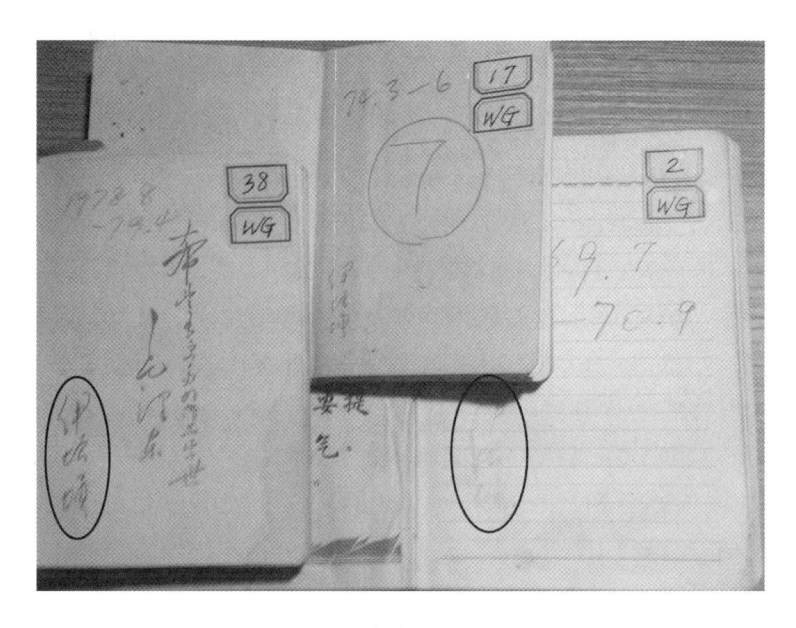

三个笔记本

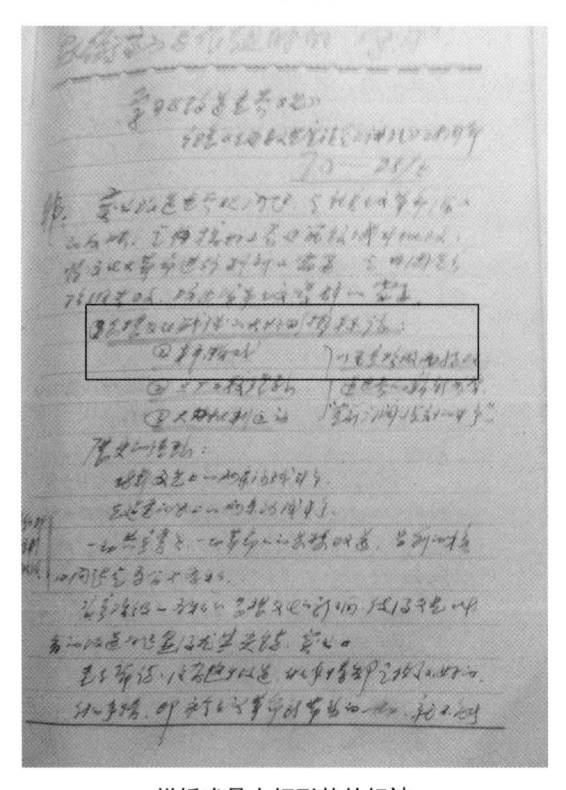

样板戏是大好形势的标志

样板戏经验是无产阶级戏剧理论

斗争哲学：学样板戏

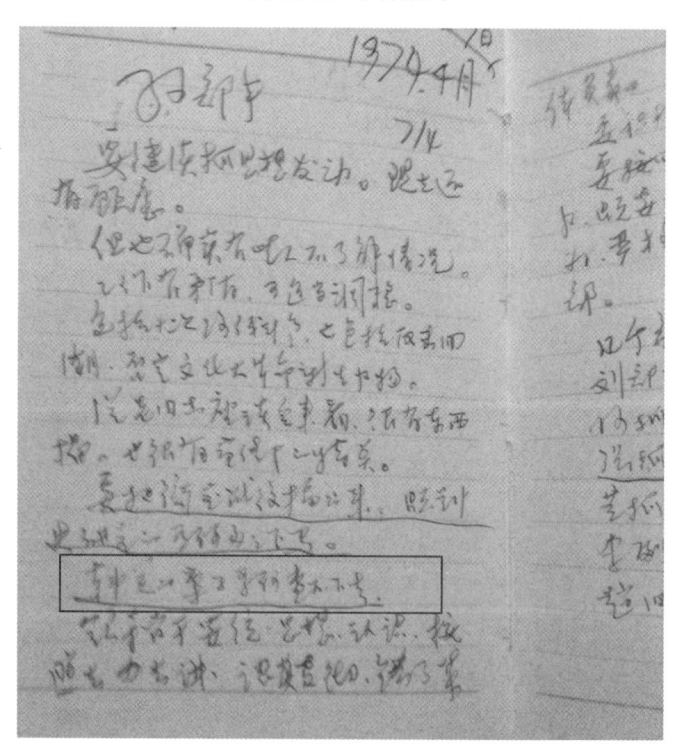

韩笑的案子为何查不下去？

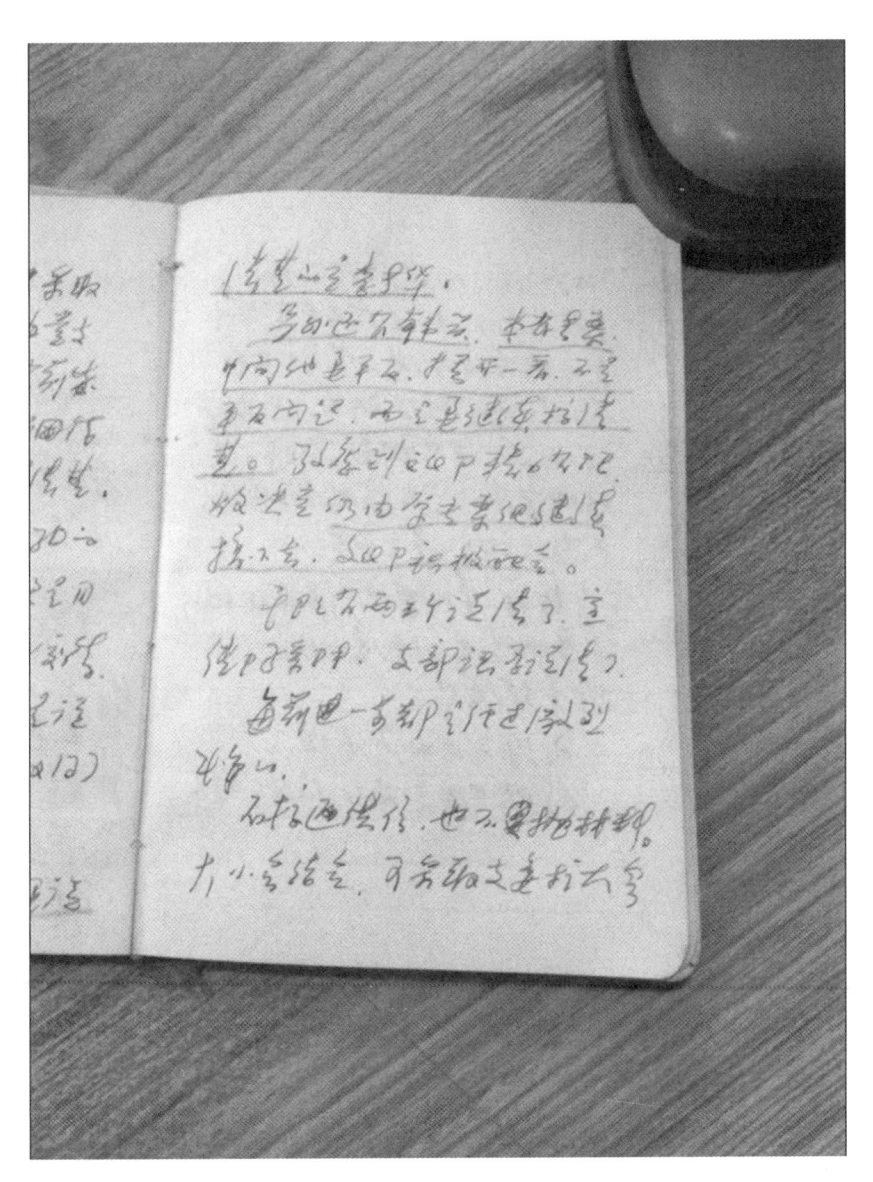

第二辑　惑与悟　风中行
Dierji　HUOYUWU　FENGZHONGXING

韩笑本有专案……

三 那时的严酷与温情

——回忆1973年业余演出队的进京演出

1973年11月,解放军举行了一次以业余为主的全军曲艺音乐调演,参演的有各大军区、军兵种的六个业余队108人,八个专业队(组)44人,总计152人,带来音乐曲艺节目约30个。各单位报到后,先由调演办公室审查节目,进行评估,逐个提出修改意见,加工排演后为各总部和驻京部队演出。至翌年1月结束。当时广州军区组成的业余演出队20人,由我带领进京,参加了演出。

节目的准备 参演的动员

"文革"中由于文化工作受到严重破坏,文艺舞台上极度萧条,根据"上头精神",要解放军带头,把文艺演出活跃起来。总政治部于1972—1973年,组织了分片的全军专业会演,但因演出的剧目(节目)创作薄弱,形式有大、洋的倾向,缺乏示范的力量,难以满足面向基层演出的需要,有关领导决定在北京举行一次以业余为主的、全军的音乐曲艺调演,希望以活泼短小的节目,打开沉闷的局面。

当时各单位都有业余演出队,喜爱文艺表演的年轻人,逐渐摆脱"文革"初期的标语口号式影响,向着反映生活、寓教于乐的传统回归。他们从自己身边生活选取题材,编演了许多小节目,广州部队有两个作品写得生动活泼,富有情趣,即常德丝弦《追针》和湖北大鼓《陈道弟学游泳》。前者表现了战士苦练杀敌本领的坚强意志,后者谱写了人民群众爱护子弟兵的抒情篇章。这两个节目于1973年9月在军区业余汇演中获得好评,不久又被选定参加全军音乐曲艺调演,为此把相关的演员乐手集中在桂林做准备，我当时是分管部队业余创作和演出的文化科副科长，被指定为赴京的领队，11月初开始各项准备工作。

首先要把来自不同单位的人员编组分工，重新排练。思想工作主要是防止骄傲，破除"到顶"论，反对厌烦松劲情绪，强调服从工作安排。我的真正难题是，短期内如何把节目的艺术水平再提高一步，到北京能够拿得出手。为此，邀请专业人员指导加工排练，成为全部工作的重点。从北京"调演办业务组"来的曲艺专家朱光斗，他所提出的具体修改意见，都在排演中认真地逐点落实。从桂林市曲艺团请来的赵、张、伍三位，也都是熟人，他们原是军区或军的文工团团员，在"运动"中各有不幸，转业到了地方。听说我们业余队将代表军区进京，他们鼓起满腔热情，以为兵服务的丰富的经验，深入解析了节目中存在的问题，提出了解决办法。他们是不计功利的实干家，对于提升节目水平，增强演出效果，他们的贡献起了决定性作用。

处于"批林整风"运动之中的广州军区宣传部，正在忙于批这学那，但几位领导对进京节目还是十分关心的，他们非常中肯地强调，节目要精心修改，但不要把节目改坏了，不要用豪言壮语代替生活情感。曾有一种意见说，"练游泳"这个节目可以联系毛主席畅游长江，从"伟大的革命实践中汲取力量"，幸好一位副部长及时顶住，说也不一定非联系不可，我绷紧的神经才松弛下来。另一位副部长专程来到桂林，在动员时强调：力争两个节目都有好评，都能演出；节目如果没选上，不要泄气，不会责怪你们；要听从安排，遵守纪律，搞好团结；不要拼命突击；不要听小道消息，听了不要议论，更不要提什么观摩的建议；学点好节目，回来汇报就好。语重心长，我领会其要旨：只要不沾政治的是非，就是胜利。

取得成果的源泉

11月17日，全队到达北京，经审查后，我们两个节目分别编入一、二两个演出队，又任我为一队队长，我既要负责带领《陈道弟练游泳》和其他十几个节目的演出，同时还关注、遥控着编入二队的《追针》，深感责任重，压力大。可喜的是，我们的队员个个争气，识大体，顾大局，遵守各项规定，严格要求自己，克服困难，认真排演，两个节目的演出效果都较好，得到观众好评和调演办的表扬。这时队里开始有人得意忘形，对自己全盘肯定，对别人百般挑剔，虽是个别现象，也不能听之任之。为此，我及时组织大家回顾节目的创作过程，总结取得成绩的原因：部队业余创作，总是贯穿着流动性、集体性；创作者个人贡献要肯定，不断修改、加工提高，更得益于群众路线。许多领导干部、基层受众和专业作家、演员，为两个小节目的成功，贡献了智慧和经验，每个业余作者、演员，都是在集体的关怀帮助下，才点滴学会了艺术创造与审美，一步步走到今天，都要承认群众是真正的英雄。这次轻松活泼，又是有所引导的漫谈，从根本观念入手，对文艺青年进行了一次保持谦逊，防止骄傲，尊重集体，促进团结的文艺品德教育。

调演期间，办公室安排看了电影《解放》、京剧《平原作战》和总政歌舞团的演出，听了一场关于声乐训练的报告，积极组织大家观摩学习，有利于开阔眼界增长知识，回来议论兴致很浓。但有一次土耳其音乐会，办公室通知自愿参加，回来要讨论、批判，记录要上交国务院文化组，我一听立即表态：我们队要开班务会，没人去。这件事我虽挡住了，但上边硬灌的东西，办公室只能奉命安排，谁也不敢挡。如几次传达"重要文件""中央精神"，包括："中央首长对无标题音乐的批示""对五部片子的批示""文化组负责人在天津会议的讲话"，等等。"无标题音乐"是什么东西？据说，这就是国内反动思潮对外国反动势力的一种呼应，不批判它，就是放"有益无害论""共同人性论"出笼，四条汉子那一套文艺黑线就会全面回潮，因此必须"警惕翻案黑风"，"批判无冲突论"，"批判今不如昔"，同时"学习样板戏经验修改作品"，并强调这些都是"抓路线的大事"，必须结合实际，学习领会，贯彻执行。

来自部队基层的同志，到了首都很兴奋，听了"上头精神"又很困惑迷茫，既无力识别，更不敢质疑。我们作为带队的干部，为了回到军区汇报，总得拿个本子记记，但组织下面学习，普遍是打马虎眼走过场，要么说专业性问题听不大懂，要么就东扯西拉言不及义混时间。人们对"文革"中"路线斗争""专政理论"已经从疑虑发展到厌倦,甚至憎恶,表面应付的背后,就是自发的消极抵制。同时,基层政治工作养成的内在定力,也在发挥作用,每个文艺战士都懂得:文艺的创造和服务,都出于对人民对军队的热爱;坚持以提高战斗力作为标准,积极反映军旅的情感生活,就是责任和使命。演出队只是临时编组,革命军人的正气是固有的,军队政治工作的好传统,坚持为兵服务的奉献精神,使大家心无旁骛,绕开蛊惑和欺骗,步伐坚定地完成了任务。

但是在我个人,此行只是小心翼翼地过了一个风口,对"左"的思想影响,并无大的触动,不过对政治雾霾又增加些疑虑而已。

纪律、责任与底线

演出队的成员,男女各半,20岁上下,大多是中学文化,有些是干部子弟。他们入伍两三年,大多来自医疗、通信等勤务部门,能说会写,聪明灵巧,朝气蓬勃,对未来充满幻想。他们的出身家庭不同,性格各异,有的疯,有的愣,有的皮,有的鬼,有的稚气未脱,也有的胆大妄为,在进京任务面前看起来都很乖,但经常会为细枝末节摩擦碰撞,妨碍团结,影响工作,他们的潜意识中,还埋伏着挣脱束缚、自由行动的危险。

"文革"中我先被指为"有罪",后来降下调子说是"路线错误",再后又放回岗位边工作边改造,这次让我带这样的队伍进京,是看透了我已接受祸从口出的教训,才委以重任。我心知肚明,而且推己及人,决心加强队伍的管理教育,力争这段时间不出事故,没有人捅娄子、丢面子、背包袱、伤自尊,最后每个人带个好鉴定回去。他们那样年轻,不要像我那样跌跤,在档案里留下麻烦,这就是底线。

为防微杜渐,从演出队组建之日起,强调组织纪律,对内务、队列、卫生、时间观念、排练秩序、举止作风、请假销假等都做了规定,提了具体要求。到北京后,还增加了不得随意打长途电话,不得私自会客或外出,战士不得乱花钱等内容。还有一些为保证演出质量的细节要求,如乐队只能在指定时间调弦,化妆浓淡深浅服从统一定妆,等等。女兵们正是爱打扮的年龄，可是军队职业要求仪容简朴，即使上舞台，也只能穿制式军装，不能带任何饰物，她们个人炫美的机会，只有化妆——在脸上精心描画一些油彩，但她们毕竟是"兵"，画完了，都自觉地服从整齐划一的检查。

表面上组织严密，令行禁止，吹拉弹唱，井然有序，其实对每人都是锻炼和考验。我身居监督执法的职位，更是夙夜匪懈，就怕偶尔疏忽，发生事故。但百密一疏，仍有意外发生。例如，组织去八达岭游览，一个外国游客，喜欢和中国人合影留念，我们一个爱说爱笑的女兵，觉得很新鲜很好玩，也凑上去照了个相。情况作为违反外事纪律反映上来，我很担心这事被无端放大，不好收拾，忙找来当事人问具体情况，当时我判断只是顽皮取乐，并无其他情节，于是批评几句，悄悄地压了下来，向上汇报一带而过。再如男女关系问题，谁都知道，不准谈恋爱是铁的纪律，但男女青年一起活动多了，也就防不胜防。我们队里一个女兵，同南京军区的一个男兵悄悄地往来，有人告到我这里，我问有何证据，答说"一个在台上，一个在条幕边，眉目传情"。我说不许声张，由我处理。经暗地观察确有苗头后，我也不说什么，只是瞪她几次，算是眉目警告，提醒自律，这样干涉立即生效了，但也就到此为止（至于调演结束后两人克服地域障碍，热恋和结婚，那是后来的佳话了）。总之，方式分寸必须十分讲究。谁不听招呼，有什么苗头，或吹吹风，或个别谈，尽量不在会上提。有的事点到而已，小题小作，有的事必须严肃批评，疾言厉色，给点压力。基于"政治挂帅"，管理教育应该"站在两条路线斗争的高度"，但那时的思想工作普遍是"两张皮"，特别在基层，也就是在动员总结或表态发言时"穿靴戴帽"，思想认识的提高，具体问题的处理，归根结底还得实事求是。我自己多次尝过"上纲"的滋味，己所不欲，勿施于人，无论是什么样的兵，多一点体谅爱护，多一点人性化地疏通化解，其实效果更好。例如，有个演员苦练打鼓，声音过大，被别人提了意见，她感到委屈啼哭不止，眼看要出发演出，我只有婉言相劝，先把她哄得破涕为笑，因为她年纪小，确实不懂事。

"文革"中举行的军队文艺调演，不可能有多少积极的作为和影响，可是我们的两个节目，居然都有意外收获，一是肖群刚原作，集体改编，傅玲、张捷、殷长远演唱的湖北大鼓《陈道弟练游泳》，后来由中国唱片社出版了密纹唱片，扩大了社会影响；二是罗运凯作词、刘剑锋编曲的《追针》，作为常德丝弦的新创曲目，在《中国大百科全书·戏曲曲艺卷》相关条目中提及，这对业余文艺青年是很大的鼓励。回顾这些，又未免有些遗憾伤感，那时人人身上都有无形的桎梏，如果有现在的改革开放环境，有鼓励大胆创新的指导方针，这些朝气蓬勃的男兵女兵们，一定会在汇演中，享有更多的人生出彩的机会。

学唱坠子　　　　　　　常德丝弦《追针》

（2013年3月22日）

附　1973年全军曲艺音乐调演节目

一队　1. 唢呐独奏《百鸟朝凤》（通信兵）2. 相声《炉旁歌声》（工程兵）3. 坠子《赵部长探亲》（武汉军区）4. 快板书《智擒夜巡队》（北京军区）5. 江南民歌独唱（南京军区）6. 对口快板《雪山南泥湾》（铁道兵）7. 湖北大鼓《陈道弟练游泳》（广州军区）8. 山东快书《打坦克》（南京军区）9. 河南梆子清唱（武汉军区）10. 二胡独奏《二泉映月》（南京军区）11. 快板剧《送苹果》（兰空）12. 白族民歌独唱《苍山太阳永不落》（昆明军区）13. 相声《高原彩虹》（铁道兵）14. 坐唱《处处有亲人》（沈阳军区）

二队　1. 三梆子清唱（北京军区）2. 相声《雪地露营》（沈阳军区）

3. 女独（总政）4. 管子独奏《江河水》（铁道兵）5. 京东大鼓《学理发》（北空）6. 对口剧《三访王大伯》（兰州军区）7. 说唱《果园新歌》（总后）8. 山东快书《团长下工地》（工程兵）9. 常德丝弦《追针》（广州军区）10. 板胡独奏《边区太阳》（二炮）11. 故事表演《选路》（南京军区）12. 女独藏族民歌（成都军区）13. 相声《喇叭声声》（海军）14. 评弹《伟大的关怀》（南京军区）

(四) 魂牵梦随的心结——答友人

反倾向·文化市场·权力与艺术

有多年前的老朋友，在近年互通音讯中说，你曾在大机关做文艺工作，对思想解放，对反（左和右）倾向有什么感受？退下来还关心文艺吗？没有人批你了吧？我本着"不说假话，真话不全说（因涉及不该公开的事）"的原则，以电话或电子邮箱等方式作答，说自己改革开放以来思想有所进步，也还有许多困惑模糊。魂牵梦随，零零星星，集中几点，整理如下。

答友人之一

大约在1981年，我所在的部门编过一种内部简报，记得第一期有中篇小说《飞天》、电影剧本《在社会的档案里》、话剧《假如我是真的》……后来还有《苦恋》，主要目的是把当时各种思潮在文艺上的表现收集起来，供领导参考。虽然仅是刊载原文或摘要，但视为错误予以批评的立场还是鲜明的。三十年前情况比较复杂。简报提到的一些作品，揭露现实政治生活中的阴影，联系着党的领导所犯错误，被认为是丑化、攻击，社会效果不好，应该批评，不能宽纵。但当时正在清算"文革"，在拨乱反正过程中，官方与民间都带着精神创伤，感受不尽相同，对于"伤痕"及其根源的探索估量，难免过犹不及，多了些情绪，少了些科学，也是可以理解的。高层很慎重，因此也使一些争论拖延很久。

有利于加强党的领导，巩固和提高战斗力，是部队文化工作的原则，新时期的思想解放、清除"左"的影响，以及群众对文化多样化和审美的需求，同这个原则的碰撞、磨合也是长期的过程。现在回忆，当时的简报不可能完全摆脱"左"的影响，但批评的方向是正确的，对错误倾向的蔓延,还是起了必要的遏制作用。较明显的,如怎样看待流行歌曲对部队的影响问题,当时观点尖锐对立,而现在即使还有冲突,也不再具有那时的激烈和严重。

我承担事务性工作多,和同事思想交流很少。这里天天在研究倾向问题。对于受批评的作品,我内心矛盾过:例如《假如我是真的》这个戏,觉得它切中时弊,上演必能引起轰动,但是它挑动的感情也确实可疑。我当时想的功过三七开、二八开,只是讽刺品种的文艺繁荣问题,未脱书生气(好在已有经验,并不说出来找批)。现在看这个戏,真是个充满谶语的大悲剧。三十年过去,作者不幸而言中,这样的骗局成了普遍现象,简历、档案、政绩造假,上下勾结的跑官卖官,潜规则变成明规则,治理起来要付出极大代价!但毕竟还可以治可以理。当年如果放任这类作品,对党的领导发动质疑和否定,后果不好估量了。

解放思想,鼓励创意,又不等于谁愿意讲什么就讲什么。八十年代初的环境气氛,争论起来都很激动,很难冷静从容地,公平有序、客观深入地展开讨论。开了各种各样的会议,各自讲各自的主张;有的会议文艺虽是题,谈的多是对政治问题(对党、对社会、对干部队伍、对官僚主义特权、对青少年犯罪)如何估价和解决,当然也讨论了对一些作品的态度,解决矛盾的办法,以及文艺思想理论问题。讨论起来,你说重点是反左,他说当前有没有右?对右要不要有足够的估计?你强调三(中全会),他就重点说四(项原则),你讲文艺服从政治,那他就要专题讨论政治的异见。那时文艺上不安定,也与理论政策的阐释有关。上层说争论尖锐是形势大好的标志,同时又说防止精神污染尤为重要;一个说批判还要深入,另一个说文艺还是要搞活;……高层总是说,大道理要管住小道理,据我的经验和体会,管而不死,才是高手。

如何看待三十年,特别是新中国成立初期的十七年?怎样把握解放思想和坚持四项基本原则的关系,都是焦点。那时讲话只能从两个方面讲,既反右又反左,都照顾到,别无他法。几部影片以及某些提法(如"歌德""兴无灭资")的讨论,在文化舆论领域的各层次都有针锋相对的观点;说是服从中央步调一致,但中央高层似乎并不总是一致,有时在视角侧重语调分寸上显示差异，所以常常强烈地盼望上面要先统一起来。有一部影片，军队一张报纸批评它违背四项基本原则，但地方许多报刊不以为然，议论纷纷，寡不敌众，不好收拾；对于"批是正确的，要注意改进方法，但不能以方法否定原则"的批示，又有各取所需。后来某高层承担了"软弱涣散"的责任，并采取措施，指定文艺界的权威报纸，发表一篇比较中性的文章做结论，但不要其他报刊转载。结果两头不落好，到底这影片有无错误，分歧未能弥合，直到某人《文选》出版，其中点了一句，这才一锤定音，从此寂然。我觉得这不是最好的办法，可是，当时没有别的办法。思想文化领域的倾向性论争发展到这种地步，也许是历史阶段性的必然。

还有一个深刻印象是：涉及写军队内部矛盾，写军内反面人物时，如果带兵的干部参加讨论，似乎很难取得共识；那几年反映战争题材军旅生活的作品，也有许多褒贬不一。

社会舆论在批评思想僵化、半僵化中，军队的靶子往往靠前，说军事题材"刀光剑影"看厌了，说战争作品"压抑人性"；而部队也不满，说上面对一些争论不表态，对下面没有明确的指示，总是唱保守的老调子。我所在的工作岗位，两头受气，这比工作累还要难过。

那时我感到的不平和烦恼，现在没有了，现在是远离现实、沽名钓誉、娱乐人生，精致而低俗的作品在扩展生存空间，人们为文艺"倾向"打架的少了，满眼都是明星婚恋，美食导游，圣人说过，食色性也。人生要义就是饮食男女。所以说，恍若隔世了。可是，我还是怀念那些岁月，那些认真争辩重大原则问题，总是期待明天的岁月。

答友人之二

和你一样，我也多年不看小说——或曰文学作品了。原因是没有胃口，当年热情投入的文学青年，已退化为冷眼旁观者。

剧本《江青和她的丈夫》匆匆看过了，它在香港得到很高级的奖项，当然不仅是戏剧文学和艺术的原因，还由于（也许是更重要的）历史观、价值观的原因。我没有仔细推敲，但直感是好的。至于回答江青是什么人，这不是戏剧能独自承担的，戏剧只能选择地表现她的某些思想性格形象，就此而论，剧本是成功的。解放以来，因反映现实受到批评的作品，大多被指为不真实、歪曲了生活（流行语是苏联来的"难道生活是这样的吗？"），若是上纲，就是丑化了党，攻击了社会主义，等等。这种批评，现在很少见了，所以这类剧本在内地发表、上演的可能性，正在渐渐增长。反对的意见也不能排除，因亲历过"文革"的人都有切肤之痛，会苛刻地挑剔它的社会效果、政治倾向。但投鼠忌器的时代，毕竟已经远去，现在人们关注的，是商业（利益）大潮对文化的强暴和裹挟。因为无奈，我常作噩梦，梦见文化被市场消解得魂消魄散，只剩能卖钱的躯壳。

所以，对你"聊聊文化"的提议很抱歉。我这两天正在准备发言：谈鼓曲票房的曲目建设，这绝对是谈文化，然而对你就是敷衍搪塞，南辕北辙。其实我也不承认自己是文化人，眼前许多席卷一切的文化我都不懂，眼看自己懂的那点曲艺文化，都陆续被主流媒体疏远、排斥，如果最终被湮没、否定，那还怎么活？这是个逆逻辑：为了活着（想不出自杀或自残的理由），就跳进一个较熟悉的坑里去扑腾。很多老人都是这样，他们何尝不是心怀天下？下了岗能找个坑去扑腾，也就不会老想着噩梦，害怕被时尚遗弃，怀疑自己的清醒。

几十年过去，世界观方法论没有学好，年齿徒增，信仰不坚。彷徨未已，旧事铭心，借用舒婷的两句诗来作结：

……不仅爱你伟岸的身躯，

也爱你坚持的位置，脚下的土地！

——舒婷《致橡树》

答友人之三

昨天单位召集一些老干部练习合唱《追寻》，说是要参加迎接十八大的歌咏大会。发下的歌篇令我很生气：它的曲谱用了国际歌的首句旋律，而且不止一次，这就先把党员符号钉在歌者身上，歌词是"拂去岁月的封尘，敞开心的世界记忆的闸门"，我们是被压抑被蒙蔽的？"默默的前行，追寻我生命的那份纯真"，我生命的纯真什么时候丢掉了？找不到了？"心中抹不去的那一片云彩,追寻那属于我们的那份无悔的忠贞",云彩是指历史教训吗?忠贞因此而失去或因此而找回?"我执着地求索于漫漫路上,传颂和不朽的真爱","我苦苦追寻那人世间的大爱,大道无垠"。歌词不多,却通篇充斥着模糊、暧昧、双解,老干部被形容为失落迷茫,失魂落魄地求索抽象的"大爱"……这是不能用文化多元,满足多层次需求,追求个性化的艺术创新来解释的。我写了一篇意见,想交给有关领导,末尾说:"我的质疑,并非搅局。刘云山同志昨天提出,要为十八大营造良好的思想舆论氛围,希望筹备机构审慎行事。"但还在犹豫,怕人说我无端生事,可心里又不服。

(2012年7月27日)

当晚收到友人回复的不同意见:

谢谢你把你的意见书发给我。我意不要发出去(如果未发的话)。理由如下:

1. 歌词没有什么大毛病。按你的说法,它的旋律用的是《国际歌》的调式,则其主题无疑还是符合主流意识形态的,格调应该说是积极、健康的。

2. 如果它确实隐晦曲折地表达出一种"不大健康"的情绪,或者,说白了,它触及了近代史共运发展的挫折和失落,因此就产生了部分真正的共产主义者的"追寻",那也是应该允许的。"挫折"与"失落"是事实。还有人在"追寻",这也是值得唱上一唱的。

3. 你的解释,恐怕有失公允呢。现代人写歌词,曲里八拐是一种时尚。叫媚俗也行。一种文化形式变成一种潮流的时候,一时半会很难人为地改变它。要一直等到它"过时"了它才能收住势头。何况你说的还是"国际歌旋律"。就算它"东施效颦"吧,你也拦不住。

4. 你对歌词的解释,恕我直言,恐怕会有人指为"无限上纲"（说得更难听一点，也许就是"文革思维"了）。你不能代表所有的老干部。即使你有"火眼金睛"，看破了它的什么。人家说，我还没看到呢。

5. 如已经发出，也没什么。我估计顶多也就是没有人理。既然是上面定的，恐怕也不是某人的个人意见。上千人的大活动，一旦定了，没有特别的原因，很难改变。提了也就提了，没人听是他们的事。

八十出头的人了。怎么就拐不了一个小弯呵？见过倔老头，没见过你这么倔的老头。你生那个闲气干吗？自己跟自己过不去呵？

（立即回复）谢谢你说的真话！我也有所预料，那逐句的分析，难逃"文革"思维的批评。所以我说它是"生活贫乏，又故作深沉"所致，并没有指他主观故意，上纲打死，这一点早就有所进步了。但不做出那样的分析，怎能说明它的危害性？许多干部都因近现代的某些挫折，有失落和不满的感受，但这个能不能在群众活动中放声歌唱？党的失误、挫折，应通过科学理论和历史思辨来回归正轨，硬要以情感为特征的艺术来表达反思，让老干部面向大庭广众高唱"追寻"，既是政治性政策性的失当，也有音乐功能、艺术标准问题。

(2012年7月27日)

这个讨论没有继续下去，因为我深入了解后才知道：歌咏活动的举办单位是中央组织部、总政治部和北京市委；歌词作者是高层文化官员兼著名艺术家；歌曲是一年前为影片《建国大业》写作的主题歌，而且这歌正在歌坛上盛行。

我对另一些友人说，不纠缠了，不是我势利眼，势利眼不是我。

歌词并非是为老干部迎党的十八大的活动而创作的，这就先把我的愤慨打了回去，但就一般意义来说，歌词中那些问题仍值得推敲。"爱"是永恒主题，包括"大爱"，都可以做文章：宗教界可称佛祖基督有"大爱"，为群体性扶困济危献出身家性命的人可誉为"大爱"，影片《建国大业》中做出很大贡献的仁人志士，笼统说他们有"大爱"也无大错，但是"追寻"的主体是共产党，他所领导的推翻反动统治、保卫胜利果实、战胜困难建设新中国，为理想而前赴后继的事业，能够用"苦苦追寻大爱"来概括吗？这种基本的政治伦理，其表达方式和实际效应，不应该质疑批评吗？不知这样的党政军领导机构联合筹办的高规格活动，在选定演唱内容时，有没有在广泛征集意见的基础上，由专业的学者、评论专家和权力官员共同研究决定的机制？这个机制的正常运行是否不受作者双重身份的影响？如果都有正面答案，说明唱这首歌确是迎接十八大歌咏大会不二的选择，我将停服安眠药。

　　希望官场与艺术界保持距离，避免权力过多地介入艺术创造，这对艺术本身，对于社会的公平正义，都有积极的意义。

　　反倾向、文化市场、权力与艺术，都让我魂牵梦随。

五　元帅锦言采集设计中的纠结

　　一位热爱书法艺术的朋友，转来他们圈里的一个建议：从开国元帅的诗歌、著述、题词、手迹，或发表的言论中，选出既有重要意义，又符合他们个人经历、性格特色的名言警句，在统一规划下，组织不同门类的书法艺术来表现。这个建议的实质，是把锦言通过精彩的书法张扬久远，即古语所谓"书丹"（镌刻碑志先要用丹书打底）之意。因为我曾在军事百科的人物学科工作，参与过元帅条目编审，所以朋友们希望得到我的支持帮助，代他们选出可以采用的材料。至于元帅是十位还是九位，即林彪要不要上，能不能上的问题，朋友们希望我帮助拿主意。

　　我觉得这是件有意义的好事，接受了委托，先拟了几条原则：一是要用公开发表的自叙文字（如无自叙，最好从中美合编的《简明不列颠百科全书》中引用纯客观的陈述文字来代替，它比《中国大百科全书》更易为各方接受）；二是选取的文字，应在党史军史上具有积极意义，并力求与自身的经历、贡献相交融；三是排序，应按授衔次序，尊重历史；四是确定后，要请中央党史研究室、中央文献室或其他权威审定。

　　关于林彪问题，历史事实是不能回避的，我主张列入，为此写了一个说明如下：

　　为明确林彪材料的选取依据，我查看了中共中央纪委常务书记黄克诚同志，在审阅大百科军事卷撰写的"林彪"条释文后，于1984年2月11日接见编审人员的谈话记录。黄老这个讲话的原文，作为军事百科资料现存解放军档案馆，其部分主要内容，曾被军科原军事历史研究部李维民部长，在署名文章《恢复历史本来面目》中公开引用：

　　　　你们写人物志，要学习司马迁，他在《史记》中写了一大群历史人物。你们现在要用历史唯物主义的观点，用历史学者的态度，去评价历史人物。不要用过去党内斗争开斗争会的那种过火的语言，揪出一个人就把他的历史功绩一笔勾销了。不能只看一面，要看两面，要全面地观察，做出全面地评价，写出历史的真面貌。不要受文化大革命和文化大革命以前的一些传统说法的束缚，要打破这个束缚。林彪死了十几年了，对他也要用历史唯物主义的观点去写他的历史。……他在历史上对党和军队的发展、战斗力的提高，起过积极的作用；另一方面是他对党、国家和军队严重的破坏，造成了极为严重的后果。

李文中还写道："（林彪、高岗）都是人民解放军历史上有影响的人物，也为革命做过贡献，但对他们历史上的功绩写不写，怎样写，有一些不同的意见。最早是陈云在1983年8月9日曾说过：'林彪作为四野的司令员，在当时正确的地方，我们也不必否定。'"

根据上述精神编撰的林彪条目释文，经中央军委审定，列入正式出版发行的《中国大百科全书·军事卷》和《中国军事百科全书》，这就是元帅锦言采集可包括林彪的依据。

但后来有人主张，把林彪与其他元帅相区别，只选用百科条目评语，代替他的自叙文字。这样就破坏了选材统一的原则，很不协调，也反映了不正常的心态，不是好办法。

又有人认为，林彪是个特殊的历史人物，他后期走向反面的阴影会长期存在，在历史结论和运动批判的影响下，无论你选取他的哪些正面言论，在书法上作怎样的处理，恐怕都不能和其他元帅一样，产生崇敬的效果，艺术的美感。相反还很容易遭到来自各方面的，包括非理性的质疑、不满和批评。因此又有人说索性取消，使书法作品的歌颂色彩更鲜明。即使缺少林彪成为作品的一种遗憾，人们也会体谅我们的顾虑和苦衷。

我不同意上述消极的观点和态度，建议多做打消顾虑的说服工作。革命元老要我们学习司马迁，以历史唯物主义的观点，全面评价历史人物，这里包含了许多我党我军的正反两面经验，体现了治史应有的严肃态度，对清除"文革"的恶劣影响有重要意义。我们在历史唯物主义的指导下，参照"百科全书"的体例精神和学术成果，通过书法艺术表现十位元帅的精神风貌，其中选用林彪正面的自叙文字，并不否认林彪晚期对国家、军队造成的破坏。如果因担心社会意识、欣赏习惯中杂有唯心、偏激、片面的疾患，或因夸大可能出现的负面反应而畏难退缩，只能说明我们在解放思想的大潮中保守落后，迟疑不前，不会获得人们的"体谅"。我们在元帅锦言的采集中，追求的是素材的完整性、客观性、稳定性，我们的勇气、自信和科学态度，一定、迟早能得到社会的广泛认同。

与老友切磋

以上意见经与朋友交换商讨，同意由我先拟出选用锦言的初步方案。为此去国家图书馆两次，先是看《不列颠百科全书》（国际中文版）中的十个元帅条目，验明其释文均由《中国大百科全书》供稿；第二次是为了更多掌握林彪的资料，借阅"保存本"，摘记了他的一些言论。回来后，用几天时间拟出了初步方案，附了一封短信，一起发出。短信如下：

这个方案，虽然文字不多，但为了贯通纵、横两方面的思路，还是费了些力气，不知你们感受如何，如有不妥，可以再改。

纵，基本是军史顺序，有武装起义（贺）、十年内战（陈）、抗日战争（朱）、解放战争（林）、抗美援朝战争（彭）、开发两弹（聂）、两岸统战

（徐），另有涉及军事理论（刘）、倾向纠偏（罗）、毛的军事思想（叶）。

横，即力求突出各位元帅独特的气质、性格、身份、经历、作用、贡献、影响，力求准确中肯；各人文字的体裁多样化，有诗词、著述、书信、告示、题字等，有利于展示书法艺术的各种字体和风格，安排在一个长卷内或写十个条幅均可。

此事策划者是你和最初提议者，我只是帮忙，不署名。但确定内容后找上边审定时，如找李××，可附一句"书法内容曾向伊某人咨询"。李当时是我们学科的领导。

又，拟定罗条后，见某文引一位名人说"生命不息，批毛不止"，一些艺术家因个人遭遇和个性使然，可以理解，但不能认同。真正的艺术家不是排斥理性的。

(2011年11月9日)

附　锦言初步方案

朱　德

远望春光镇日阴，太行高耸气森森。忠肝不洒中原泪，壮志坚持北伐心。

百战新师惊贼胆，三年苦斗献吾身。从来燕赵多豪杰，驱逐倭儿共一樽。

《太行春感》（1939年春），选自《朱德诗选集》人民文学出版社1963年

彭德怀

此战（抗美援朝战争第五次战役）胜利，迫使敌方联军总司令克拉克上将请求马上在停战协定书上签字，克拉克和他的僚属说："美国上将在一个没有打胜的停战书上签字，这在美国历史上是第一次。"我在签字时心中想：先例既开，来日方长，这对人民说来，也是高兴的。

选自《彭德怀自述》人民出版社1981年　第263-264页

林 彪

只有敢于拼刺刀的部队，才是"大学生"，才是高级的部队。部队的政治质量和军事质量的标志是拼刺刀，部队勇敢的标志是刺刀见红。

选自《在东北部队师以上干部会议上的结论》（1947年4月）

贺 龙

南昌起义后南下途中，国民革命军第二方面军总指挥贺（龙）示：

照得本部各军	富于革命精神	此次南昌起义	原为救国救民
转战千里来粤	只求主义实行	对于民众团体	保护十分严谨
对于商界同胞	买卖尤属公平	士兵如有骚扰	准其捆送来营
本军纪律森严	重惩决不姑徇	务望各安生业	特此郑重申明

选自当代中国人物传记丛书《贺龙传》图片

刘伯承

我们勉作毛泽东式的军人，在政治责任与任务需要上，必须从战争中学习战争，必须研究敌我两方，必须把学习与使用之间、主观与客观之间，好好地融洽起来。我们不但有压倒一切的勇气，而且有驾驭整个战争变化发展的能力，以期成为智勇双全的指挥员，不作乱撞乱碰的鲁莽家。

选自《刘伯承军事文选》第384页重校《合同战术译文上部的前言》

注：刘有存诗三首，《出益州》被认为他人所作，《赠友人》（1924），《记羊山集战斗》，均不适用。

罗荣桓

如果理论离开实践，就会成为空谈，成为死的东西。学习毛主席著作，亦不要只满足一些现成的词句或条文，最要紧的是了解其实质和精神。所谓带着问题去学毛主席著作，决不能只是从书本上找现成的答案。历史是向前发展的，事物是多样性的。因此也就不可能要求前人给我们写成万应药方。

选自"当代中国人物传记丛书"《罗荣桓传》第588－589页给儿子罗东进的信（1961年4月18日）

陈　毅

断头今日意如何　创业艰难百战多

此去泉台招旧部　旌旗十万斩阎罗

《梅岭三章》之一（1936年冬）选自《陈毅诗词选集》人民文学出版1977年

徐向前

1988年以黄埔同学会名誉会长身份，为新创刊的《黄埔》杂志题词：

为黄埔同学立言　为祖国统一尽力

选自"当代中国人物传记丛书"《徐向前传》附录大事年表

注：1936年10月，徐经中央同意，曾以黄埔同学的关系给胡宗南写过一封争取共同抗日的信，见《徐向前传》第253－254页，可参考。

聂荣臻

为了鼓舞同志们的信心和使各项工作做到万无一失，我决心到现场主持这次试验。我目睹了我国第一枚导弹核武器准时发射成功，……观看了导弹核武器准确命中目标区和核爆炸后的情况和后结果。我为我们这样一个长期落后的国家终于掌握了这种尖端武器而欣慰和自豪。

选自《聂荣臻回忆录》（下）　解放军出版社1984年　第821页

叶剑英

百万倭奴压海陬，神州沉陆使人愁。内行内战资强虏，敌后敌前费运筹。

唱罢凯歌来灞上，集中全力破石头。一篇持久重新读，眼底吴钩看不休。

重读毛主席《论持久战》（1965年9月）选自范硕：《叶帅诗词探胜》广东人民出版社1988年

第三辑

强弩末　意未尽

- 一　珍惜与生俱来的初心——为纪念"北票联"成立11周年而作
- 二　厚今续古　力振新风——力推鼓曲曲目创新之路
- 三　"作嫁"公益的期望——《蕉雪堂曲文集》正式出版的余波
- 四　传播优秀传统作品的几个问题——与《曲艺》杂志"四时赋"专栏商榷
- 五　前事不忘　后事之师——群众文化权益求索纪实

一 珍惜与生俱来的初心

——为纪念"北票联"成立11周年而作

2014年,我受托把北京曲艺票友联谊会文档(2005—2013)选编成册,题名为《且行且珍惜》。这本资料记录了为探索鼓曲生存发展进行的实验。通过资料汇集,总结了成绩和不足。作为"北票联"的创始人和负责人之一,我深深感到,"北票联"最值得珍惜和发扬的,就是它所确定和践行的宗旨。这方面,因"档案选编"的章节框架和综合体例所限,有的资料只是提要摘录,缺少说明,个别原件未及列入。今年是"北票联"成立十一周年,我将一些有助于诠释其初心的文字,从原始资料中辑出,介绍给关注群众文化事业的人士,希望对于研讨民间文艺团队的方向与道路,有一些补充的参考作用。

"北票联"宗旨的依据和基础

(一)"北京曲艺票友联谊会"成立前以个人名义进行的舆论酝酿

1. 2003年6月15日,向北京市人大常委会提出《扶持民间传统鼓曲条例》的立法建议。此建议同时抄送北京群众艺术馆。

2. 2003年12月经与曲友讨论,拟出《关于设置鼓曲活动站的建议》,送××街道办事处征求意见,此件曾送市文化局社文处参考。

3. 与文化体制单位逐步建立联系:

2004年11月向北京群众艺术馆民保部提出建议,将扶持北京八角鼓岔曲,列为民保(后称非遗)项目。

2005年2月,以个人名义写信给北京市文化局主要负责人,建议"把民间力量同文化行政的力量结合起来办事情。……俗文化的抢救、保护须借助民间"。之后与该局社文处负责同志面谈，提出保护民间鼓曲，对民间社团进行调查了解，给予帮助和引导的建议。此后，又先后与西城区文联和文化馆负责同志，做了内容同上的交谈。

4. 2005年4月至7月，通过《申报岔曲为北京市民保项目》的拟稿，向市、区文化部门，以及国家民族民间文化保护委员会、艺术研究所、北京市曲协等单位提出建议：

> 北京鼓曲的民间社团（票房）具有传艺带人的优良传统，但限于自娱的机制，力量分散薄弱。把岔曲立为民保项目，将促进政府与民间社团之间的合作，充分发挥民间社团和个人的积极性。建议增强服务意识，支持和发展群众性的鼓曲演唱活动，引导民间社团（票房）克服困难局限，开辟各种途径，面向社会，面向群众，走向市场，发展文化生产力。

（二）"北京曲艺票友联谊会"（简称"北票联"）的定名

2005年6月24日，我向参加中关村演出的曲友发出公开信，如下：

> 根据大家意见，我们今后活动的名义为"北京曲艺票友联谊会"，简称"北票联"。
>
> 从现在起，我和大家建立经常性联系。"北京曲艺"包括说和唱两部分，但我们的活动暂限于繁荣民间鼓曲，待今后有条件时再吸收说的部分。我们不叫"联合"，那会被误解为单位间的正式联合；也不叫"演出队"，因不是专门的演出组织。称为"联谊"，组织活动比较灵活，不仅是凑在一起玩玩，联欢演出，还将组织学习观摩，研究如何繁荣鼓曲，造福社会。……希望听到对于参与经营性、公益性、自娱性演唱活动的各种想法、要求、建议等。

（三）"北票联"章程中两个条款的解读

第一条 北京曲艺票友联谊会"是在文艺为人民服务，为社会主义服务方针指引下，开展业余曲艺演唱活动的群众性组织，是西城区新街口街道社区服务中心所属的文化团队之一"。

这个章程是 2005 年 8 月 8 日公布的,此前的讨论中,有人说"两为"方针是口号,是虚的,提不提都可,反映了部分人对方向原则问题的漠视。定稿时强调:"两为"是出发点、落脚点,是鼓曲活动取得社会认同的基础,是鲜明正确的旗帜,不是可有可无的点缀。

"群众性组织"的提法,主要是为了区别于小圈子自娱的传统票房,意在容纳喜爱鼓曲、愿意学唱鼓曲的各界人士,特别是年轻人。

"街道所属的文化团队",是"北票联"面向基层,从事公益活动的承诺。这不是一厢情愿,也不能一蹴而就,而是经历了两个月的互动、酝酿而确定下来的。2005 年 6 月起的两个多月,我同几位票友,在新街口(当时叫福绥境)街道社区服务中心(以下简称中心),一面就民间鼓曲交换意见,同时又在工作人员的协助下,组织了为居民服务的"鼓曲大家唱"、鼓曲常识讲座,在此过程中,社区中心帮助我们斟酌项目、研究日程,组织听众,考察效果,在认同了"北票联"的群众性、公益性后,中心领导表态:同意接纳"北票联"为所属文化团队之一。

鼓曲演出海报

鼓曲大家唱

第六条 联谊会坚持面向社会，服务群众，努力使具有优良传统的北京鼓曲，特别是岔曲单弦，在民间得到延续、扶持和发展为奋斗目标。

这一条的设置，是强调曲友应重视集体的传承创新和服务意识，不局限于个人的演唱。把"面向社会，服务群众"明确写入章程，便于进行内外的宣传和思想工作，培养曲友参与公益的积极性。既提"北京鼓曲"又强调"岔曲单弦"，意在明确以乡土艺术为重点，又容纳北京流行的其他曲种，有利于发掘潜力，灵活安排。章程要强调全局意识，兼顾各方利益。

（四）我的相关文章

结合鼓曲形势和民间实践，在专业报刊上，从理论政策和艺术规律层面，发表阐述了"北票联"宗旨的文章。

在"鼓曲前途的思考"总题下共三篇，一是"服务对象是关键"；二是"扩大服务 增强动力"；三是"曲目建设是中心"。以上三篇先后发表在2007年12月的光明网，2008年1月11日曲艺网转载，《曲艺》2008年第3期转载其一；2013年第1期转载其三，并改题为"鼓曲衰落 何去何从"。三篇均被收入2015年出版的《北京曲艺理论研讨文集》。

联系构建公共文化服务体系的问题，在2014年10月31日中国艺术报上发表了"今天，鼓曲仍可大有作为"（原题：公共文化服务与鼓曲的价值和前途）。以上均署名伊增埙。

为推介"北票联"为振兴鼓曲，践行"初心"的活动，在《曲艺》

杂志上发表了的两篇文章："为鼓曲的保护传承而争取"（载 2007 年第 9 期）、"民间鼓曲的组织机制建设"（载 2013 年第 11 期。后者共三节：坚持票房群众权益 建立民主议事机制；寻求组织机制保证 争取可持续的发展；引导文化消费理念 强化公益票房机制。）

"鼓曲的唱新与传统"以鼓曲发展的史实，论证了唱新与继承传统的关系。《曲艺》2014 年第 7 期发表。以上均署名伊尔根。

附　2012 年后我与新任负责人的几次通信、谈话（节选五则）

之一：

数子曲"妞儿彪"我听了一遍，录音质量很好。这个题材是女孩自述，但历史上这个东西从来没有女声唱，所以，在这个意义上陈××是创新、突破。但由于所反映的生活不能完全被当代人理解，某些语言过时，即使对照着文本来听，也还有听不清楚或跟不上趟的地方。……我拟鼓励她再做加工，力争让现代人都能听明白。我们原汁原味接过濒危，目的之一是让它（在听觉上）不再濒危，而不是越来越"危"，你以为如何？

（2012 年 11 月 12 日）

之二：

谭凤元的两张光盘，是难得的经典唱段，一定要嘱咐技术人员，先仔细审听后再复制，保证传承的质量。此外，票友合作演唱的两张"故都新春"光盘也送给你研究，这是介于传统与现代之间的曲目，比较容易为大家接受，是否复制后传给票友，亦请一并考虑。

（2013 年 11 月 16 日）

之三：

关于"北票联"处理内外关系的准则，可概括如下：

1. 要尊老敬贤。特别是为"北票联"做过贡献的老人贤者，必须优礼相待。但不宜过度张扬"门户""辈分"。

2. 有利于后进。因为"北票联"的发展要依靠新人，凡是有关培养、扶植大计，需要提供帮助创造条件的事情，都要考虑、重视、优先安排。

3. 发扬正能量。提倡出于热心公益、宽容大度、友爱团结的奉献精神。对模糊方向、动摇信心、损害诚信、涣散意志的言行，应批评抵制，不听不传，消减其负面影响。

4. 勇于改革，但不要急于求成。大事先集体研究，民主基础上集中，不搞个人简单地说了算。

（2013年12月23日）

之四：

一些票友因观念陈旧说的话（说你往里垫钱赔钱是活该），不必在意，不要生极少数人的气，耽误了大事。民间艺术的繁荣，不能只看重别人的"体谅""同情"，必须依靠自身信念和定力，逐步克服困难。

（2015年2月25日）

之五：

（在社区中心看过排后与大家交谈）"北票联"三年来吸引了人才，聚拢了人气；推行了收费制，保障了日常活动，提供了更多学习机会；组织、扩大了对外交流；分三个场地（单弦组、木板组、铁板组）开展活动，有分有合，提高了演唱水平和积极性。新一届领导功不可没。

建议一，消遣娱乐之中，一定要有点艺术追求。希望每人练出一两段代表自己水平的精彩唱段。不要贪玩，不要贪多。王岐山讽刺假风雅，说楷书没练好，就直奔行草，还敢裱了送人。我们票友唱曲要出彩，必须有基本功，要对自己的基本曲目下真功夫。

建议二，不要只顾自己学唱。提倡关注社会、基层、群众对鼓曲艺术的反映和要求，耳聪目明，为参与公共服务有所准备，有所担当。

建议三，你们建立了微信群，很前卫，在票房里是走在了前面。要充分利用网络科技条件，为提高演唱能力服务。要多多交流鼓曲票房的信息、资料、心得、经验。管理上要注意引导，网络是双刃剑，防止和避免它的负面影响。

（2015年9月19日）

对"北票联"践行宗旨的回应

"北票联"在定期排练之外,还开展了一系列活动,如举办各种讲座、学习班,发起"三贴近"创新征文,组织面向基层的、专题性的鼓曲演出,等等。对这些贯彻宗旨的举措,在相关的报道、文章以及活动现场的反映,不乏来自各方面的肯定、支持和鼓励。例如:

北京鼓曲艺术家赵玉明、张蕴华等,多次来到"北票联",为继承传统、推陈出新的活动撑腰鼓劲。她们或出席专场传承示范,或在家中向"北票联"的曲友传艺教学。

赵玉明出席"三贴近"颁奖会

在传承鼓曲演唱会上,中国曲协主席刘兰芳同志说:"为了鼓曲事业的传承,大家不图名不图利,以无私奉献的精神,保护鼓曲遗产,多次组织传承演唱,使我很受感动。"曲艺学者常祥霖在博客"潜伏的曲艺之星"中赞扬了包括在"北票联"活动的新人,说:"青年业余的曲艺力量,正是"潜伏"着的未来的希望"。曲艺理论家戴宏森、曲艺杂家崔琦,在第二届"三贴近"鼓曲创新征文颁奖会上,热情地赞扬"北票联""对鼓曲艺术创新改革起了推动性的作用"。崔琦同志几次把自己新创的鼓词,送给"北票联"装腔试唱,鼓励曲友唱响反映现实题材的新作。

周桓题词

2008年，"北票联"选出9首优秀歌词，改编为岔曲新词演唱，并向原作者发信征求意见。阎肃同志得知其中有自己写的歌词"别姬"，在电话中说："我双手赞成；只要群众喜欢，我没意见，你们放手改，大胆唱！"

天津曲艺名家许克在《津门曲坛》撰文"岔曲情怀"，热情赞扬了"北票联"举办学习班、开展"三贴近"创新征文等活动，指出"这是民间扎根的鼓曲同改革开放形势相结合的结果，是鼓曲艺术发展规律的一种表现"。

坚守初心　克难前行

但是，"北票联"一路走来，磕磕绊绊，有高潮也有低谷，它的宗旨、主张，也曾遇到阻力和某些质疑，在执行中出现迟滞和困惑。我们听（看）到过避谈社会效益，否定价值引领，推卸扶植责任的"鼓曲的前途要由市场决定"；误导鼓曲艺术方向的"传统曲目才是艺术"；曲解鼓曲历史的"创新的作品都是标语口号式，新中国成立以来没有传世佳作"；泼冷水、消解积极性的"面对名家的登峰造极，我们能有什么资格创新"等说法；还有毁谤声誉的不实传言，例如说"北票联"是"以自娱自乐为目的"的票房，"几起几落""已经停办"，云云。这其间既有知识缺位，信息误判的因素，也是价值观、道德观和思想方法值得商榷的反映，今后也还会有这些消极现象。经验告诉我们，要不断加强践行宗旨的自觉性，严于律己，提高辨别是非的免疫力。

"北票联"自发于改革开放的新时代，作为依托社区的群众组织，只是文化宏伟大厦中一粒小砂石，作为极其有限，也难免挫折失误，但它和服务对象不只因鼓板弦索结缘，而且有共同追求的崇德向善、文明进步的大目标；它的与生俱来的初心，就是把为人民服务，为社会主义服务，作为自己活动的指针、立足的根基、力量的源泉。我相信，在文化多元，需求多样，面临许多困难和挑战的形势下，"北票联"只要合着改革时代的脚步，坚守信念，践行初心，就一定能够克服困难，在新天地中继续生存发展，做出自己的贡献。

二　厚今续古　力振新风

——力推鼓曲曲目创新之路

我的《古调今谭——北京八角鼓岔曲集》于2004年出版，2010年又出了它的增订版。为此所做的努力，寄托着我对传统鼓曲的崇敬与热爱。但是在鼓曲艺术整体上，我更加关注的是，鼓曲如何在继承传统基础上的创新，厚今才能续古，这是鼓曲能否适应新时代新群众需求的关键。为此我曾在票房组织过"三贴近"的"新风鼓曲"创作，还写了一些文章加以鼓吹。2014年起，我又一次以较多精力关注新创作的鼓曲，编了三个小册子供业界参考选用。

无论在职或离休后的发挥余热，我都不过是一介文艺小卒。多年摇旗呐喊，曾被诬为"黑线走卒""僵化人物"，也不在意；但我离休后因离开体制，又缺少创意，虽关注鼓曲，能做的事极其有限，常觉"荷戟独彷徨"。我的终极目的，是期望有更多的人，更大的力量来参与力振新风的行动，对于推动鼓曲创新，促进传统的继承，实现百花齐放的繁荣，如有点滴之利，那将是我最大的满足。

"起于青萍之末"的《新风鼓曲选集》第一集

早在2009年9月，我为"北票联"编印过一本《新风鼓曲选集》，内收40首，多为"北票联"票友的创作。这个"选集"的前言中说：

近几年，北京的一些鼓曲票友中兴起了写新、唱新之风。北京曲艺票友联谊会自2007年以来，开展了"三贴近"鼓曲创新活动，通过两届评选"鼓励奖"，催生了一些新鼓曲，陆续发表在自己编印的《鼓曲爱好者》上。现在的《新风鼓曲选集》中所收，大多是其中已付演唱的佳作。"新风"起于业余的、群众性的"青萍之末",其创作与传统精品相比、其演唱与专业演员相比,大多显得粗糙稚嫩,但它生气勃勃,在艺术上勇于把发展作为继承的终极目标,……艺术的发展规律要求鼓曲不断提高质量,走向更广阔的阵地,创新鼓曲应同传统鼓曲一起,创造更多更好的社会效益和经济效益。

它的编后记中又说:

繁荣民间鼓曲抓创作,"北票联"抓了四个环节,打个比喻:1. 发动落实是催生接生;2. 讨论修改是整形保健;3. 装腔排练是"扶上马";4. 安排演唱是"送一程"。当然,有的鼓曲从完稿到面世可以一字不改,无须呵护;有的因属于改编而减少了工作量;但多数需要帮助,才能走向成熟,成为一个文化产品。……编这本选集,目的是想请作者、演唱者、组织者、爱好者和我们一起,就入选的40个曲目,检查、总结上述四个环节的工作,从而加强与我们的联系、合作,充分发挥各方面的积极性。……无论是否已付演唱,都需要收集受众反馈,研究成败得失,改进今后工作。

对上述看法做法,虽有一些肯定或鼓励的声音,但实践的步伐却显得迟滞。"北票联"以过排为中心的活动,经过一度低迷之后,2012年起再次活跃起来。2014年3月中旬,为了争取参与有偿公共文化服务(政府购买的文化服务),"北票联"拟排出两场鼓曲节目,录像后送给有关方面审查,为此负责人问我,能否帮助选一些北方的(下同)新编鼓曲曲目。我很快拟出了七个曲种的25首节目单,供他选用,同时,对选编新鼓曲的兴趣又一次被激发起来。考虑到新中国成立后因社会的巨变,善于契合形势与政策的鼓曲创作不断出新,而在演员的排练与演出中又常有曲折,从鼓曲的发展历程和当今的短板来看,建立一份新编鼓曲佳作的基本库账,无论对业余或是专业团体、演员,都有参考价值。

《鼓词新风》事功过急的挫折

2014年夏开始着手选编新的鼓曲集,拟名为《鼓词新风》,选编的眼光和思路都比过去开阔了，经半年努力，选收了150首鼓词，按题材、寓意、风格的不同，分为十个板块：1. 前程似锦；2. 峥嵘岁月；3. 畅想天地；4. 情理百味；5. 驱腐除恶；6. 修身齐家；7. 提神鼓劲；8. 意趣盎然；9. 文史入心；10. 诗情画意。在此过程中，就编集的意义、框架的设想，以及写入前言的一些认识和追求，向北京和天津六七位同志（有领导也有鼓曲名家和票友）通气，向他们征求意见、收集作品。摘要如下：

《鼓词新风》所收作品以新时代的题材、风格为标志，故称"新风"。建国以来数以千计的"新风"鼓词，佳作迭出，构成鼓曲出新的洋洋大观。

……培育和践行社会主义核心价值观，作为精神文明建设的主体工程，正在贯穿在社会生活的方方面面，为人民服务的鼓曲艺术，弘扬它的思想、道德、文化内涵，是理所当然的责任；"新风"鼓词的创作，向具有鲜明时代感的题材、情节、语言、趣味倾斜，这种厚今续古、注重价值导向的选择，对于发展鼓曲演唱的质与量，产生过积极的影响。

鼓曲创作的薄弱，是长期存在的不争的事实。专业鼓曲队伍的萎缩，专职、专业作者不多，鼓励创作的举措不够有力等，是议论较多的原因；而把文化体制内的力量和票房草根力量结合起来的讨论和实践，也似乎较少。近年来"北票联"致力于加强与鼓词作者和老演员的联系，邀请他们参与传承、演唱活动，得到了他们的指导帮助。在鼓曲创新的研究切磋中，倡导了专业与业余相辅相成，使尊师重道与尊重群众的首创精神并行不悖。

《鼓词新风》的编印，在任何意义上都不意味着忽视、轻视传统鼓曲。传统鼓曲为了适应新时期的文化走向，同样面临整理加工，精益求精的需求，多年来一些有识之士积极呼吁和参与，使部分传统曲目、演唱形式，赢得了新的群众，发挥了教材的作用，实现了活态保存的价值。"新风"鼓曲同传统鼓曲之间的优势互补，将使鼓词的演唱质量更好，实现鼓曲的可持续发展，创造更多更好的社会效益和经济效益。

　　"新风"鼓曲的供与求，验证着人民群众作为文化创造者、享用者的地位。面向新的时代新的群众，期待体制单位和民间组织，职业者和票友，在各自发力的基础上，加强联系和互动，共同助推"新风"。

　　一些业内人士和出版社的朋友，看过"鼓词新风"的序言、目录和部分初编文本后，虽都肯定了提倡新编鼓曲的意义，但也认为这种编法规模过大难于操作，缺少可行性。因鼓曲在文化市场所占份额很小，由出版单位立项的可能极低，即使有人出资，也将因涉及作者太多（健在者36人，逝世者23人），难以担负依法处理著作权益的巨大工作量。一位熟悉曲艺著作权益的同志还发来有关法律文本，供我研究，果然条款细密繁多，如没有相应体制单位的承办或协助，处理如此多人出版权益将非常困难。但当时我还不死心，起草了一个"在著作权益合同文本中简化某些内容和手续的设想"，内容是根据《鼓词新风》选用作品的实际情况（大部分已在报刊、广播、电视、剧场演出发表过，有的已经长期地多次地以上述形式发表，而少部分作品是民间票房活动的产物），以及该书的公益性质，建议在合同中增加一项内容，即作者自愿签一个放弃报酬，或只取象征性报酬（如接受样书的馈赠）的条款。参与编校工作人员也不取报酬。总之，这是一个在中国文联的标准合同文本基础上试行的简便文本，想通过业内呼吁征得有关部门或单位的支持。2014年年底，我把《鼓词新风》的书稿打印装订，连同这个简化合同的"设想"，作为征求意见稿，送给一位人脉深广的鼓曲名家，并附了一封"向各位领导、行家和热心同志的汇报和请教信"，摘要如下：

　　（有关编辑意图和工作情况从略）

　　关于在更大范围更高水平的曲目收集，以及未来著作权益事务的应对，我只是提供了一些初步意见。如果大家认为《鼓词新风》计划可行，我提议，要有一个不少于三人的小组，共同承担编书的事务。更希望有体制单位愿单独牵头，或与"北票联"等其他群众团体共同编辑。我愿继续做一个志愿者参加工作，或交出已有材料后退出（将来也不署名），因为这本来就是需要多方参与的公益事项。

谁来，哪个单位来参与这件事，请××××××等给予考虑、关照，我将随时应招办事。主体、班子落实了，就可以集体研究一些具体问题，如书名、立意、框架结构、曲种的确定、京津等地的兼顾、专业业余的平衡、曲目的增删、不当语言的润饰，要否作者简介和作品的评点，出版社和出版权益的确定，著作合同简便文本的认同，等等。

此征求意见稿请大家传看，欢迎批注意见。谁愿看电子版，电告即发。

一个月后，我所盼望的回应没有出现，没有人对简化合同表态（涉及公益与法治的关系，涉及法规的执行，我的想法太简单了），《鼓词新风》历时八个月的初编，至此搁浅。当然，我为此查看了近年的新编鼓曲，把获得奖励或好评的作品，粗粗地捋了一遍，加深了我对新编鼓曲成就的认识，对下一步的实践也是有益的。

回归"短平快"的《新风鼓曲选集》第二集

在总结了"鼓词新风"受挫的教训之后，并不灰心，朋友们的赞同，激励着我坚持既定方向，扬长避短，另辟蹊径。公开出版多人集的路走不通，就收缩战线，减少篇幅，改走自费少印，内部流通的路。为此回顾了2009年第一次编印《新风鼓曲选集》短平快的做法，觉得可以继续实行，即每次专题选编20~25个曲目，按小32开，每册52~56页，骑马钉，做200~250册，印制也将因熟人熟路而可行。又因为沿用了《新风鼓曲选集》的名称，封面也就不用另外花钱买设计；文本都是自行输入，不惜多费些力气，按版面规范排好电子版，又节省了编辑费。经测算，这样做个人经济尚可承担，只是需要投入时间精力，增加腰肌劳损和视力的下降，但世上本无两全的事，眼看余热将尽，抓紧干吧！

经与"北票联"负责人商议，仍用"北京曲艺票友联谊会编印"的名义，排印《新风鼓曲选集》第二集（2009年那本为第一集）。2015年1月，按预想的三个板块（1.理想前途；2.反腐倡廉；3.家风家教）初编了20余首新编鼓曲。多数作品都不错，但总体看来却不够给力，这主要是对于十八大以来的反腐整风，缺少相应的反映，作为全国人民高度关注的政治与社会的变革，必须尽力弥补。后来虽经努力收集，有所改善而仍不理想，正在着急，忽然看到电视上一组动漫宣传片，以及相关的报道评论（见附三），给我很大启发，我参考其立意架构和细节语言，改写了三段新鼓词：一是京韵大鼓《群众路线动真格的》；二是单弦《当官的真怕了吗》；三是北京琴书《老百姓办事还难吗》；并立即送给擅长演唱该曲种的票友，请他们审看，提出修改意见，试唱，然后编入第二集，署了笔名蓝琦。这三篇作品比抄袭高明不了多少，不能自夸，但它们处在一个重要的节点上，关系着这个小册子能否鲜明体现新编鼓曲的意义，关系着"北票联"好传统的发扬。

我不惮烦琐，在这里把以上问题再引申一步：三篇鼓曲的改写，对于曲艺领域甚或整个视听艺术领域，有没有一点关于信息共享，联合作战的启示？这个问题由我这样的"小卒"提出，颇有点不惜再次戴上"工具论"帽子的勇气，至少是斗胆僭越了，但统领专业和业余大军的中国文联、中国曲协，为贯彻执行自己的基本宗旨任务，是否也不妨考虑一下呢？

第二集付印250册。除请两个单位按成本各代售10本外，其余赠发有关文联、曲协、民协和社区中心，以及北京、天津等地曲艺界专家、学者、知名人士和票友。

附一 《新风鼓曲选集》第二集前言

我们对现代题材北方鼓曲的选收、认识和实践，目标就是三句话：激发群众的文化创意，依靠群众的广泛参与，丰富群众的精神生活。

同过去比，第二集选收鼓曲创新的佳作，不再局限于"北票联"的范围,而是扩大为京津地区,虽未必周全精准,但创意的丰富给人更多启示。其次是所选曲目的主题与题材,尽量向当前群众最关心的社会问题集中,如前途理想,反腐倡廉,家风家教等,并依此归类,将入选的32首曲目分编为三部分。

内容决定形式。新的生活题材需要艺术形式有相应的出新。前一集中已有将歌词改为岔曲的试验,这一集中更多唱词有新的写法:仿效诗歌的,其中有古典诗、自由诗、散文(朗诵)诗等各种样式,有"开词"的回归;叙事与代言、表白与表唱的多样交织;单曲种对唱、群唱和多曲种联唱等表演形式更加多样,拆唱与第三人称的串用,戏剧、小品因素的渗透、扩张;等等。作者们在熔铸新词中,既遵循板腔体或联曲体的基本规则,又追求与词意相适应的艺术表现力,但取得的成就不尽相同。有的通过充分的演唱锤炼,已经成熟或成功;也有的还在实验的途中。某些作品的句式、音律、平仄,与曲种声腔旋律、句式结构的固有法则、演唱的定式与习惯,还需要进一步协调或突破。鼓曲的推陈出新,不可能都一蹴而就,孕育的艰辛,临盆的阵痛,初始的青涩,都需要谅解,首创的勇气更需要鼓励。特别需要的是曲界精英贤达们给予评点指导,实用性地激励闾里风情,推进说唱音乐的发展,引领专业与业余的互动。这不仅对于改善鼓曲的生态,对于热议中的曲艺学科建设,也具有现实的意义。

面对全面小康所要求的均等化公共文化服务,以及越来越强调社会效益的文化市场形势,长期以传统曲目支持的鼓曲艺术,要回归到最广阔的民间领域,亟须以新作丰富库存,提高活力。……编印这本新风鼓曲,不仅是提供一点演唱鉴赏的材料,也是新鼓曲在萌动中的一种呼吁,期望一切责任者、志愿者,一切作者、演唱者、音乐工作者(弦师),都在感悟生活,提高修养的追求中,为鼓曲新风的劲吹,奉献出自己的擅长。

附二 《新风鼓曲选集》第二集目录
第一辑 锦绣中华

1. 岔曲 锦绣中华(朱学颖作 刘秀梅演唱)
2. 腰截 天安门前看升旗(马连生作 周淑珍唱)

3. 鼓曲联唱 多彩的中国梦（张习武作）

4. 京韵 仰望星空（温家宝诗 韩宝利谱曲 冯欣蕊、王哲、张楷、刘渤扬等首唱）

5. 京韵 西沙的早晨——新丑末寅初（张习武作 罗君生改）

6. 岔曲 赞雷锋（朱学颖、王济作 张蕴华唱）

7. 岔曲 焦裕禄（刘富权作并演唱）

8. 鼓曲联唱 高原悼歌（龚彪作 北京劳动人民文化宫曲艺队唱）

9. 岔曲 雄风抖（马连生作延寿社区鼓曲组唱）

10. 京韵 喜迎春（田维贤作 骆玉笙唱）

第二辑 群众路线动真格的

1. 京韵 群众路线动真格的（蓝琦作）

2. 京东 傻子老白（原载相声小品网）

3. 单弦 八仙下海（刘富权、希世珍作 刘富权唱）

4. 坠子 捞外快（温淑萍 绥生作）

5. 单弦 抓典型（李立山 杨子春作）

6. 单弦 破除"潜规则"（刘德海作并演唱）

7. 单弦 当官的真怕了吗（蓝琦作 荣冬雪唱）

8. 单弦 撞在枪口上的贪官（刘德海作并演唱）

9. 琴书 老百姓办事还难吗（蓝琦作）

10. 京东 廉政花开（张习武作）

第三辑 人生一世好年华

1. 岔曲 人生一世好年华（罗君生作）

2. 西河 老阿姨龚全珍（郝赫、杨子春作词 部队文工团演唱）

3. 京东 忍不忍（蓝琦作）

4. 单弦 家家都有难念的经（张玉林作 张雅君唱）

5. 单弦 弄巧成拙（杜放作 张伯扬演唱）

6. 京东 别钻牛角尖儿（王富泉作并演唱）

7. 京东 娶女婿（董湘崑作并演唱）

8. 单弦 张大妈露怯（龚彪作 新华社七星园社区曲艺队唱）

9. 坠子　老两口顶嘴（张习武作）

10. 京东　何大爷起名儿（郭杰作）

11. 乐亭　抓周儿（崔琦作 范淑玲唱）

12. 京东　常回家看看（董湘昆作 赵克奇唱）

附三　群众路线三部动漫流传（新华网下载·摘要）

大年三十，三个"群众路线系列动漫"短片在网上悄然流传。短片将党的群众路线教育实践活动比作一场新时期的"整风运动"，透露出活动将杀"回马枪"，反"四风"将成为新常态的信号，还引用海外观察家的话评价"习近平让中共有了政治新气象"。……出品方"朝阳工作室"颇显神秘。2月17日晚，一个名为"北京朝阳工作室"的账号率先将3个短片上传到优酷网站。次日，腾讯、爱奇艺、奥一网等网站先后转发，短片也开始在微博、微信中流传，南方都市报微信号于18日下午3点48分发布文章。

系列动画的第一部名为《群众路线动真格了?》，用诙谐的语言介绍党的群众路线教育实践活动是什么，为什么要开展。片中直言，这是一场新时期的"整风运动"，一些官员吃拿卡要、贪污腐败，"习大大一上台就意识到不改不行"。"整风整风一阵风，就怕承诺漂漂亮亮，整改虚晃一枪。"片中还道出民众的疑虑，建议中央列问题清单，杀"回马枪"，防止"四风"回潮。

第二部《老百姓的事儿好办了吗?》聚焦"整风运动"给老百姓带来了什么。……这部短片的亮点在于对"官民关系"的定位，片中说道："以前，有的官员把自己当老爷，把群众当刁民，干部是浮在水上的一层油，群众是罩在底下的一层水。现在，群众还是水，干部成鱼，水离开鱼还是水，可鱼儿离不开水。"

第三部《当官的真怕了吗?》尺度更大，用一连串"怕"揭露官场生态：……该片再次点到"官民关系"：官员对该怕的事怕，把该办的事儿办，干部和群众都能踏实过日子。结尾画面，是一个刻着"权"字的大印章，被关进制度的笼子里。

值得关注的是，人民网、求是理论网等官方网站，以及一些地方政府的官方微博，均转发了该系列短片。3个短片流传至今，在视频网站上已被播放数万次。"用诙谐幽默的方式，诉说当今的政治生态"，不少网友为短片"亲切的画风和配音、接地气的网言网语"点赞。有网友建议"每集短短两分多钟，就把很多事情说清楚了，每个普通中国人都能看明白，希望以后可以多出点类似视频"。

新华网北京2月21日电（摘要）春节期间，《群众路线动真格了》《老百姓的事儿好办了吗》《当官的真怕了吗》等一批动漫短片在网上热传，多家网络媒体抓住短片中醒目画面以"习近平挥棒打虎卡通形象网上热传"为题进行报道。

转发是一种态度。动漫短片当中，中央领导同志挥舞"群众路线"旗帜、挥棒打掉"大老虎"、挥刀砍向"难产证"、挥手斩断权钱交换等画面，是以一种形象、直观、风趣的表达方式，对新一届中央领导集体大刀阔斧反腐败、旗帜鲜明整"四风"、坚定不移促改革的总结。这些总结符合人民群众的内心感受，带着会心微笑把短片转发出去，就是对党中央治国理政斐然成就的积极评价。

传播是一种力量。信息在传播中形成热点，意味着民意的汇聚，激发起更多人参与，有如万千小溪汇成百川归海，其浩荡之势是信息传播的价值所在，也是民意的力量所系。

附四　根据电视上的动漫短片写的三段新鼓词

1. 京韵大鼓　群众路线动真格的（《津门曲坛》2015年第3期发表）

风云变幻起苍黄，反对"四风"动了真刀枪。

反对形式主义、官僚主义、享乐主义和奢靡之风，战斗的鼓角响，

牵动全国，动员全党，群众路线教育实践活动声震八方。

为的是清除腐败，全面小康，社会主义前景灿烂辉煌。（过门）

想当年，革命力量从小到大，从弱到强，依靠群众把新中国开创，

如今改革开放，民心所向决定国家兴亡。

反腐败大刀阔斧前所未有，领导核心是新一届的党中央，

做榜样七位常委现身说法，新时期的整风运动开了场，

联系点分头参加民主生活会，开展了党内批评把正气发扬。

习大大在兰考怀念焦裕禄，联系了自己的成长，

反复强调对干部要严，再三再四真是语重心长。

洗洗澡，照镜子，正衣冠，还要治治病，党的队伍才纯洁健康。

刚开始不少官员犹豫观望，（广东腔白）"要刮点小风下点毛毛雨啦"，想敷衍了事走过场，

后来才明白，中央动了真章，腐败是盖不住也无处藏，

高层打虎、基层拍蝇，一浪高过一浪，

不管你在职还是离退休，也不论养病住院失联逃亡。

以权谋私，要追查到底，失职渎职，要问责曝光，

贪污腐败，要捉拿归案算清账，中华大地没有避罪的天堂。（过门）

讲规矩，讲纪律，全党上下执行忙，

八项规定钢铁一样，清查的结果来了个大曝光：

压缩三公经费压出五百三十亿，造一条航空母舰的经费从天降；

清理出公用汽车十一万辆，环绕北京三环能排十一行；

停建楼堂馆所两千多座，总面积等于三十万套廉租房；

四千多官员因为管不住嘴，公款吃喝被查账。顺手牵出来关系网，十多万人吃空饷！

当官的七姑八姨小舅子，原来都是纳税人在养，可真是荒唐！（过门）

虽说是群众路线教育成果大，要知道腐败的势力很顽强，

有的承诺很漂亮，所谓整改是虚晃一枪；有的官员腐败不收手，转移阵地换包装：

矿泉水瓶装茅台，从五星宾馆运到食堂；

超面积的办公室打了隔断，改成了领导专用的新套房；

找领导说是去汇报，可材料里夹着银行卡一张。

门也让进，脸也好看啦，可不给办事儿，让你照样撞南墙。（过门）

深化改革任重道远，滋生腐败"四风"是温床，

持久战关键是抓好思想，不可沽名学霸王。

单位整改要抓住不放，党员干部回炉学党章，各级组织巡查担子重，时不时杀他个回马枪！

你要问，动真格的怎么讲？就是要明辨是非荣辱，分清卑鄙高尚，坚持依法治国、从严治党，为人民服务的情操千秋万代闪金光！

2. 北京琴书　老百姓的事儿好办了

寒冬过去，春天来到，老百姓每天议论新闻头条，

群众路线教育实在是好，党中央大刀阔斧，是真砍实凿，

反"四风"好比给人治病，打针吃药，又动手术刀！（过门）

这些年 老百姓办事真是烦恼，到机关 门难进来脸难瞧；

好像是 足球场上一个皮球，让人家 踢来踢去受煎熬。

办公室里玩手机没完没了，电脑上打游戏的，是闲得无聊，

坐窗口的那一位，正在把指甲铰，听说是值班同志，赶紧上前弯下腰：

（白：您值班？您辛苦。问您点事。）

（白：什么事？要找领导？不在！领导忙呀，开会呢，学习去了，休假啦！）

其实呢，忙的是吃饭唱歌带洗脚，撒谎撒得实在是高！

好不容易见了领导，他摇头晃脑，咳，事儿没办成，原来是红包太薄。

北漂小伙办护照，取证明六次回家，三千公里来回跑；

打工女办准生证，盖6个章，凑16个本，忙了26天，挺着大肚子闪了腰。（过门）

群众路线教育是个宝，歪风邪气快要雪化冰消，

一年来整改见了成效，发动群众，亡羊补牢。

公车私用，拍了照片去举报，公款吃喝，查他单据怎么报销，

靠人情关系办的低保，冒领的补助往回交。

有的官员顶风作案不收手，国法无情，抓进了监牢；

也有的认真悔过，愿意改造，为人民服务是光明路一条。

现如今腐败现象有所减少，可千万不能估计过高。

要让官员遵纪守法，既要治本也要治标。

谁要是思想不转变，还做假检讨，两面三刀换汤不换药，

老百姓眼睛雪亮，拉你下马，你就等着瞧！

3. 单弦　当官的真怕了吗？（《曲艺》2015 年第 4 期发表时，标题改为"反腐树正气"）

【曲　头】风雷阵阵发，电闪放光华，

新时期的整风运动，遍地开花。

群众路线发扬光大，违法违纪要清查。

八项规定反"四风"，让腐败的官员受到处罚。

【数　唱】有一位官员，凤日里称王称霸；

一直是高高在上，生活上糜烂奢华。

如今开展整风，他可就心里头害怕，

见群众就卖傻装疯，不敢正面把话来答。

有人要说到了病根，他就故意打岔，

怕的是露出破绽，让人把辫子来抓。

有人说：你骂过老百姓，说他们是刁民大傻？

他说，这怎么可能，一定是你们把话听差。

那天我喝多了说胡话，不是说老百姓，说的是我们孩子他妈。

有人说，你有好几块进口的手表哇，哪一块都得十万七八？

他两眼一闭：嗨！都是些个假冒水货呀，是国产的"雷达""奥美加"。

有人说：你坐的那辆大奔，可是超标太大！

他说那是辆旧车，十分的廉价，下农村，马力大，好把坡爬。

有人说：你办公室还放了一架双人床，是不是有人陪驾？

他说是；只因我经常的加班，腰腿都散了架，只好躺着看文件，

同时还得自己推拿。

第三辑　强弩末　意未尽

【南城调】这几天纪委巡查，找人谈话，

他一听说就提心吊胆哪，怕出了岔儿抓了瞎，

秘书挺可靠，也许能保驾，我向他许了愿，过关后一定提拔。

最让我担心，是家里人惹事，他们都不顾大局，是井底的青蛙。

这回整风，我还有这么好几怕，谁能知道，我心里的这些疙瘩：

我第一怕是小三，老要找我的夫人干架，叫我和原配离婚，不离她就自杀；

第二怕是儿子，气粗胆大，经常是酒后开车，还拿着我的名片训警察；

第三怕是闺女，追星上瘾，招一帮狐朋狗友哇，到家里吸大麻；

第四怕是老婆出国，投机倒把，在非洲收购象牙，被海关给扣押。

我自己的问题，是核心机密，户口本我有俩，护照我有仨。

到如今凶多吉少，要提前规划，一旦间要出了事，恐怕就顾不了家。

据说是公安追逃，力度很大，怕就怕，跑到天涯海角，也早晚被抓！

【金钱莲花落】群众路线发扬民主威力大，方方面面都有人查。

"四风"是过街的老鼠人人都喊打，有问题的干部，个顶个的都得做检查；

刁难群众，欺压百姓的要道歉，收受红包，都得要，从他嘴里往外挖；

滥用职权，损公肥私，让他经济退赔，鸡飞蛋打呀；（一落莲花……）

都难逃，警告记过，撤职降级，一撸到底，

有二十多万违法违纪的干部受惩罚啦。（耶么嗨）

双规双开，涉嫌犯罪交司法，忙坏了，组织人事、法院公安、纪检和监察。

有的官员，牢骚不满说怪话：自我总结，说是有减也有加，

减的是，外财没有，钱包瘪啦，加的是，夜班太多，人困马又乏。

操的是中南海的心，赚的是白菜的价呀。（一落莲花……）

他们感觉，特不平衡，陷入矛盾，不能自拔呀。（耶么嗨）

这极端的个人主义实可怕，拒绝批评，销毁证据，攻守同盟乱勾搭。

这等于，半夜里到悬崖，盲人骑瞎马呀，（一落莲花……）

最后一定是身败名裂，苦心经营算白搭呀。（耶莫嗨）

严是爱，松是害，刮骨疗毒要咬牙，

有一位彻底检讨，真心改错决心大，回转身，迈开前进的新步伐：

从此后办事公道，不年私利，坚持原则，上下都把他来夸。

取消了，公车接送，放下了做官儿的架，

上下班，走路锻炼，增强了体力精神焕发。

谢绝了，拼酒应酬，降下来血脂血糖和血压。

更可喜，是听从劝告，割断了婚外之情，恢复那天伦之乐呀，（一落莲花……）

守住了爱情守住了家。家庭和谐是锦上添花呀。（耶莫嗨）

【流水板】习主席，反腐倡廉魄力大，真抓实干人人夸。

他说是，公权绝对不能私用，一言九鼎把全党管辖，

我们的宗旨是为人民服务，要拿出行动来表达，

决不能，贴在墙上图好看，挂在嘴上吹喇叭。

有的人，嘴里不说心里想，这阵风一旦过去，我有权，早晚还能把财发，

看起来，从不敢腐，到不能腐，不想腐，这段距离还很大，

路线教育，依法治国，从严治党，必须坚持长期抓，

选人用人要严格走程序，征求了各方的意见再提拔。

财产申报，防止隐瞒和造假，

是不是忠诚老实，要加强监督勤抽查。

完善法律和法规，整改要落实制度化，

把权力关进笼子，有没有漏洞还得细观察。

领导干部要轮流培训，亡羊补牢，一个不能落呀，

重温那入党誓言，牢记自己说过啥。

必须要，干部都把党的宗旨、理想信念牢记在心不变卦，

这才能，全心全意，服务人民，清正廉洁，奋斗一生，对得起民族和国家！

展望未来，全面小康、民族复兴的风景如画，

到那时，经济腾飞，政治清明，文明和谐，民主富强的社会主义现代化，

如日中天，光辉灿烂，普照中华。

呼唤历史记忆的《新风鼓曲选集》第三集——抗战题材

为纪念世界反法西斯战争暨中国人民抗日战争胜利七十周年，铭记历史，缅怀先烈，也是为了引起对于通俗文艺（包括鼓曲）的注意，我将《新风鼓曲选集》的第三集编成"抗战鼓曲专辑"。这个专辑中，新中国成立后创作的部分比较好编，过去已有一些资料积累；但抗战初期前线战事部分，是专辑的核心内容，因资料尘封多年，要从零开始，白手起家。

从 2015 年 4 月下旬到 6 月中，根据《中国鼓曲总目》《中国解放区文艺大辞典》提供的线索，我在国图、北大图、首图（没有找到相关内容）等图书馆，共抄录、复制、拍照了抗战时期编印的鼓曲共 19 段，只阅读登记但未抄未印 38 段，共 57 段（内有少量题材、作品重复）。

如以发表、编印的年份分：1935 年 1 段，1937 年 4 段，1938 年 25 段，1939 年 7 段，1940 年 5 段，1941 年 1 段，1942 年 2 段，1943 年 2 段，1944 年 10 段。

如以题材地域分：东北义勇军 3 段，卢沟桥 3 段，长城抗战 6 段（居庸关、战南口等），淞沪战役 13 段（八百壮士等），山东 7 段（鲁西、聊城、郯城等），山西 5 段（平型关、阳明堡、正太路、水治等），湖北湖

南4段（长沙、湘阴、江陵等），河南2段（固始），无地域说明9段；另有空军、空战题材4段（阎海文、兰州空战等），其他题材3段（锄奸、动员）。

1938年出版的抗战鼓曲

如以出版单位分（有1篇自印自发不计）：

1. 通俗读物编刊社《战时通俗读物》10篇，在汉口、武昌、重庆生活书店发行；

2. 教育部民众读物编审委员会编《民众文库》10篇；

3. 广州战时出版社《战时小丛书》第一种《战时大鼓词》11篇；

4. 汉口新知书店《抗战大鼓词》4篇；

5. 重庆国民图书出版社编《国民常识通俗小丛书》4篇；

6. 四川泸县书店《民众小丛书》4篇；

7. 长沙平民教育促进会编《农民抗战丛书》1篇；

8. 国民政府军事委员会政治部编1篇，第三厅编1篇。

以上共46篇。此外，虽查有如下单位编印的鼓词11篇，但未能借到：

1. 八路军联防政治部宣传部编《连队文化丛书》1 篇（赵治国的大鼓 1944）；

2. 通俗读物编刊社乙种 3 篇（《血战卢沟桥》《大战天津卫》《郝梦龄殉国》）；

3. 上海北新书局《创作新刊》4 篇（《五十七勇士》《台儿庄》《义勇军》《大坝子》1938）；

4. 韬奋书店出版《新编大鼓词》3 篇（《赵亨德大闹正太路》《强攻水治炮楼》《女英雄郭凡子》）。

综上所述，印象是：现在能找到的抗战鼓词为数不多，大多创作于抗战初始的一二年，所反映的多是卢沟桥事变和淞沪战役及其连带地区的战事，作者以赵景深、穆木天等作家和乡土文人为主，很少有业余草根；长篇分回鼓书有五六篇（范筑先、鲁西袁专员、苗可秀等）；通常标记是"鼓词"，或注明"可以大鼓（或坠子）演唱"，个别作品注明是"弹词"或"莲花落""唱本"，很少注明其他曲种。取材多是正面战场的具体战斗或抗敌故事，就事论事，写作手法都是纪实基础上的渲染，具有强烈的时代色彩和鼓动性。

抗战鼓词空前集中地反映了中华民族的爱国气节和伦理大义，弘扬了团结一致，同仇敌忾，前赴后继，血荐轩辕的英雄气概和牺牲精神，真实质朴地讴歌了抗战军民慷慨赴难，宁死不屈的感人事迹。因此，它在曲艺史上理所当然地应该占有一定地位。至于在时间上侧重早期，地域上侧重正面战场和大后方，以及缺少战略指导、全局方针背景的涵盖等，则与当时国共两方政治军事力量的消长，与不同地域和历史条件相关，不是鼓曲艺术本身可以控制、平衡的缺陷。从以下两方面看：

一方面，"九一八事变"后的东北，以及"七七事变"后抗击日寇侵略的各个正面战场，特别是战事激烈的冀、察、江、浙，以及武汉、长沙等地，掀起了全民抗战同仇敌忾的怒潮，胸怀祖国的知识分子、文化名人，为抗敌御侮而热血沸腾，为民族解放战争鼓角齐鸣。在通俗说唱方面，历史学家顾颉刚，最早成立三户书社，不久又改名为通俗读物编刊社，先后在北平、武汉、上海、重庆等地，编辑发行多种大量抗战题材鼓曲唱本。文学史家赵景深，不仅自己编写许多鼓曲作品，还撰发专文论述鼓曲在组织动员民众中的重要作用。著名作家老舍，被公推为全国文艺家抗敌协会的带头人，率先撰写了宣传持久作战的鼓词，带头参与通俗说唱的演出。诗人穆木天，放下象征派诗歌的探求，热情投入了通俗鼓曲的创作，并自编专集问世。在他们的带动下，许多职业艺人，擅长或初试鼓曲写作的文化人，以及进步的出版社、书店等，纷纷投入宣传抗敌的运作，各种民众读物、小型丛书等，刊载了大量鼓曲类作品，一时蔚为大观。甚至国民政府教育部也发出广告，鼓励各地翻印抗战鼓曲。但由于正面战场连连失利，大片国土沦陷，政府被迫迁都，从事群众性抗日救亡的许多文化人颠沛流离，艰险无助，鼓曲唱词的创作和出版又转向萎缩消弭。

另一方面，抗战初期，中共领导的陕甘宁边区，以及其他陆续开辟的敌后抗日民主根据地，由于多年战乱和灾害，经济十分落后，又处于日寇伪军或国民党严密封锁之中，人民群众生活极端贫困。中共中央关注文化工作，首先是强调团结文化人，发挥他们的作用，开展政治教育宣传鼓动等，为扶植民间文化逐步创造条件。进入战略相持阶段，毛主席提出的自力更生方针和开展大生产运动，使陕甘宁边区和各抗日民主根据地逐渐改善了民生；特别是《延安文艺座谈会上的讲话》和整风运动，推动了新文艺运动的兴起和发展，反映敌后人民斗争生活的文艺作品，逐渐走向繁荣，并发展成为抗战文艺的主流。这一时期出现大量作品的是歌曲、戏剧、文学、美术等，属于民间艺术范畴的主要是民谣、民歌，而新鼓词的发展则比较迟缓，著名的鼓书艺人王尊三、韩起祥的突出成就，都处于抗战的中后期。总之，为人民服务的文艺创作，与抗日根据地从无到有、从小到大的发展，是相随或是同步的。

包括鼓曲在内的抗战文艺，在唤醒民众、发动群众、激发人们爱国精神等方面，发挥了不可替代的重要作用。如今，随着我们对抗战历史的表述更加全面客观，这些因战乱散失已久的鼓曲，其耀眼的价值不再被偏见淹没。经过发掘整理和遴选，《新风鼓曲选集》第三集——抗战鼓曲专辑，第一部分是新中国成立以来创作的 9 段，第二部分是抗战时期创作的 10 段，共计 19 段。第二部分成果不多，费力不小，10 段中的 7 段，是纪实性战斗和人物，除老举人张维志暂未见到县志佐证外，其他如守四行仓库的谢晋元、守宝山的姚子青、守聊城的范筑先、守滕县的县长周同以及卢沟桥提到的吉星文、金振中等，都尽可能地查阅了可靠的史料，并在核实中再次受到感动：当年对这些人物的表彰一瞬而过，七十年后，歌颂他们的鼓曲虽不会再唱，但国家、人民的缅怀赞誉，再次照亮英雄的光荣历史。

辽宁省社会科学院有一项入选国家社科基金的研究课题——《"九一八"国难文学文献集成与研究》。项目发起人对来访的记者说：国难文学不仅是当时文坛的重要创作取向和价值标准，而且显示出庞大而触目的文学文本阵容，具有鲜明的文献学意义和珍藏价值。它们是中国现代国难的历史活化石，"我们从事这一课题的研究，目的之一就是要打造'国家记忆'"。这些表述，我觉得大体也适用于抗战鼓曲。小小"北票联"编印的这本鼓曲选集，追随了抗日军民绵延的足迹，为鼓曲艺术参与抗战复制了历史见证。此集印250册，赠发同前。遗憾的是，除《津门曲坛》垂爱，在2015年第3期上刊载了这一集的前言和目录，予以推介外，未见任何其他回应。

附一 《新风鼓曲选集》第三集（抗战鼓曲专辑）前言后记摘录

这是一种温故知新，以故促新的推介，期望帮助鼓曲爱好者在"雪耻·圆梦"的大潮中，探讨说唱艺术灵活迅速的优良传统，以及信息时代的鼓曲新生机。

本集的第一部分，反映的多是抗战初期正面战场的情景，具有强烈的纪实性。其中有名家的笔墨，虽然未必经典；也有草根的急切呼唤，至今仍引共鸣。第二部分为现代的"新风"创作，多反映敌占区或敌后方的抗争，写作时间均在新中国成立之后。这两部分作品的共同理念是爱国御侮，唤起民众，投入战斗。我们所选虽只江河一勺，但我们缅怀的是，为抗击侵略者而英勇牺牲的千百万中国军人和平民百姓，他们不畏强暴、血荐轩辕的民族气节，和宁死不屈、坚持到底的战斗精神，永远为子孙后代崇敬，亘古长存。

前辈学者赵景深曾著文说（大意）：抗战最有力的宣传形式之一，就是唱大鼓。现今的社会结构，已经发生巨大变化，但基层劳动群众永远是通俗说唱的受众。历史已经证明，扎根生活，与时俱进的说唱艺术，储备着无限的光和热，一经与群众的审美需求相结合，必将照亮人们的心灵，价值不会旨在瞬间。（摘自前言）

由于历史的原因，这些作品战后长期处于尘封状态，迄无推介鼓吹，知者渐少。这次编者查阅相关资料，深感其中有些作品，在鼓曲文学史中，具有积极意义、价值或代表性，宜作适当评估。这些作品现在虽不演唱了，但提供给鼓曲群体阅读和研究，可补识见之不足，裨益于写作修养。……旧鼓词中的不适于今人欣赏习惯之处，均保持原状。但为节省篇幅，有的做了节选处理。至于剪裁冗文，繁体改简，订正标点错讹，都不再一一说明。（摘自后记）

附二　《新风鼓曲选集》第三集目录

第一部分　抗战时期创作的唱词鼓曲

1. 唱词《归屯叹》（苏武牧羊调，佚名填词，1935）

2. 唱词《抗战五更》（张仁杰，1939）

3. 鼓词《二期抗战》（老舍，1938）

4. 鼓词《卢沟桥》（穆木天，1938）

5. 鼓词《八百壮士》（穆木天，1938）

6. 鼓词《范筑先聊城殉国》（林舒，1940）

7. 鼓词《死守宝山城》（席徵庸，1937.11）

8. 鼓词《老举人骂敌殉国》（佚名，1941）

9. 鼓词《周县长守滕县》（尚达，1938）

10. 鼓词《晋察冀的小姑娘》（王尊三，1946）

附歌曲《晋察冀的小姑娘》（赵洵词，徐曙曲，1939）

第二部分　建国后创作的抗战鼓曲

1. 京韵大鼓《重整山河待后生》（林汝为词，雷振邦、温中甲、雷蕾曲，骆玉笙唱）

2. 东北大鼓《杨靖宇大摆口袋阵》(梁志翼作，1958，霍树棠唱)

3. 单弦《英雄母亲邓玉芬》(崔琦作，2015)

4. 单弦《仇恨》(高家兰、范淑玲作，1995，范淑玲唱)

5. 单弦《地雷阵》(张金兰作，1964，赵玉明、魏鸿仁唱)

6. 鼓词《苦谏泪空垂》(赵其昌根据长诗《张学良将军之歌》第四章改编，1992)

7. 京韵大鼓《阔海别妻》(陈祖荫根据电视剧《借枪》改编，2011，种玉杰唱，《曲艺》2011（8），发表时有增删)

8. 梅花大鼓《银环探监》(夏之冰根据电影《野火春风斗古城》改编，1984，花五宝、安颖唱)

9. 联珠快书《狼牙山五壮士》(张剑平作，1960，司马静敏唱)

新编历史题材的《新风鼓曲选集》第四集[*]

我们的国家历史悠久，有着几千年生生不息、薪火相传、光辉灿烂的文化，在民族复兴的理想信念照耀下，发掘、传续和弘扬民族精神，实现美丽梦想，是新编历史题材鼓曲的时代使命。早年对戏曲曲艺提出并长期实行的"三并举"方针，源自鼓曲艺术本身的发展规律，交织着作者、演唱者的创造能力，也反映着经营者的市场算计、消费者的审美趣味和精神需求。经过半个世纪文化演变，泛娱乐化潮流盛行，鼓曲艺术整体走向衰落。传统鼓曲、新编历史题材鼓曲的吸引力正在消减，喜爱它的新受众、年轻人越来越少，原因是多方面的。

传统鼓曲中大量是历史题材、民间传说，经过新中国成立以来的整理、扬弃，一些曲目得到肯定，又继续演唱了几十年，直到改革开放进入全面深化的新阶段，人们对说唱艺术有了更高的要求，早年一些被保留、被称为优秀的曲目，在思想、艺术、审美趣味上已经落后于群众。以《新

---

[*] 第四集于2015年9月9日印出280本，通过快递、邮寄、托带、亲送等方式，向一些单位或个人赠发247册，尚存33册。赠发对象与第三集基本相同。

风鼓曲选集》第四集中的《哭祖庙》为例,我把它的新旧两稿并列给读者看:老稿(作者早已无考)是新中国成立后经过整理的传统曲目,它作为白(云鹏)派的代表曲目,应该亘古不变地演唱下去吗?天津鼓曲作家王允平用创新实践做了回答。他在老稿基础上扬长避短,删去了宣扬封建纲常的血刃全家情节,升华了北地王刘谌以死抗命的气节内涵,给原作赋予爱国的新意,因而得到名家、演员和群众的肯定。新稿启示我们,以社会主义核心价值观来指导现实题材和历史题材创作的同时,还应检视正在演出的传统曲目。检视不是否定,是为了丰富和提高精神的导引,进一步去粗取精,去伪存真,合理地发展原有的特色与风貌,使之更加适应今天受众的水平和需要,更容易被群众理解和接受。流行是由人与人之间的"共鸣"所引起,任何艺术表演,都需要达到一种心与心的交流,进而产生共鸣。否则,无论怎样保护,都难以生存下去。

　　介绍《新哭祖庙》一类的佳作,意在给行业领导、作家、艺术家提个醒:对于历史题材的鼓曲艺术,不要沉迷在已有的成就之中,静止片面地理解保护、传承的责任,忽略了自己在改革中应有的担当,身处历史的转折点却不自知。

　　新编历史题材曲目(包括民间传说和历史名著改编),需要对相关的历史资料广搜博览,还要从各种载体中深入研究,找到发挥教化和审美效应的空间,这是很不容易的。第四集中所收曲目,都是作者、演员、伴奏的成功之作,我因精力不济,强弩之末,在每段曲词之前所作评介,简短浅陋,或有不当,但都是倾心文字,贯注着我的崇敬和赞扬。

　　愿传统曲目更精粹,愿新编历史题材曲目和现实题材创作繁荣起来,重塑曲目"三并举"的新格局。各类反映时代要求、人民意愿的鼓曲,凡有创新的,哪怕粗糙一点,也要鼓掌欢迎,鼓励它加工提高,安排它多演常演,逐步增加新的保留曲目。总之,谈古论今,重在引领,曲目建设,贵在创新,教化娱乐,互为依存,雅俗共赏,前景光明。

附一　《新风鼓曲选集》第四集　前言和后记(摘录)

　　鼓曲曲目的改革成果,除整理传统曲目、创作现实题材曲目之外,还有新编历史题材（包括改编古典文学名著和民间传说）曲目的收获，这一部分对于鼓曲艺术的传承和发展，满足群众"说今讲古"的文化消费，具有重要的意义。

新编历史题材的鼓曲，在构筑崇德向善的导向中选择题材，提炼主题，自然与主流价值观的要求相近或一致；由于从相关的古典文史、戏曲说唱以及民间艺术中，汲取中华传统文化，必然与民族的审美理念，与新的群众文化需求保持着血肉联系。这些都是天然的顺风的优势。

新编历史题材的优秀曲目，许多已经由名家排演献艺，并得到音像出版的机会。但不无遗憾的是，有的作品在一两位名家演唱过之后，鲜有他人继续演唱；或虽有学演，但多就流派的表演技艺来评介，较少关注文本的创作经验和进一步完善提高；更罕见多人共唱，各有所长的宣传。新编历史题材曲目创造阶段虽备历艰辛，落实舞台银屏、服务大众的效果却不尽给力、合理，对资源开发利用的这种不足，源于多种因素制约，也有从多方改善的可能：专业演员出于个人条件业务规划的考虑，对选学曲目自有偏重，但也并不完全排除顺应客观需求，接受适当的引领调剂；业余爱好者通常以传统曲目开蒙，但在传统曲目与现实需求渐行渐远的形势下，适时学演新编曲目，特别是经历了舞台检验的新编历史题材曲目，可以增进学习创新的兴趣，扩展参与服务的机遇。从组织领导者来说，防止和克服曲目建设上狭隘的功利眼光，倡导和推广包括历史题材的新编鼓曲，或许是破解上演曲目单调匮乏的一途。当然，这需要加强思想和组织工作，明确责任与担当。……

希望新编历史题材这朵花，同古老传统鼓曲，现实题材鼓曲一起，三者并举，百花齐放，共同构建鼓曲创新的时代，把通俗文艺的春天点缀得更加绚烂多彩。（以上摘自前言）

当前，文化多元消费，鼓曲艺术滞后于形势的发展，已经日益被边缘化，我们编印这本小册子，鼓吹"三并举"中的新编历史题材鼓曲，是在"救亡图存"的语境下，回顾一个方针的坚守和执着，并非顾影自怜，"自说自话"。

新中国成立之初的1951年，政务院曾发布一个"关于戏曲改革工作的指示"，提出改革要依靠广大艺人的合作，修改和编写剧本，开展戏曲批评；同时指出"大鼓、说书等形式……除应大量创作曲艺新词外，对许多为人民熟悉的历史故事与优美的民间传说的唱本，亦应加以改造采用。"1960年6月，中央文化部在举办"现代题材戏曲观摩演出"的总结报告中，对戏曲改革的方针和剧目政策做了明确地表述："我们要提出现代戏、传统戏、新编历史剧三者并举。即大力发展现代剧目；积极整理改编和上演优秀的传统剧目；提倡用历史唯物主义观点创作新的历史剧目。"回首新中国成立六十多年来的鼓曲艺术，正是在这个"三并举"的正确方针指引下，排除"左"的和右的错误，不断改革，发展前进，才取得今日的成就。正如陈云同志在《正确对待传统书目》一文中所说的："演传统的书目（包括分回），也演新创作、改编的书目，这才是'百花齐放'。只演传统书目，是不对的。"❶

关于新编历史剧的继承与创造，需要经验的总结和理论的指导。本集中《穆桂英接印》的来源或可作为参照物：它从京剧《穆桂英挂帅》《杨门女将》中，移植了主要情节和唱词，而这两出京剧都是堪称经典的新编历史剧，特别是《穆桂英挂帅》，它是艺术大师梅兰芳移植马金凤同名豫剧的杰作，梅先生的二度创造，既忠实于传统剧目的精华，又致力于发掘创造新的意境，实现了思想性、艺术性、观赏性完美结合。梅先生在《我怎样排演〈穆桂英挂帅〉》一文中❷，结合剧情、场次、细节的调整、锣鼓经和唱腔的设计、程式动作的改造和运用，乃至服饰化妆的推敲等，鲜明地阐述了他对待"新编"的认识和态度，准确地解析了继承传统与改革创新的关系，具体地回答了移植中如何保持和发扬京剧特色等问题，不仅对戏曲改革具有普遍的指导意义，对于今天践行新编历史题材的鼓曲，也有许多启迪。（摘自后记）

---

❶ 《陈云同志关于评弹的谈话和通信》，中国曲艺出版社1983年版，第65－66页。
❷ 《梅兰芳文集》，中国戏剧出版社1962年版，第80－93页。

附二　编者对第四集曲目的评介

1. 京韵大鼓《卧薪尝胆》陈寿荪作，演唱者骆玉笙（骆派）

勾践卧薪尝胆，终于复国的故事，见于《史记·越王勾践世家》，各种文艺形式均有演绎。这个京韵大鼓曲目写于20世纪60年代初，其创意自然与当时克服经济困难的国情有关，但并不是所谓"唱中心"的产物。它着力宣扬的忧患意识，奋斗精神，任何时候都是应该继承和发扬的文化遗产，不会过时。

2. 京韵大鼓《满江红》张剑平作，演唱者小岚云（刘派）

这段京韵大鼓，吸收"说岳"中刀戟战阵的铺排，又为《满江红》的悲愤度曲咏叹，竭说书唱曲的功能，把国防毁于腐败政治，良将功败垂成的教训，铭刻到普通百姓的心中。这篇唱词收入《张剑平和他的曲艺创作》（倪钟之主编，中国文联出版社，2000年）一书，小岚云演唱时在两军对阵处略有发挥。

3. 京韵大鼓《愚公移山》孙世甲作，演唱者阎秋霞（白派）

改编寓言要知其真谛何在。50年代曾有同名曲目，强调的是，愚公以大无畏精神与天神鏖战，因"人定胜天"，山被移走。而这一篇则在结尾点明，所谓天神就是劳动群众，发动群众依靠群众，才有移山之力。这个寓言的不同解读，反映着社会思潮从一度的唯心狂热，向着历史唯物主义的回归，也记下了鼓曲随着时代前进的脚步。

4. 京韵大鼓《火并王伦》朱学颖作，演唱者张秋萍（刘派）

旧小说中写江湖团伙内部诛杀的故事不少，但鲜有戏曲、演唱的舞台艺术，从道德层面来展现戏剧性的矛盾。"火并王伦"是《水浒》中精彩片段之一，作者开掘名著，独具只眼，写成京韵大鼓唱词，把林冲嫉恶如仇不甘受制，与王伦骄横虚伪嫉贤妒能的性格冲突，定格为挑战腐朽的封建伦理，宣示梁山式的"公平正义"。

5. 京韵大鼓《新哭祖庙》王允平作，演唱者赵学义（白派）

京韵大鼓传统曲目《哭祖庙》，原载《京韵大鼓唱词大全》，已经传唱多年。《新哭祖庙》（据录音整理者"云板丝弦"说，如不在标题中加个"新"字，容易和传统文本混淆）的作者，虽保留了原本的一些结构、唱词，但在主题和人物的处理上，有较多新的发挥，并在演唱之后获得肯定，故仍列为"新编"。为比较原本和新编的两种文本不同之处，现将传统曲目《哭祖庙》的文本附录于正文之后，便于读者体味不同功力，研究利钝得失。

6. 京韵大鼓《莺莺听琴》朱学颖作，演唱者刘春爱（骆派）

中国古来由琴生缘、听琴定情的故事很多，如伯牙子期由琴结交，蔡琰以琴明志，卓文君弦里传情，潘必正琴挑妙常，小琼莲听琴联姻，等等。（元）王实甫的《西厢记·听琴》，描摹琴声能融合环境与心灵，细腻入微，许多剧种曲种移植或引用。京韵大鼓"莺莺听琴"，继承原作华丽典雅风格，同时又做到契合演唱，通俗易懂，使不同层次的人，都能得到审美愉悦，提升情感境界。

改编历史题材，引领雅俗共赏，不仅需要善于结构修辞的高手，更需要对传统文化的敬畏和热爱。那种背离其历史文化价值，无底线的"突破""解读""通俗化"，都只能是寻求粗鄙趣味的调侃取乐，最终是毁坏。

7. 京韵大鼓《和氏璧》石世昌作，演唱者骆玉笙（骆派）

"和氏璧"的最早记载，见于《韩非子》《新序》等书，情节大致相同：文王命人剖开璞玉，见稀世之宝，遂命名为和氏璧。《史记》中还详细记载了蔺相如奉此璧使秦，完璧归赵的故事。在六朝以后的文献中，多认为秦始皇所用的御玺就是和氏璧。唐代诗文中关于和氏璧的记载更多。李白《古风》之三十六有"抱玉入楚国，见疑古所闻。良宝终见弃，徒劳三献君"的诗句。传播此类内涵丰厚的典故，是民间说唱与生俱来的使命。

8. 京韵大鼓《花木兰》贾德丰、赵其昌作，演唱者傅蔷、田永玲

取材于花木兰替父从军的曲种曲目很多，单是以"花木兰"命名的单弦牌子曲，就有几个不同版本。大都以代父从军的忠孝之举，巾帼隐于军旅征战为中心情节展开；而这里发表的《花木兰》却以战后返乡为切入点，着重抒发她甘愿奉献宝贵青春的女性感怀，取代了"安能辨我是雄雌"的趣味。在娱乐圈起劲炒作的"青春""自我"热潮中，"花木兰回家"的声音，是另类的价值表述，反映着新编的动因。

9. 单弦《山河泪》王允平作，演唱者刘秀梅

屈原的《离骚》以及《史记·屈原贾生列传》，都是中华文化的瑰宝，千百年来，人文领域中的尊崇、研究，解读、表现，始终不遗余力。屈原的理想、遭遇、痛苦、热情，他的闪耀着个性光辉的宏伟史诗，通过各个艺术形式，向着一代代华夏子孙传播。这里的单弦《山河泪》的改编独具特色，它把公元前300年记载的历史故事，把屈原敢于坚持真理、反抗黑暗的爱国精神，砥励不懈、特立独行的节操，化为通俗易解的曲牌唱词，让一般群众在艺术欣赏中，领略到传统文化的精神和历史风采。

10. 单弦《郅郓拒驾》杜放作，演唱者张伯扬

《郅郓拒驾》是古代的法治故事，取材于《后汉书·郅郓传》。其中的[鲜花调]由张伯扬及其弟张伯华共同设计唱腔和伴奏，将演唱发展为近似于昆曲的味道。

11. 单弦《杨震拒金》陈祖荫作

《后汉书·卷五十四·杨震列传》：杨震"性公廉，不受私谒"。公元108年（东汉永初二年）王密拜见他，他以"四知（天知、神知、你知、我知）"回绝馈赠，传为美谈。

12. 梅花大鼓《秋江》陈寿荪作，演唱者安颖，音乐设计花五宝

明代戏曲作家高濂所著《玉簪记》，讲述女尼陈妙常与书生潘必正的爱情故事，共分六折：《投庵》《琴挑》《问病》《偷诗》《催试》《秋江》。昆曲、京剧以及多个地方剧种，都有此剧目或它的折子戏。鼓曲中多有"琴挑""秋江"两个曲目。梅花大鼓的"琴挑"重在情爱交流的初始铺垫，"秋江"则以调侃渲染好事多磨，反衬离别之苦。

13. 梅花大鼓《龙女听琴》白凤岩作，演唱者新岚云、龙洁萍

元杂剧有《沙门岛张生煮海》，说的是秀才张羽与龙女相约为夫妇，因龙王作梗，张羽觅得宝物，将大海煮沸，制服龙王，得以遂愿。评剧、京剧剧目中都有《张羽煮海》，"听琴"是其中一折。

20世纪50年代，中央广播说唱团白凤岩等对梅花大鼓进行改革创新，在《龙女听琴》中创造性地采用了多种曲牌，受到赞誉，被称为新梅花调。北京曲艺团的弦师韩德福也对梅花大鼓着手进行了改革。他在老梅花

调北板、南板的曲调、板式、声腔基础上进行革新，保留了原有的板腔体风格，创出男女声对唱的不同声调混合方法，剧场效果强烈。天津的梅花大鼓改革不断出新，逐渐融合梅花大鼓几种流派的精华，80年代后在新编的《秋江》《拷红》《别紫鹃》《钗头凤》等曲目中，形成了引领潮流的新风格。

14. 西河大鼓《玉堂春》郝赫作，演唱者郝秀洁

京韵、乐亭、铁片大鼓等均有同名曲目，但西河大鼓《玉堂春》的剪裁完全不同，它突出关王庙内相会的"叙叙旧情"，而且把它铺排成苏三劝诫王公子的励志篇。这一改编曾被地方报刊评为"赋予传统故事以清新的风格，特色鲜明"。

15. 西河大鼓《穆桂英接印》艳桂荣改编、演唱

西河大鼓《杨家将》是脍炙人口的鼓书，在截取精华片断的基础上改编的《穆桂英接印》是成功的范例，其重要原因之一，是从京剧《穆桂英挂帅》《杨门女将》中，移植了主要情节和唱词。在传统曲目的改造和提升中，借鉴、吸收相关的艺术经典佳作，反映了艺术流变的一般规律，而对于改编者的文史视野、艺术修养，也提出了更高的要求。

16. 联珠快书《刺汤勤》陈祖荫作，演唱者赵燕侠

明末清初戏剧家李玉撰写的传奇《一捧雪》，一名《雪杯圆》《雪艳娘》，"审头""刺汤"为其中两折。京剧、汉剧、徽剧、河北梆子、湘剧等均有此剧目，各地说唱曲目也有多种改编版本。这里的联珠快书是根据同名的京韵大鼓传统唱词改编的，而京韵大鼓又是根据子弟书《雪艳刺汤》改编的。递嬗之迹，若隐若现，往往是此类题材广泛传播的共性。

17. 河南坠子《司马相如与卓文君》赵其昌作，演唱者马玉萍

司马相如是文学家，汉景帝时的侍从郎官，卓文君才貌双全，被后世誉为古代四大才女（另三人是蔡文姬、李清照、上官婉儿）之一。《史记·司马相如列传》有他二人的爱情故事，如文君夜奔；文君当垆等。

《西京杂记》（汉刘歆撰）卷三载："相如欲聘茂陵女子为妾，卓文君作《白头吟》以自绝，相如乃止。"《白头吟》中"闻君有两意，故来相决绝。……愿得一心人，白头不相离"的诗句，是诠释他们情感曲折的依

据，后又引出一首嵌入数字传诵久远的《怨郎诗》。考其文字风韵，虽多认为这是宋元以后附会而成，但公认其巧妙的数字表达，既吻合卓文君的复杂感情，又充满民俗意味的智慧。河南坠子的作者把这首诗编入唱词，继承了传统的文字趣味，而且顺势写出八个"悔不该"的爱情观，表现出内涵的新意和喜闻乐见的新文风。

屡战屡挫之后的感喟

我所思所做所提建议，能否合乎体制部门单位的指导思想、发展逻辑，并无把握。我没有宏大的期待、超常的奢望，为编印新风鼓曲小册子付出辛劳，我也视为应尽义务并乐在其中。我唯一的愿望是听到各种意见。我向一般票友赠书不附什么文字，但对业内的、在岗的、有些名气的同志，大多是以"北票联"或我个人的名义，附了多种征求意见的短信：

"北票联"成立至今已经十年，在新的形势下，如何为民间鼓曲贡献力量，需要您给予帮助指点。请告诉我们：您希望它做什么，怎样做……

今年以来，编印的《新风鼓曲选集》送给您和有关负责同志作为工作的参考，用这样的办法来实现引领，促进创新，是否合适，还需要怎样改进，期待批评指导……

在新的形势下，民间业余力量如何配合专业队伍，为鼓曲事业贡献力量，虽然只是一个狭小领域的问题，也离不开理论评论在根本问题上的指导……

"新风鼓曲"的屡败屡战，不断折腾，却从来未闻文化体制内有何反应，这也不奇怪，现今的曲艺文化管理和评价体系，完全由行政主导，"三严三实"还在漫长的落实过程中。一个民间艺术群体的单个散打，如果不纳入行政设置的规划纲要，又没有与体制的考核指标、相关利益的联系，难免成为视野外的异数。"新风"难振，遇冷萎缩的原因很多，都与文化改革关联。如果体制领导部门的工作重点，从自办文化切实转变到管文化、治理文化，让民间创造与文化效益在机制上实现统一，而不再整天忙于圈子里的那些项目，以及其中的邀功出彩，这类难题或可顺理成章地得到解决。

此外，在相关的领导层，对于曲艺中说与唱两部分的平衡协调发展，是否给予了足够的重视？从北方鼓曲的角度看，似未尽积极妥善。但这里的水太深，我不能涉足了。

四本《新风鼓曲选集》

三 "作嫁"公益的期望

——《蕉雪堂曲文集》正式出版的余波

《蕉雪堂曲文集》的正式出版，是在中国曲协的支持下，由民间提出建议并承担具体操作的一项民族曲艺保护工程。中国曲协接受了民间的建议，经研究将其作为自己的出版项目拨付经费，在出版事务中协调与民间承办者的关系，给予了具有决定意义的支持。

民间人士在编辑出版此书的各个环节中，所付出的专业性和事务性劳作，是不可缺位的宝贵的公益奉献，这在该书的"出版缘起""后记"，以及报刊发表的出版消息中都有佐证。

以上本是昨天的事实，但是，事实有可能很快被虚化、湮没，为了"证明你妈是你妈"，彰显公平，也为了质疑效益的踏空，我甘冒"邀功"之讥，提供如下的记录。

《蕉雪堂曲文集》正式出版的背景

溥叔明（1906—1961），清恭亲王奕䜣之孙。他编写的八角鼓曲词，承袭传统的典雅，吸收民间语言，是满族汉化在说唱艺术方面的标本，被京津曲艺界奉为经典，但作者生前并未结集出版。"文革"后，其子婿吴光辉致力收集，历尽艰难，将散见于各处的曲词编为《蕉雪堂曲文集》，2006年自费印出200册，全部分赠友人，以致后来者一卷难求，徒叹向隅。

2009年吴光辉先生逝世。2012年，根据许多鼓曲朋友的意见和建议，我和陈祖荫、张卫东先生等酝酿正式出版《蕉雪堂曲文集》，因我与吴光辉曾是中学同学，又在同一票房活动结为曲友，离休有暇；而我也乐于在朋友的认同下，以"北京曲艺票友联谊会原负责人"的身份主其事。2013年1月，中国曲协批复同意拨给经费支持出版，各项工作开始启动，截至2014年年初成书，凡有关出版此书的奔走呼吁、联络组织、确认版权、收集和编校文稿等工作，基本都由我一人义务承担。但我只是鼓曲艺术的业余爱好者，为人作嫁，为业界办事，还需要认同和支持，因此在呼吁正式出版《蕉雪堂曲文集》的文电中，邀请了北方鼓曲艺委会（简称"北曲委"）一些专业名家和北京一些资深望重的票友，作为共同发起人。

2004 年与《蕉雪堂曲文集》整理者吴光辉（中）

为《蕉雪堂曲文集》正式出版所经办的大事

（一）酝酿期（2012.1—2012.5）

（1）向作者家人发函，征询是否同意正式出版的意见，得到肯定的答复。

（2）将曲本资料送某出版社探询出版条件。答复：需缴纳 3 万~3.5 万元。

（3）向北京曲协发函，征询有无帮助出版的可能，无果。

（4）向境外发函并附资料，征询有无愿接手出版的单位，回复均表示力不从心。

（5）拟出吁请中国曲协领导支持出版，解决经费问题的信函初稿，发给鼓曲界知名人士赵玉明、赵其昌、崔琦、种玉杰、马增蕙、张蕴华、张卫东、李爱冬、邵其炳、陈祖荫等人征求意见，均同意由"北曲委"名誉主任赵玉明领衔，大家联合签署，具体事务由我承办。此函于 7 月送交曲协董书记、刁秘书长。10 月，将吴光辉自编的《蕉雪堂曲文集》转送曲协研究部。

（二）启动期（2012.6—2013.6）

（1）2013 年 1 月 22 日中国曲协研究部刘某电告：协会领导已同意支持出版，有关事务由研究部操作；要求提供原作者、编者（或其后人）就版权问题的书面表态；编辑计划；新的书稿电子版。并告知，此书由中国文联出版社出版，不支付稿费编辑费，但可赠给部分"样书"。

（2）3 月经与张卫东、陈祖荫研究确定：新书稿署名仍为吴光辉一人；框架层次调整；增加必要内容、选收有关文字作为附录。此后张卫东提供了作者家族情况，陈祖荫提供了部分原书电子版。我承担了"出版缘起"的拟稿、增加的 20 篇古文赋原文查选校对、附录文章的编校，以及全书统稿，整合电子版等事务。

（3）2013 年 5 月我向曲协报送了新编的《蕉雪堂曲文集》书稿电子版，对编辑原则、比照校勘、有关规范、补入文字等做了说明，并声明个人对书稿的编校质量负全部责任。5 月 29 日曲协告知：书稿已移交给文联出版社。

（三）落实期（2013.6—2013.12）

（1）7 月 5 日，文联出版社王某来电告知：已经接受责任编辑任务。此后，我多次前往交换意见，敲定版式和封面、编著者简历、若干用字的核查、统一曲牌的排版格式等一系列编辑事务。11 月上旬，我校阅了三校稿；25 日我看了全书纸质清样，签字付印。

（2）为宣传《蕉雪堂曲文集》的出版，我撰写了《从楚辞到牌子曲》的评论文章，11 月 13 日在《中华读书报》发表；12 月在《八角鼓讯》《中国文化报》《曲艺》报道了出版消息，组织"北票联"举办了"溥叔明作品专题演唱会"；向"北曲委"和"北票联"分发了曲协赠予的各100册样书。

（3）鉴于中国曲协签订的《蕉雪堂曲文集》出版合同中没有发行计划，成书将全部由中国曲协处理，鉴于此，我在7月18日、8月27日，两次以赵玉明等发起人名义，向曲协、出版社提出重新考虑、积极安排该书对外发行的建议，但曲协无回应，出版社仅同意将此书纳入邮购范围。此书仅印600册，邮购有限，曲协除赠书外，留存也不会太多。但某书商直接从出版社以打折价购入100本，请作者家人加盖作者图章后，作为藏品提价出售，获利甚丰，后个别票友也仿此法获利，据我所知，应有的正常供应反而默默无闻。大型图书网站京东、亚马逊以及新浪、搜狐、腾讯、凤凰网站上，常年挂着《蕉雪堂曲文集》的书影广告，但无货；北京的实体书店都说没有见过。再点孔夫子旧书网，有14家经营此书，均十品，价在105～500元，均价230元，为原定价50元的3.5倍，对这样的社会效益，作嫁方的寒心且搁置不论，但不知曲协、出版商怎样向消费者解释？

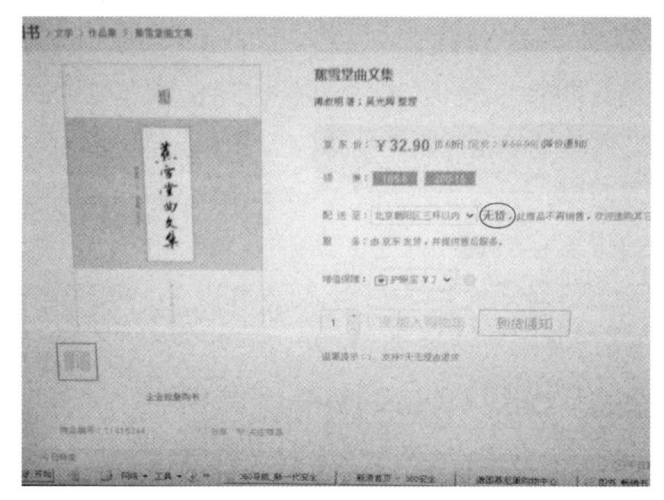

网上的《蕉雪堂曲文集》广告："无货"

"作嫁""公益""期望"的解读

我为《蕉雪堂曲文集》正式出版的付出，不是间歇的、参与性的、消闲的活动，而是全程的、全面的、全责的义务劳作，办事过程中一切支付自理，没有向曲协报销过任何费用。我宁可把自己的年龄、健康情况放在其次，自愿地承担此事，是一种基于"为人作嫁"的担当。"为人"，并不是为这本书的编著者及其后人，他们没有提出要求；也不全是为了专业和业余人员的演唱，他们当中许多人已拥有一定的资料。为谁呢？主要为渴望传统通俗作品的大众，为需要普及说唱艺术的青年，为优秀文化的研究、保护和发展。以个人的能力承担这个重大任务，其实是不对称的；有能力、有条件、有责任的，首先应该是曲艺家协会，但是在协会一时无力顾及的情况下，作为一项文化公益，我把它看作应尽的义务。不自菲薄的我，和其他民间人士一起，在协会的支持下，做了这件嫁衣，并通过报纸杂志把它披在以经济支持起决定作用的协会身上，初衷变成现实，我们都很高兴。

协会"笑纳"了这件嫁衣之后，在年度工作总结中说，这个成果是自己"编辑"❶的，这个表述是否湮没了"嫁衣"的策划和劳作，是否符合协会的章程精神，涉及一个"国字号"体制单位的群众观念、群众路线问题，理应从自省着手研究解决，个人无从介入；但也不是小题大做。单就总结《蕉雪堂曲文集》正式出版的意义，肯定和扩大这种体制支持、民间出力的效应，我期望着中国曲协在公开的文书中，把《蕉雪堂曲文集》（以及其他类似书籍）的"编辑出版"，作出必要的说明；以依靠群众，办好曲艺保护工程的实例，鼓励民间力量，加强与体制机构的合作，共同致力于曲艺事业的建设，促进曲艺艺术的改革与发展。❷ 此外，我希望此书能加印后正常发行，但不知这建议应该向谁提。

---

❶ 中国曲协2013年度工作总结中，谈到曲艺评论教育宣传方面的成果时这样列举："……继续实施名家风采工程和民族曲艺保护工程，编辑出版《弦内弦外——吴宗锡评弹艺文选》《薛宝琨曲艺文选》《蕉雪堂曲文集》《黄枫山东快书集》《中国历代说唱作品选》等曲艺书籍"。
——摘自2014年2月27日，中国曲协分党组书记、驻会副主席、秘书长董耀鹏在全国曲协工作会议上的报告

❷ ……而文化如果不去关注和强调平凡者们应处于第一位置的社会地位——尽管他们看上去很弱，似乎已不值得文化分心费神，那么，这样的文化，也就只剩下最后一件事可做了：忙不迭地、不遗余力地去为"不平凡"起来的人们大唱赞歌，并且在"较高级"的利益方面与他们紧紧联系在一起，而对他们之中某些人"不平凡"之可疑视而不见。这乃是中国包括传媒在内的文化界、思想界的一种势利眼病……
——摘自思客2014年8月15日《为什么我们对平凡的人生深怀恐惧?》（梁晓声）

四 传播优秀传统作品的几个问题

——与《曲艺》杂志"四时赋"专栏商榷

2008年6月，八角鼓岔曲与单弦一起，被列为国家级非物质文化遗产，此后，岔曲艺术的特色及其发展，逐步引起各有关方面的关注。2014年，《曲艺》杂志在与改革、改制、改版同步的"第三次创业"中，强调"注重曲艺作品赏析"，措施之一是开辟了选登八角鼓岔曲的专栏。这不禁令人想到历史上有过的先例：1939—1945年，京派作家金受申曾在北京的《立言画刊》上，陆续开辟"岔曲萃存""岔曲笺注"专栏，刊登岔曲精品17次共38首，并就其人文、艺术的内涵，做了一些评注介绍，弥足珍贵。如今《曲艺》在前人不可比拟的历史条件下，以"专栏"传播"非遗"佳作，回应了新的群众需求。

《曲艺》的这个专栏题名"四时赋"，专栏置于卷首，占一个页面，并有美编设计，彩色题图，自2014年第4期起至2015年第1期止，陆续刊发了10首岔曲。

这个已经办了十个月的专栏，在一些成败攸关的环节上，看来还存在一些值得商榷的问题。

岔曲笺注（《立言画刊》1943年第253期）

民间艺术范畴的界定

第8期刊载的"新秋"出于《升平署岔曲》，该书于1935年由故宫博物院文献馆印行，1984年由上海古籍出版社重印。《升平署岔曲》共100首，是晚清宫廷中词臣的作品集，其旨趣文风历来都被认为与流行于民间的岔曲不同，文献馆的引言说："本编所录……为慈禧时钞本，演唱时供御览者"；齐如山撰序言说："（岔曲）迨后流传禁中，又多制颂圣之曲，逢迎人主之意，体制日趋于雅"。上海版本的前言（林虞生撰）说："（升平署岔曲）为当日承应妃嫔们聆听演奏时用的钞本"，"歌词都较工整典丽"，"但它的致命弱点是脱离人民生活实际"，"民间流行的岔曲……与宫廷中流传的岔曲不仅体制不同，内容也迥异"。《升平署岔曲》面世后，对岔曲在民间的发展几乎没有什么影响，其中一些典雅的唱词，虽也被民间的岔曲藏家喜爱和抄录，但除了一首"渔家乐"（又称"碧亮亮中秋月"）因其明显的民歌风，被广泛传唱流传外，其他99首无论在新中国成立前后，都没有任何社会演唱的信息记录。据资深前辈说，词臣们以诗文笔墨为能，但对于岔曲的词格并不熟悉，所写的岔曲往往不上口，难入腔，在当时就几乎没有人唱，不过是拿给后宫闲看而已。《曲艺》的读者是否需要这类"宫体"作品，专栏应该了解、研究。

注意意识形态的属性

传播俗曲应该注意崇尚的指向，分清精华与糟粕。在第7期，编者从众多吟咏炎夏的岔曲中，偏偏选了源自《另有一种情·下册》（首图藏清钞本）的一首"三伏"："高明杰士无荣辱，心常泰，志不俗，摇翎打扇有家奴。……水阁凉亭随时乐，纱罗绢葛看衣服，任它阳光如烈火，一片冰心在玉壶。"把这种对旧时富贵人家的称颂，作为一种文化精神，推荐给今天的读者，这是衡文的眼光问题，还是底线的错位，应该厘清。

关于文字错讹

传统鼓曲，特别是长期在口头流传的岔曲，往往存在多个版本多种异文。推荐这类曲目，除依据善本（包括其复抄本、排印本）外，还需尽参照校勘之功，对一些依违两可的异文，商讨宽容，择善而从，反对主观武断，不留余地。例如第 6 期发表的"夏"，曲词异文就有绿荫荫与绿茵茵之别，到晚来与向晚来之别，见仁见智，难分高下，可以并存。但对于异文中关乎文旨语义、曲体词格者，必须溯本清源，指谬匡正，而且绝不可自以为是地篡改原文。本着这一原则，现对专栏发表的岔曲试作校勘如下：

第 4 期"春雨"，此曲原题"密密如丝"或"赞雨不露"，《中国曲艺志·北京卷》存目。早期钞本有北大图书馆藏车王府曲本；中国艺研院藏岔曲六十九种、北京曲集五集 180 别垫堂本、337 百本张本等。当代钞本也有多种。今以最接近的车王府曲本对照，发现明显的错误：颤微微千红万紫垂粉饰应为垂粉颈（"垂粉颈"与下句"抱花须"相对）。欲理新妆色更奇应为郁李新妆色更奇（"郁李"是一种果木的名字，又称唐棣，与上句的"香妃"相对，都是名词）；明显的缺文是："鱼戏青萍动"缺下句"人歌大有诗"；"娇莺不敢啼"缺上句"桃枝溢血汗"。

第 5 期"立夏"，以《蕉雪堂曲文集》对照，阶前闹看游丝漾应为阶前闲看游丝漾。

第 6 期"夏"以各种版本对照，（过门）应为（过板）。

第 8 期"新秋"以《升平署岔曲》对照，秋来小院句，应为秋来院宇；寒云莲房坠粉红句漏掉五个字，应为寒云终不雨，露冷莲房坠粉红；巧笔难画成句，应为有笔难画成；莫管西风摇落叶句，应为莫管西风摇落事。

第 9 期"秋夜"以《蕉雪堂曲文集》对照，倚窗闻落叶句，应为绮窗闻落叶（绮窗与下句的金井相对）。

第 10 期"秋"原题"新霜初降"，见于首图所存吴晓铃藏 1008 岔曲

第八册，为聚卷堂抄本。此曲是一套小唱的第三首，与另外的"春风浩荡""莲花初放""雪花如手"构成四季情致，其特色之一，就是这四首的句式完全一致，当是作者刻意追求所致。据此发现，猛抬头三字是衍文，应删。

第11期"冬"以《蕉雪堂曲文集》对照，霭柴扉句，应为霭霜扉；深苍人踪少句，应为深巷人踪少；茶鼎香炉淡然相对句，应为茶鼎香炉澹然相对（淡不是澹的简化字）；知足童儿沽酒回句应为知是童儿沽酒回。

第12期"赞雪"原题"琼瑶满盖"，以《中国俗曲总目稿》（1932年）第657页及其他一些钞本对照，琼瑶满盖，野店春分句，无解。应为琼瑶满盖，不辨野店村台。据推测，此误差系早年录写者漏掉不辨二字，又将村听作春，把台字写得潦草，被后人误认为分字；满目梨花句，应为满目梨花绕；在朵朵开。飘飘去，荡荡来句之前，漏掉片片舞三字；严霜阵阵哀句，应为严风阵阵摔；玉树带银裁句，应为玉树带银栽。

2015年第1期专栏发表的岔曲以"踏雪寻梅"为题，不妥。因在众多钞本中，以此题来概括的是另外四首岔曲，即：地冻天寒、前村访夷狄、冰柱挂茅檐、柳絮洒长空。专栏所发表的岔曲，实际是"雪景四联"的第三首，原题为"短短竹篱"。其中的玉砌云迷句，应为玉砌银迷。

上述差错率较高，其实有些错讹，若仔细看看或认真朗读一遍，都可能发现问题。

关于系列曲目的源头和全貌

"雪景四联"或称"雪景连环"，包括四首岔曲，以老翁雪天出行，骑驴访友，饮酒着棋，折梅而返等情节贯穿，结构精巧，富于诗情画意，虽是文人雅士题材，但表达描述贴近生活，文学趣味浓厚而又通俗自然。四首皆以首句为题。第一首首句为"朔风吹柳絮"，其末句与第二首首句相同，为"备上我的驴"；依次类推，第三首为"短短竹篱"，第四首为"着一局棋"。因它首尾相接"顶针续麻"的写法，寓民歌风于雅调，受到群众的喜爱，故"四联""连环"的说法早已形成，如光绪二十七年的钞本《岔曲选录》（首图藏）载："朔风吹柳絮连环四首"；清钞本"岔曲八十六支"（中国艺研院藏）中则依次标出"朔风吹柳絮"等四首岔曲题目。作为国家典籍的《中国曲艺音乐集成》的北京卷和天津卷中，分别在"传统曲目一览表"中，都列出题为"雪景连环"的这一组岔曲，说明它作为一个作品的整体，已经得到历史认定。20世纪40年代，八角鼓名家荣剑尘为它创腔加工，自称"很费些功夫，很费精神"。特别是第一首，单唱时又称"赞雪"，风靡京城，传唱久远。改革开放以来，作为荣派的代表性曲目，前些年出版的盒带、CD盘中都有收录。现在，北京虽还有人在模仿荣派学唱，但能一气唱完四首的人，几乎没有了。

岔曲衰落，"雪景四联"已经少有人知。但专栏所据的底本❶中已经提供了这四首，以一个页面容纳全部，正是力推精品的一次理想表达。然而遗憾，专栏只摘发了第三首，又无相应的说明，对经典佳作，这样以任意片断取代整体，不利于岔曲的传承与保护。

关于作品的署名

许多岔曲没有作者可考，但并非全部。如《曲艺》杂志第3期发表的书讯："在中国曲协大力支持下，溥叔明著《蕉雪堂曲文集》出版"，向社会推荐优秀的岔曲作品集，这是杂志主办单位弘扬传统文化的义举。专栏编者用这本书来校勘溥叔明、溥心畲的佳作，应是不二之选。意外的是，后来的几期发表溥作，仍坚持只用有缺陷的底本，不仅错字不断，而且第9期"秋"的作者溥心畲，以及第11期"冬"的作者溥叔明，署名都付阙如。但在5期的"立夏"，却注明"溥叔明改明人张大烈词《阮郎归》"；既选用改作，又不依通例附录只有47个字的张大烈原作，也未尽完美。总之，刊发传统作品虽一般不涉及著作权益，也应重视作品署名；处理可考的作者名字和原文，力求慎重和严谨，不仅关乎敬畏先

---

❶ 专栏选曲的底本为：张蕴华、罗君生收集整理《传统岔曲500首》，见《曲艺》杂志"四时赋"各期专栏注。但据所见实物，此书名为《单弦岔曲500首文集》，中国文史出版社出版2007年。

贤，维护主办单位的诚信，更是从事传播优秀传统文化者的基本修养和操守。

此外，就有关坚持学术精神，注意编校的严谨等问题，我曾建议：刊发传统岔曲应按通例注明作品的形式体裁（八角鼓岔曲）；曲目前标示辙口多见于艺人串习本，无特殊需要，专业杂志似不必把"一七辙""江阳辙"以同等的大字印在曲目标题上；专栏所依据的底本名称有误，等等。据我所知，底本（"传统岔曲500首"）的编者罗君生同志，也曾为"四时赋"出现错字给编辑打过招呼，希望他们谨慎从事，不要再出错。

以上个案看多属瑕疵，连续10期则关乎传播传统文化的认识和责任。10个月中除去操盘手的简单化、"文抄公"式的失误，是否存在指导层面的失算失职，值得总结。杂志新一期的卷首语，提出"科学弘扬优秀传统文化"的命题，很有前瞻性和针对性，但也正如习总书记经常强调的，政策方针，重在落实，要落实到基层一线，落实到主体责任。

"第三次创业"的《曲艺》，作为唯一在全国发行的专业杂志，在持续的群众路线的教育和实践中，认真修炼内功，团结各方力量，就一定能挑起科学传承传统艺术的重担，持续地取得扎实的社会效益。

(2015年1月27日改定)

参考文献：

[1] 伊增埙，编著. 古调今谭——北京八角鼓岔曲研究评注 [M]. 北京：学苑出版社，（增订版）2011.

[2] 金启平，章学楷，编著. 北京旗人艺术——岔曲 [M]. 北京：北京师范大学出版社，2007.

附 给《曲艺》编辑部的信

2014年5月，我看了《曲艺》当年第4、5期上新辟的"四时赋"专栏，发现一些问题，于是给编辑部写了一封信，提醒他们要敬畏文化传统，不料此后的几乎每一期，仍在继续同类的失误。到2015年1月，我实在憋不住了，写了这篇与专栏"商榷"的文章，送《八角鼓讯》发表。就在这时，我看到了《曲艺》2015年第2期，这一期的专栏，明显地改正了过去的缺点，而且后来越办越好，令人高兴。鉴于"商榷"一文所提出的问题，源于我早先给编辑部的那封信，现将它节录如下，供研究者参考。

Z、D、S同志：

《曲艺》改版后的第四、第五期都看到了，果然气象一新，想来有许多同志为此付出了辛苦，勤耕耘必有好收获，人们期待着。

我的赞歌暂不放声，因为更迫切的，是讨论稿件的编发。编辑部老人多调走了，我同你们几位都是初识，还不熟悉，但研究问题要紧，我也就直言不讳了。

四、五两期的开篇都是"四时赋"，已发的是"春雨""立夏"，看来这是年度计划，随后还会有秋、冬，估计你们已经备好了稿子，选登传统鼓曲佳作，有现成饭吃，似可事半功倍。但事实证明不那么简单，说一点看法，与你们交换意见。

任何曲艺作品的发表，都会注明是什么体裁、形式，"春雨""立夏"两篇却没有按照通例或规范，在肩题上注明"传统岔曲"或"八角鼓岔曲"。不错，文末有一行小字："选自张蕴华、罗君生收集整理《传统岔曲五百首》"，这本书如果没有另行出版，它的书名应是《单弦岔曲五百首文集》，为何删去"单弦"增加"传统"？

张、罗二位都是我的朋友，2009年春，罗君生把这本书送给了我，并且抱歉地说，这书出得太匆忙，有很多错误没有来得及校正，有些编法也不一定妥当。我打开书一看，果然，他在许多地方用黑色圆珠笔做了勘误，张、罗二位的热心、用功，应该肯定，这书在2007年出版，也自有它的积极意义和价值。

"春雨"是岔曲中不算罕见的一首，可以就几种公开出版的岔曲集比较优劣，或者就某一版本进行严格地勘察。现在的情况是，短短一首岔曲中，出现了乱拆对仗、以错代正的现象。……有些佳句被阉割了，失去了与读者谋面的机会，太可惜了，文意也因而变得不通不顺。推荐传统岔曲的优秀曲目,学术精神和工作的严肃性都是不可少的。

"立夏"是溥叔明作品,他的《蕉雪堂曲文集》,去年底在中国曲协支持下由文联出版社出版,你们杂志还发了消息,却不知为何不找来核对?……一本全国性的专业杂志,援引一本编校质量有欠缺的资料书,竟无论对错,照单全收,令人遗憾。

以上所说,好像都是小事,多数读者也未必都看得出来,也不需要再占版面去勘误更正。但综合起来,多属于不该发生的或曰反常的差错。改版是弃旧图新的契机,此时此地的你们,被要求守土有责、负责、尽责,我的理解是:要对过去的工作有新的认识和态度,对今后的事业有新的精神和担当,否则就不能开拓前进。对于文化传统,扛鼎经典,不论它是否与现实的利益相联系,我们都应该敬畏;……我的批评不是对名家的求全责备,也不是对编辑的吹毛求疵,而是想鼓吹一种认真、执着的作风。

秋、冬的备稿,希望不再重复"春雨""立夏"的瑕疵。

初次打交道,唐突了,请原谅。

(2014年5月11日)

五　前事不忘　后事之师

——群众文化权益求索纪实

成语"前世不忘　后事之师"无须解释；现在要说的是，如果忘记"前事"再次犯错误，那可就不仅要纠错，而且要探讨原因，是否原来就没有认识错误，甚至为那个错误自鸣得意？群众的文化权益与政府的责任、公信攸关，不能只是问责前台窗口，也应问问后台的领导和监督者，以及为平衡利益混淆是非的关系者，他们有无失察、失误乃至纵容、渎职之过？

岔曲、票房不是治国理政大项目，但它关乎北京文化部门的公平诚信，市民群众的文化权益。七年之前的2006年3月7日，××日报第12版刊登的报道"文化馆重现岔曲票房"（以下简称"重现"），不顾事实，断言京城岔曲票房已经消亡，只是在文化馆的"一手操持"下，2004年票房才得以"重现"；因弄虚作假，引起票友们议论纷纷。我集中了大家的意见，给××区区委宣传部的负责同志写了一封信，几天后管新闻的人，连同报社编辑、报道作者，一行三人来访，说是"欢迎提出意见"，倾听了对报道的反映，但后来的处理，却陷入拖延、淡化、踢皮球。2009年，我把这封信标题为"《重现岔曲票房》一文的评议"，编入拙著《余音袅袅》曲艺评论杂文集中，那时以为，这些文字已完成使命，立此存照，可以画个句号了结。现在看来，实在是低估了痼疾再发的危险。

果然，在2013年，全国发行的某杂志第7、8两期，连载了一篇"岔曲在京城票房中的发展"（以下简称"发展"），此文延续了"重现"中欺世盗名的错误。

"重现"的作者当时二十来岁，刚刚调到新闻岗位，为"本报通讯员"，他在时间紧迫、题材陌生的情况下，奉命对文化馆进行专题采访，写出的报道稿经过例行的编审，由市委机关报刊登。报道中的失误，似不应由他负主要责任。"发展"的作者不同，在文章中自称是"出身曲艺世家"，是"从事曲艺三十多年"的"文化馆曲艺干部"，"近十几年担任'曲艺之家'的组织管理"，又担任×城区曲协秘书长，"参与实施了挽救及保护工作"。他站在群众文化体制的制高点上，夸大××区文化馆的政绩，说原有的票房都"陆续地停办了"，文化馆的"曲艺之家"是成立最早、"坚持最好的"票房；岔曲列入"非遗"，是源于文化馆收集整理材料，写出了保护岔曲的论证报告，文化馆经过三年努力，出版了"极具价值"的"岔曲集"。

话语权的优势不在我这一边，但我可以澄清事实，供大家研究，其终极意义，也不在于纠结京城票房的长短、功过；我的愿望是，为相关群众文化部门整治"四风"，提供参考，"正衣冠、照镜子、洗洗澡、治治病"，辨明真相，总结教训，真正做到"前事不忘　后事之师"。

关于"重现"一文的批评已过去多年，而新的"发展"一文，再度涉及群众文化领域的是非、真伪，为理清事件背景和发展脉络，现将两文联系起来，披露一些直接和间接的材料。

"重现"的又一次造假

"重现"一文说：因票房"一度销声匿迹"，"文化馆决定恢复绝迹多年的岔曲票房"。北京演唱岔曲的票房，曾在"文革"结束之后陆续恢复，并非"绝迹多年"，虽然兴办票房诸多不易，但票友们克服困难的热情很高，演唱过排也很活跃，仅就1997年10月到2004年12月的8年间统计，北京至少有14家票房在26个地点开展过排和演出活动（具体的票房名称、活动地点有《八角鼓讯》创刊号至第29期的"数唱"栏目可查，此处从略）。这种规模的"重现"，是曲艺文化经历浩劫后，依自身规律的复兴，把它归功于区文化馆，是无稽之谈。如今"发展"一文又把文化馆重现（开办）"曲艺之家"时间从2004年提前到1996年，公众反映：这谎越扯越离奇了。

"一直坚持"的水分

"发展"说:"文化馆的'曲艺之家'从1996年9月成立以来……一直坚持至今"。同样的说法,还见于作者的另一篇文章《京城岔曲——盛世遗音如何传续》(刊2013年4月19日中国××报),可见这个起始时间,是作者的一个心结,绝非笔误。

但事实是,在1995—2000年,文化馆内的票房是另一家"京都曲协",票房的主持人娜欣是"京都曲协秘书长",同时也是文化馆工作人员。她在文化馆内办的这个票房,红火一时,《八角鼓讯》第4、5、6期有连续报道。2000年3月出刊的《八角鼓讯》第10期载文,题目是"×城文化馆停止曲艺活动曲终人散无可奈何"署名娜欣。文章说:"×城区京都曲协票房在开办五年以后,于2000年春节后正式宣布解散。京都曲协票房创建于1995年,每星期活动一次,直到解散共开展了232期,前来参加活动的人数约二万人次。"关于票房的业绩,娜欣文章总结道:

> 五年来票房开展了一系列旨在振兴曲艺的各类活动,如:"京津两地曲艺票友交流演出"、"马静宜、刘慧琴鼓曲专场演唱会"、"李树盛白派京韵大鼓专场"、"北京中青年鼓曲演唱会"、"票房百期纪念演出"、"马慕荣、魏俊英曲艺演唱会"和"京都曲协鼓曲精品演唱会"等等。票房又举行了各类辅导、讲座及研讨活动,吸引了东西南北城参加活动的群众络绎不绝。可以说,京都曲协票房作为北京首家公办曲艺票房,为弘扬民族文化,繁荣发展北京的曲艺艺术起到了积极的推动作用。北京的各大新闻媒介如"中央电视台文艺台"、"北京新闻"、"北京您早"、"北京晚间新闻"及北京电视台"什刹海"栏目等等纷纷前来采访报道。北京晚报、北京晨报、北京日报、中国文化报和中国演员报等也多次报道票房的活动情况及刊登评论文章,如:"这儿有座火爆的票房"、"曲艺有望振兴"、"别开生面的演唱会"、"业余

演员专业水平，京津交流文明花"和"西城曲艺前途光明"等等。

"京都曲协"票房自1999年3月起，由于文化馆下达经济指标，不得不向票友收费，2000年年初终因不能完成上交任务而停办。"京都曲协"票房的贡献，在20世纪末的京城曲艺票界有口皆碑，值得纪念，也不容篡改或抹杀。它不是什么曲艺队，不是"曲艺之家"的前身。"发展"的作者在该馆工作多年，更没有任何理由忘怀或记错。

文化馆"曲艺之家"成立的时间，是在"京都曲协"票房停办约五年之后，即2004年11月18日，当天市曲协、区文联、区曲协的负责同志，以及一些知名人士到场，所有祝词、讲话、报道文章，都没有说这个"曲艺之家"是"京都曲协"的延续或改称。那天仪式的主持人，就是"发展"的作者自己。如果辩解说，文化馆从1996年起就有票房嘛，是的，但作为负责的文章，应据实说明，那个票房是"京都曲协"，它之后有5年的空白，到2004才有"曲艺之家"。可惜，作者为抬高"曲艺之家"的历史地位，竟悍然把2004说成1996，用"一直坚持"来否定"京都曲协"的存在，用心太深，徒令自己诚信扫地，单位蒙羞。

关于民间票房，让我们仔细阅读"发展"的行文：在"岔曲在京城票房中的发展"这个总题之下，第一章讲岔曲起源，第二章讲解放后的票房，分两节：1. 集贤承韵票房；2. 京城的其他曲艺票房。这一章专论票房，但除了与文化馆"发迹"有关的"集贤承韵"，论述"其他曲艺票房"时，民间票房都化为官办票房的陪衬，全篇只200个字，援引如下：

> 据本人了解，20世纪90年代，有一些民间组织的票房，以自娱自乐为目的，如"团结大院"、"霓裳续咏"、"北京曲艺票友联谊会"等，只有由天桥办事处主办的"天桥曲艺茶社"、西城区文化馆主办的"曲艺之家"是政府开办的，这些票房演唱的曲种除岔曲、单弦牌子曲、联珠快书外，京韵大鼓、梅花大鼓、西河大鼓等其他鼓曲唱曲也占有很大比重，真正意义上的以演唱八角鼓类曲种为主的八角鼓票房已不存在。

这段文字只讲 20 世纪 90 年代，与"解放后"的题意不合；所举五个票房，除"霓裳续咏"外，另四个都成立于 21 世纪，与上世纪 90 年代无关；所谓一些民间票房"以自娱自乐为目的"，"真正意义的八角鼓票房已不存在"，也不够实事求是。

"京城岔曲的发展"是个史料性学术性的题目，改革开放以来，至少有十多家民间票房，克服场地资金的困难，为鼓曲界的艺人、票友、爱好者，以及退休的专业演员，搭建了弘扬鼓曲文化的平台，他们付出的努力，取得的成果，应该是研究论述的主要对象，而"发展"一文对这些情况不着一字，失去了作者所代表的体制单位应有的客观公平。作者两次著文，笔下的京城鼓曲文化主体，只是自己管理着的"官办"票房，对民间团体和活动则视而不见，似乎都一无足取、无可置论。这样的视角和胸怀，在传为笑谈之余，人们还发出"怎么没人管管"的疑问，和"来头不凡""人心不古"的叹息。

"非遗"工作的"提前量"

"发展"说："2002 年，由北京市××区政府部门决策，文化馆开始收集整理民间文化遗产方面的资料，并成立了非遗办公室。"

2005 年 3 月，国务院办公厅下发《关于加强我国非物质文化遗产保护工作的意见》；2005 年 12 月国务院颁布《关于加强文化遗产保护的通知》；2005 年北京市设立"非物质文化遗产保护工作办公室"，2006 年初北京市政府办公厅下发《关于加强本市非物质文化遗产保护工作的意见》，但××区政府部门的有关（非遗）决策、文化馆成立（非遗）办公室却出现在 2002 年，不仅走在国务院、市政府前面，甚至还早于 2003 年 10 月联合国教科文组织通过的《保护非物质文化遗产公约》，而非物质文化遗产概念的界定、非物质文化遗产所包括的范围，都是由这个公约提供的。这样貌似含糊其词，实则工于心计的"敢为天下先"，并非信口开河的笔误，而是夸口成习的"心误"。

"经三年努力"速成的岔曲集

《集贤承韵岔曲集》是怎样的一本书？

"重现"的说法是："2004年，文化馆得知了线索，找上门去，（钱亚东老人）把自己手写的集合了'集贤承韵'各位演员演唱精华的曲词抄本，24期岔曲专刊《八角古训》（应是《八角鼓讯》之误，专题报道中专题概念的错误，不可思议）和多年的演出录像录音资料全部拿了出来。经整理，一份内容详实的……论证报告呈现世间，还出版了一本《集贤承韵岔曲集》，列入××民间艺术丛书。"

"发展"把"开发"的时间又提前两年，说：2002年（作者本人）"带'非遗'工作人员到钱老家，开始进行挖掘整理。历经三年的共同努力，在政府相关部门的大力支持下，2005年12月8日出版了极具价值的《×城民间文化丛书》（应是"民间艺术丛书"，又一次不可思议），其中岔曲的一本……极具价值。"行文中间忽然含糊了，呼之欲出的那本书明明是《集贤承韵岔曲集》，为什么不说书名？——因为它的主编单位文化馆，已在这本书的侵权官司中败诉。但不提这本书又按捺不住，编好了"极具价值"的桂冠，不戴在头上不甘心。

"发展"的作者可能没有料到，关于这本书的谎言，因他的旧事重提，增光变成丢脸。

"集贤承韵"票房于1979年开办，此后的25年中，许多票友、文化名人、新闻媒体给予极大的关注，以各种形式热情赞扬，但从来没有得到地方行政部门文化事业单位（包括区、街道在内）的任何帮助扶持。钱老因年迈体弱，于2004年8月关闭了票房，许多人前往问候安慰，近在咫尺的文化馆却视若无睹。只是从2005年北京启动非遗工程，文化馆忽然认定"集贤承韵"有宣传价值，一反常态地派人"六次上门""收集"资料；向钱老许诺，要编一本宣传"集贤承韵"票房事迹的书。他们以先打借条，后给"补偿"的办法，换来钱老一包鼓曲文本资料，之后又派两位女同志到曾为"集贤承韵"票房担任置场（主持人）的张××家里，说我们正在给钱老编书,钱老已经把岔曲都捐献了,希望您也提供些资料;又说,钱老的票房是街道支持办起来的,您知道可以说说……这样赤裸裸地求人擦粉涂金,帮腔造假,理所当然遭到主人彻底拒绝:"您二位今后不要再来了"。这是当年夏天的事。

文化馆自己也证实:《集贤承韵岔曲集》的出版,从计划、实施到完成,都是在 2005 年一年内进行的,见该馆 2005 年 9 月 10 日印发的"岔曲项目申报材料"的第 11 页:

> 文化馆在 2005 年初也专门找到(集贤承韵)票房的主人钱亚东进行采访,收集、整理岔曲曲词和曲谱,目前正处于该票房岔曲集的出版校对期间。

第 15 页的"岔曲保护计划"写道:

> 1. 2005 年 1 月至 2006 年(应为 2005 年之误)12 月搜集整理北京地区岔曲的文字资料,并出版《岔曲集》。2. 2005 年 1 月至 9 月,完成对钱亚东的采访,撰写《岔曲论证报告》。

我自己的工作记录可作为旁证:2005 年 3 月 30 日,经市文化局介绍,我携带申报岔曲的建议书去文化馆,与主要领导交谈,并在建议书附件中推荐原"集贤承韵"票房钱亚东为岔曲传承人之一,顺便还送他一本拙著《古调今谭》岔曲集。7 月,馆领导告诉我,他们决定为"集贤承韵"票房编一本书,正在从钱老处收集资料。另一旁证是《集贤承韵岔曲集》版权页,上面标注的出版时间为:2005 年 12 月。可见,从收集材料到见书,前后只用半年多,实属速成。

"发展"为渲染编这本书的时间漫长,任务艰巨。造出"历经三年共同努力"的句子,但同"重现"一文对不上口径了:2003 年文化馆尚未"发现""集贤承韵"这个"线索",2004 年"集贤承韵"关门了;2005 年文化馆这才有了编书的计划和"六次上门""经整理"。所谓"三年共同努力",对照速成的事实,捉襟见肘,露出了破绽。

"被参考""被借鉴""被引用"

"发展"中提到的"极具价值"的"岔曲集",牵连着一场侵权官司,不应忽略。

2006年3月7日,由"重现"一文报道了"岔曲集"出版信息。3月13日、16日,4月26日我三次到文化馆询问该书情况,请求给我一本,先被告知"发完了",后说"领导不在","要请示主任"。经过耐心交涉,一位工作人员透露了我的书被"参考"的信息:"馆长要我们从'集贤承韵'拿来的资料中选,可是我们分不清哪些是岔曲,哪些是鼓词";"馆长说可以参考《古调今谭》","我们用了您书里的东西","说用,也就是参考,因为您的书是正式出版的,比那些资料要规范","大事馆长定,具体选哪一首也由馆长定,我们只做具体工作"。5月26日,我从涉事出版社找来这套《××民间艺术丛书》,对照"岔曲集",发现了严重的侵犯著作权益和编校质量问题。由于文化馆始终不给书,拒绝与我交换意见,7月,我决定向版权局投诉。

2006年7月31日,我将一份"对××文化馆编辑《集贤承韵岔曲集》中侵权行为的投诉"连同附件,送北京市版权局执法处。8月22日,经执法处电约,丛书主编李某某(当时文化馆的馆长)、丛书编委会主任常某某(当时的区非遗办主任,此机构属区文委,但办公在文化馆)到执法处与我会面。李某某不承认抄袭《古调今谭》,不承认侵权的故意,说,我们编四本书都是花了资料费的,岔曲这本给了钱老五千,派人到各图书馆印回一批原件,又花了一万多元,"你书里的岔曲我们都有",我说根据著作权法,已向执法处提供了部分岔曲可判为抄袭的书证,如否认抄袭,请提供你这部分岔曲的原始出处。李某某从此不再出面,推常某某代理,开始承认工作"疏忽",又说"那么多岔曲出处怎么查?我们没有人,你离休有时间,我们还要工作"。当执法工作人员讲解了有关法规,指出文化馆的不当,常某某改口,说是"'借鉴'没打招呼","确实不合适",强调"归根结底是个经济补偿问题"。在会外接触中,常某某一再劝我"拿钱走人","文化馆方面表示最多赔两千元,我从非遗经费里再拿一千元,一共三千元行不?执法处那边由我去说,你就不要管了";"领导现在很忙,为你这点事已经耽误了很多时间";"为这点事,你还能把他(馆长)拿下去?"但我坚持对方必须承认侵权,依法处理。(以上见2006年11月13日我给执法处胡海涛信)

此案相持长达半年,执法处说,可以谈赔偿,但不是劳务费。2007年2月10日,在胡海涛同志建议和主持下,我与常某某(代表××文化馆)在和解协议上签了字。我做的让步是:不追究侵权的故意;不追究侵权的次要事实;和解协议上不提对方主要责任人的姓名;不提所使用的侵权手段(剽窃抄袭)。同时还表态:我依法维权,不承担给被申诉方造成麻烦、耽误工作的责任;不承担因对方违约另寻维权途径,致使事态公开化、扩大化并造成后果的责任。协议的要点是:一、文化馆在编辑《集贤承韵岔曲集》时使伊某人合法(著作)权益受到侵害,表示歉意;二、赔偿三千元;三、"《集贤承韵岔曲集》尚余近300册,不再对外发行与宣传",本来接着还写了"否则,伊某人保留以发表书评的形式在报刊揭露上述侵权行为的权利",文化馆始终不同意写这一句,为打破僵局,胡海涛劝我:"没这一句你也有这个权利",于是我也不再坚持。协议一式三份,执法处和双方各存一份。

事后回想,文化馆的抄袭剽窃不止这一回。2005年9月文化馆召开"岔曲申报论证会",会上发出以文化馆名义撰写的"岔曲项目申报材料",全文11600字,其中大段引用我的论文"满族与八角鼓岔曲"以及《古调今谭》的后记达6750字,占全文的58%。在"申报材料"中引用一些现成的文字是允许的,按理说还应感到荣幸。但我实在荣幸不起来,因为文化馆事前不与我沟通,书面不注明出处;引文断章取义,张冠李戴,逻辑混乱,重叠使用,把我对宫廷作品缺陷的概括,歪曲原意,说成是岔曲衰退危机的主要原因,在论证会上引起专家的质问;我作为顾问列席,几次要求发言,都被制止:"先让专家说,你的意见等吃饭时在饭桌上说吧!"饭桌上杯觥交错,笑语盈耳,哪里是澄清"被引用"真相的地方?此事自始至终,文化馆不承认申报材料中引文失当,不向我做任何解释、回应。

我这才醒悟，那次的"被引用"，和其他"被参考""被整理""被借鉴"一样，都是抄袭剽窃的同义语。

尽管如此，为了维持与文化馆的正常来往，五六月间，我写了"一本岔曲集的启示"和"勘误记"两篇评论，前者批驳了所谓"整理""借鉴"，后者则讽刺了编校质量低劣的根源；两文在票友间传看后，托人转给文化馆有关工作人员。评论中考虑要多留点面子，团结要紧，所以只字未提侵权官司，也未拿去报刊发表，只在自己结集出版《余音袅袅》时收入。

但我实在低估了某种敢于践踏司法的霸蛮之气。"发展"一文的作者，并不是上述事件的当事人，本可以置身事外，但他为在全国性的刊物上沽名钓誉、张扬"政绩"，执着地把侵权的丑事说成光辉业绩，罔顾具有法律效力的协议，这才迫使我在七年之后，不惮烦琐地揭开侵权的幕后细节。

"利国利民"与"极具价值"

《××民间艺术丛书》的装潢和印制都极精美，大24开，覆膜封面，每套四本，硬壳书套，高级铜版纸彩印，定价258元；印数1000，据出版社说印制费高达28万元。这套丛书中有"毛猴""面塑""剪纸"以图片为主的三本艺术作品集，以及《集贤承韵岔曲集》，共四本。这几种民间艺术本身，都是民族民间文化的结晶。"丛书"的总序说：这套丛书的出版，"不仅利国，而且利民"，"有重要的价值"。"发展"一文则说是"极具价值"，比总序更加给力。但丛书的出版，是否真的与民间艺术本身的价值相称，还需要在学术道德和编校质量的天平上，把它称一称。

《集贤承韵岔曲集》，丛书的总序说它"保护了北京地区的民间文化，而且可作为中国通俗文学史上的重要文献"。但它的编辑人员并无有关的专业知识，不具备鉴别评估岔曲遗产的能力，其资料采集和文稿编校，只是靠行政权力的运作，派人收买资料和突击选抄。其后果是，该书共有418首岔曲，有证据判定从《古调今谭》中抄袭得来的共145首，占总数的35%；全书架构、篇名与《古调今谭》相同相近，是全局结构性和局部概括性的变相抄袭；不顾应有的体例原则，在抄袭中乱删乱改，一些本来经过原编著者考证解释的曲目，在"岔曲集"中难解无解，多处误导读者；以上均构成侵权。书中差错114处，差错率达万分之十，超过国家规定的底线十倍，属质量不合格品。还有这本书的"三无"：无序言、后记，无编辑缘起、资料来源，用了"集贤承韵"做书名（在版权页上居然把书名印成"集贤成贤韵岔曲集"，世所罕见），但没有关于这个票房及其主人钱老的任何介绍说明。其不合常规，是因为夹生饭里隐藏着尴尬。

在《面塑作品集》中，包括目录在内，只有6页文字。其中介绍"中国历代文化名人群像"中出现差错多处。刘辙应为刘彻，阮禹应为阮瑀，杨雄应为扬雄，稽康应为嵇康，颜延文应为颜延之（字延年，南朝人，文采与谢灵运齐名，世称"颜谢"），谢眺应为谢朓，范芸应为范云，谢零运应为谢灵运，瘐信应为庾信，吴筠应为吴均，李若虚应为张若虚（唐朝诗人，与贺知章、张旭、包融齐名，世称"吴中四士"），韩宏应为韩翃，元洁应为元结（元次山），范文仲应为范仲淹（范死后谥文正），罗贯应为罗贯中（正文不缺），刘光弟应为刘光第。又，钟魁应为钟馗（在目录和正文中各错五次），蓝彩荷应为蓝采和。以上18人，错35人次。此外，桃园三结义误为桃源三结义（目录和正文各错二次），史湘云醉卧芍药，缺一"榻"字。此外，所附评介文章中的"肖劳先生题诗云'括面如云传艺彩色人物神采弈弈'"，经与该书第130页影印原件对比，发现严重错误：肖应为萧；题诗应为题字；括应为抟；云应为雪；传艺应为傅丽；弈弈应为奕奕。连起来应是"萧劳先生题字云'抟面如雪傅丽彩色人物神采奕奕'"。21个字错了8个。文化馆这样对待文化，该怎样评判？

《毛猴作品集》中，也有较多的文字差错，孔夫子旧书网曾有一家书店卖这本书，网上展示书影时，还附了一张读者随手记录的勘误表，密密麻麻，看不大清。但我想说的是，这种大师级的艺术作品专集，一般不附其弟子学生的作品，除非也是名人名作。这本毛猴作品集的编法比较罕见，集中共84页图片，其中大师的肖像、工作照占6页，其余78页刊载作品78幅，内大师作品58幅，4位弟子作品共20幅，其中一位弟子的作品8幅，占总数的10%。这位成绩突出的弟子就是文化馆馆长兼丛书的主编。据一篇题为"文化干部做毛猴曹后人"的报道（此文与"重现"是宣传文化馆的姊妹篇，登在同一版面上）说，"从去年（2005）年初起，区文化馆干部一次次登门……馆长李××等三人下决心学做毛猴"，"三人……每人对着镜子学猴摆弄姿态……""初试身手，得到'毛猴曹'的肯定，从此一发不可收，至今，他们三人基本已经掌握了这项技能"，"绝技终于有了继承人"，云云。

《剪纸作品集》，本书文字有作者自序和目录，共3页，其余为图片，无可置评。

我在涉事出版社问该书的责编，为什么"丛书"编校质量差，文字差错多，对方解释说："文化馆要求赶任务，快出书，书稿的编、审、校，他们自己都包了，我们不插手，只管排版印刷"。"文化馆和社里有关系吧，一般不能这样做"。

"丛书"的际遇如何呢？2007年2月侵权官司结案时，文化馆说已发出600余套，尚余300多套，不再外发宣传，实际执行如何不得而知。查2013年年底的孔夫子旧书网，还有20余套在卖，最低标价20元。另一重要情况是：2013年4月出版的《北京市×城区图书馆藏地方文献目录提要》（收2009年前书刊名录）中，并未收录上述的《××民间艺术丛书》，如不属遗漏，应是因该书有重大缺失，不合规范要求所致。

上述丛书中四种民间艺术的价值和成就不一，有的宜在全国或一定地域来衡量，或以题材风格分类衡量，如泥塑、剪纸；有的纯是北京土产，如毛猴、岔曲，只此一家，必须由北京来办。但两者又有不同，毛猴属于传统手工艺品，岔曲则横跨民间文学和曲艺两个领域，其人文底蕴更为深厚，选编作品的专业性学术性要求更强。以北京一个区的文化馆为主编单位，把北京这四种艺术品编成一套丛书，对主观条件的评估似乎偏高。在全国保护民族民间文化遗产的大潮中，各级文化部门领导随之升温，鞭打快牛的事，屡见不鲜。《××民间艺术丛书》出版计划的拍板通过，反映出上层对文化馆的重视、支持，大胆放手，寄予厚望。但是对学术道德、编辑质量的强调和监管，显然是缺位的。尤应该探讨的是，对丛书的服务方向、阅读对象、社会意义、导引作用，上层应该提出要求，但实际上，可能本身对这些原则不很重视，或不甚了了，或不愿过问；或事前授意、事中会心、事后默认；也可能因内部的关系协调、权力分配、福利馈赠等，一任下属率性而行。总之是弃关不守，坐视文化馆不顾质量地短促突击，把它印成规格豪华、定价很高、沽名钓誉的"职务书""政绩书"，专门用于送外宾、送领导、送关系单位，在本市或到外地去"公关"。

由于这套书打着"保护'非遗'"的大旗，承载着个人、单位和上级的体面、荣誉、宦途、利益，而且不向书店发行，不下发街道社区，只当作礼品奉送，得到捧场的概率很高，被人指摘的风险则很小。即使受到外界批评、投诉、举报，因为工作已经总结，成绩已经上报，任务已经完成，涉事人员的升职升级、评优评奖，都不会受影响；待到时过境迁，上面换届，下面星散，更没有人会为虚糜公帑，糟蹋文化，制造垃圾而检讨、担责。甚至还会有利益链上的个别环节，寻机吹捧，所谓"极具价值"的出现就是一例，事实证明，"发展"的作者再次搅动陈年丑事，只能事与愿违，自取其辱。

岔曲的希望与"北票联"的"躺枪"

前文已述，同一作者专论岔曲的文章，除"发展"一文，还有另一篇"京城岔曲——盛世余音如何传续"，两文都说在岔曲和票房衰退之际，"曲艺之家"是挽救颓势的希望所在。"传续"一文较早发表，它说，

> 一些民间票房，如"金秋曲艺沙龙""团结大院""北京曲艺票友联谊会"等也陆续停办了，一些爱好者因此失去了活动的平台。……可贵的是，面对这一（令人悲观的）态势，北京市有关单位和传承人采取了许多积极的策略，比如北京市×城区文化馆……

三个月后，"发展"一文在《曲艺》刊出，它把文化馆"曲艺之家"的实践、思考专列一章来论述，结论是："现今，原有的一些票房也陆续

停办了,例如'团结大院','北京曲艺票友联谊会'等。×城'曲艺之家'可以说是坚持最好的,在传承和保护方面做了较多的工作。"

2013 年 4 月 13 日,天津"今承古韵"一行 10 人专程访问"北票联",与部分参加活动的北京票友合影

两文共同的逻辑是,评价"曲艺之家"的成就、作用,必拿几个民间票房的"停办"垫底,但又不符合事实。

例如希××先生主持多年的"团结大院"票房,由于希先生 2007 年 5 月应邀担任"北京曲艺票友联谊会"(以下简称"北票联")的负责人之一,为集中精力,主动关闭了自己的"团结大院"票房,这是六年前的事,并非"现今"或随着什么"陆续"停办。

再如"北票联",成立时间比"曲艺之家"略晚几个月,一直坚持活动,办得也还活跃。2013 年 4 月 13 日,它迎来了天津票友一行 10 人的专访,宾主唱酬甚欢,合影留念(照片后来发表在《曲艺》的 11 期上)。大家正在高兴,噩耗传来,被"传续"一文宣布了它的"停办",无辜的"北票联"躺着中了第一枪,可能怕火力不够,三个月后"发展"又补了第二枪。

文化馆人员或许没有了解民间票房生死存亡的义务,但区曲协是民间组织,它的秘书长的职责,似应包括对这方面的负责观察。"北票联"所在的街道社区服务中心,与文化馆同属一个区政府行政系统,"北票联"的场地与文化馆同在一条大街上,相距约 300 米;许多嗜曲票友在北票联和文化馆活动，周四或周六，串来串去，就算是偶有不实的传言，打个电话，问问票友，迈开两腿，都不难核实。要说两个单位缺少联系，也未尽然，2012年6月"北票联"为换届后首次过排，隆重地邀请了各有关方包括文化馆曲艺负责人来观礼，该负责人（"发展"的作者）承认收到了邀请，因工作忙而缺席，这都是有文字可查的。

"北票联"在正常活动，然而，"被停办"的信息，还是被执意地放在了新闻媒体，专业杂志上。某一票房的成就，是否必须以其他票房停办或无能为前提？岔曲的未来寄托在哪里？需要实事求是地研究，不能造假，不能设想民间票房都"陆续停办"，只剩下政府办的票房独立支撑，一个人耍大刀，那可不是岔曲之福，不是希望所在。

纠错之难，难于上青天

"北票联"发现自己"被停办"，负责人急忙打电话给刊载"发展"一文的杂志编辑部，说明"北票联"正常生存，"停办"是误传，请与作者联系，核实改正。同时为交涉的周全，委托我来调查原因，督促杂志落实，我慨然答应。因为我发现"发展"中其他的问题也需澄清，所以立即写了一封电邮发出，自以为请杂志依照实情，对"停办"发个勘误，当然水到渠成，结果却颇出意外。

7月14日我给编辑部发出电邮，在强调"'被停办'，是个错案，务请刊出更正，以申公平"的同时，为了把全部意见说得清楚有力，还附上两篇短评，批评了作者掩饰"岔曲集"的侵权和虚夸的文风，但我又考虑到编辑部与作者之间的关系是未知数，处理上也可能有难度，因此在电邮中又写道："（短评）我希望发，但估计你们不会发，而是设法处理。"意思是说，如不方便，把短评的内容给作者吹吹，也就可以了。

半个多月后没有消息，我开始慎重，再发电邮，除促其更正外，还说，"'发展'中其他文字也有不实之处，看来在刊物上不易解决，你有什么看法和办法？希望交流"，再次给了编辑部一些缓冲之地。

一周后有回音了，先说是杂志因更换信箱误了时间表示歉意，又含糊地说作者有些辩解，但对我的更正要求，没有答复。我想从另一侧面发力，于是8月5日给××协办公室的熟人发电邮，说杂志信箱不能正常通畅，请代转去我给杂志的信件和短评。信中说"不是我小题大做，而是被迫应对。这两篇短评不可能在杂志上发，寄给编辑是提醒注意这些问题，也希望你了解这一情况，建议把它编入内部通讯，让领导同志对文化政绩的冲动有所警惕，让编务人员对此类文字更加注意核实"。我还说，你们杂志对发稿的质量要求本是比较严格的，"发展"一文的质量，同杂志正常发稿水平不很相称，做具体工作的同志也许无奈，也许粗心，云云。对此电邮的回应是：来文已转杂志××主任，请与他直接联系，并附来了手机号。事件吊诡地回到原点，但螺旋状上升，高了一层。

我估计情况比较复杂，再向编辑发电邮说，"岔曲集"涉及的侵权官司，本没有作者的事，但不收回"极具价值"倒会惹麻烦。建议作者向该馆常某某核实。关于"停办"，希望在下期杂志上落实更正。"其他有争议的……不麻烦你们调解，我还会另想办法消除隔阂，增强票房间团结。自以为是在帮助杂志解脱。"

又过了九天，电话中编辑转来了上头的建议："是否由您亲自写一篇'北票联'现状的文章，代替那个'停办'的更正，您看好不好？"我脑子里飞快地把近日函电排查了一遍：这回不是我给人家，而是人家给我台阶下了，赶快表态说，我试试吧，请代我向××主任问候！

9月8日，我给杂志发去一篇文稿，副题是"'北京曲艺票友联谊会'八周年感言"，附信上说："若认为难于编成所需的文章，则请重新考虑发表'更正'的措施"。结果还不错，文稿顺利刊载在第11期上，"供参考选用"的三张票房活动照片也都被采用，文图并茂，满满4个页面，票友们说，这个效果比他发个"更正"好，我的心里却五味杂陈。

与此同时，直面对方也遭受了挫折：我先是找了两位常去文化馆唱曲的票友，请他们向既是"曲艺之家"的管理者又是"发展"的作者传话致意："北票联对所谓停办有意见，建议主动认个错，也就过去了。"两位领命而去，但音信杳然。又找了区曲协一位负责同志，请他前往说项："我想通过你向他（作者）征询意见，为息事宁人。希望他把"极具价值"

"停办"之类的错话收回来。那个岔曲集的官司，调解协议有法律效力，望劝他不要介入"。回音及时而诚恳："为曲艺大计及同道间的团结，我愿从中斡旋。"果然，几天后我接到了肇事者的电话，礼貌而平淡地说：××老师找我谈了话，"停办"是我的信息没搞准，抱歉。当我提到"岔曲集"应向当事人核实，回答是"他们都退休了"。最后我建议他去趟"北票联"，和负责人见个面，沟通一下。对方连声说，您说得对，我一定去，一定争取去。

　　这个来电给我的印象，似乎只是走了一个程序；我因为耳聋，生怕误判了对方的表态，所以又写了一封诚恳示好又略嫌絮叨的电邮，告诉他"10月12日'北票联'过排，建议届时前往见个面为好。"关于侵权的"岔曲集"，我说"你如有兴趣或有质疑，我可提供说明，总之不能再宣传那本书，否则对文化馆不利，不是你个人的问题。"关于票房关系，我说："'北票联'与'曲艺之家'的关系应该越走越近。我对×城文化馆组织的活动有许多好评，附上我在2011年5月11日给北京曲协的信，就可证明。"次日得到了回复，但只两个字："收到！"泼给我一碗闭门羹。"北票联"正式邀请他做客的短信也遭到拒绝："因有排练，请不下假来。"（拖到年底、春节，至今也没见来，什么节目排练这么长，谁不准他请假，都是不好考证的）

　　正面近距离接触是没有希望了，远距离大迂回吧，两封电邮，一封致业界一位人脉极广的名人，先说别的事，然后请他"顺便"转话给文委××同志，"为了曲界团结，也为了爱护干部，希望他花点时间，把以上两处错误了解清楚。至于如何处理，不须我来多嘴。此事给你出了难题，能不能办，你酌情吧！"另一封直接致文委××同志，说那篇文章的作者"已就'停办'的错误表示了歉意，但对'岔曲集'一事未表态，或仍有纠结，事关政府人员的公信和法制观念，现寄上一些材料，供了解、处理情况的参考。如有不当，请你批评指正"，两封都义正而辞婉，这两位都还认识我，但就是不予回音，很可能是感到了棘手。

　　虽只是小小的一件纠错，触及了灵魂、利益、圈子，就比登天还难。

上升到国家级文献的层面

欲望在权力之间游走,利益在权力之间输送。

在即将结束这篇文字的时候,看到了中国文联汇集出版的2013年关于艺术发展的一本文献,有关曲艺票房被写进了相关行业的年度报告(以下简称"报告")。因为它具有史料和学术价值,作为民间鼓曲守望者,顿时感受了信息公开的积极意义,以及一种被重视的兴奋。

"报告"提到曲艺票房的部分约1000字,从中似可窥见体制的视角和观点,摘要如下:

> 而提到曲艺的传承与交流,不能忽视一支重要的民间力量,那就是群众自发的曲艺交流活动。自古以来,曲艺始终随着时代的发展而衍变,只要保持曲艺以口语艺术为特征的前提下,虽然在群众性的业余活动中,以演唱短篇、开篇或选段为主体,在现阶段不失为一支传播曲艺的重要力量,是传承民族曲艺的主要措施之一。其中典型的代表就是"票房"。……随着时代的变迁,票房里演唱的曲种逐渐扩充,基本囊括了京津地区流行的主要曲种:单弦岔曲、单弦牌子曲等等。其中联珠快书在舞台上基本绝迹,只有票房里章学楷等极少数票友还能演唱。此外,高家兰等资深票友的单弦流派演唱都是非常珍贵的活态艺术资料。
> 据不完全统计,北京现有曲艺票房10余个,每次活动最多可达到200多人,最少也有20余人,主要包括北京曲艺票友联谊会、天桥曲艺茶社、一笑春秋、西城区文化馆"曲艺之家"票房等等。随着时代的发展,曲艺票房无论在内容和形式上都有了新的变化,这些变化中蕴含着些许的无奈,但同时也充满着希望。可以说北京的曲艺票房活动即(疑为"既")是资深票友们聚集交流、娱乐的场所,又是业余曲艺爱好者感受、学习曲艺的课堂,同时还是非物质文化遗产传承的平台,对北京地区的曲艺活

动有着非常大的影响力。

　　票房中最负盛名当属由钱亚东先生在自家开办的"集贤承韵"票房。该票房自1979年起，三十年如一日在每周一晚上进行过排活动，对北京的曲艺事业发展起到了极大的推动作用。从这里走出了曲艺比赛的众多获奖者，有的还进入到专业曲艺表演队伍，比如王玥波、应宁等颇受年轻观众喜爱的演员。"集贤承韵"之后近年来比较有影响的票房主要有北京西城区文化馆每周四下午的活动及天桥曲艺茶社每周日上午的活动。作为公办的票房，虽然少了些传统韵味，但是社会影响力也相应扩大了，观众不限民族，不限是否有曲艺功底，无形中扩大了曲艺的受众面。两个地方每次活动都很热闹，需要提前占位子，这在业余活动中是不多见的。表演的曲种也进一步扩大，除了北京地区的曲种也有山东快书、天津快板、评书小段等，很受大家欢迎。这两个地方都会不定期地举行京津两地票友交流及约请专业演员助兴表演，拉近了演员与观众的距离，很好地培养了曲艺发展的土壤。其中天桥曲艺茶社更具备了承办"天桥杯"鼓曲大赛的能力，为北京地区曲艺活动的开展、曲艺人才的培养做出了积极贡献。

年度报告中的这段话，只是集中地讲了北京唱鼓曲的票房，但也概括得并不很精准，若干处令人生疑：

一、大段的下划线部分，经查，是摘自2013年5月27日中国文化报刊载，题为"北京的民间曲艺票房：好的就是这一口儿"署名王学思的文章。不应排除报告撰写人完全同意王学思的调查和感受，但在这样性质的报告中，撰写人应该用自己的语言来表述，现在以照章援引，代替自己的调查，难免出现漏洞。王学思在专访报道中，写了他访问的四个票房："北票联""天桥""曲艺之家"和"一笑春秋"；而"报告"撰写人也就照单全收，说北京票房"主要有"的就是这几个，可是他忘了"一笑春秋"是个相声票房，不唱鼓曲。如果要包括相声票房，那可还要列出很多。

二、高家兰先生于 2011 年逝世，而报告中还称他的演唱是"活态"资料，这使人怀疑撰写人使用的信息陈旧，令"报告"的价值打折。

三、业界熟知，著名的"集贤承韵"票房1979 年开排，2004 年关闭，其间共 25 年。"报告"却说是"三十年如一日"，即推演为 2009 年关闭。2006 年某大报发表的"重现"一文说"集贤承韵""1999 年彻底关门"，那是不实之词，如今又出了 2009 年关门的版本，相差十年，忽焉在前，倏然在后，都是官方，一再失实，令人何堪？但再读下去，似乎另有用意："'集贤承韵'之后，近年来比较有影响的票房，主要有北京西城区文化馆每周四下午的活动及天桥曲艺茶社每周日上午的活动。"原来说的是，2009 年以后有影响的主要是两家官办票房。那么，开首所说"不能忽视的一支重要的民间力量"在哪里？与众多民间票房的存在无关吗？"报告"到底要强调什么？

与"集贤承韵"同期和以后存在的民间票房，若论业绩、影响，票友们都知道还有著名的"霓裳续咏"和"金秋曲艺沙龙"。"霓裳续咏"是改革开放以来较早成立的票房之一，从 1993 年起在龙潭湖开排，至今换了七八个场地，每周活动一两次，吸引的资深票友和演唱的曲目最多，现今曲艺圈中的许多公众人物（包括"报告"中点到的两位"颇受年轻观众喜爱的演员"）都曾参与过它的活动。"金秋曲艺沙龙"于 1998 年成立，2010 年告停，在一些学者、教授参与下，12 年中多次组织学术专题研讨、大型公益专场演出，以及与天津演员票友的交流，其事迹为京津许多报纸、电台和香港《世界日报》所报道。若与"曲艺之家"和"天桥"相比，可说的话可能更多。其他一些票房，在传承鼓曲艺术、丰富群众文化生活中，也都各有所长和建树。前述"发展"一文对这些情况不着一字，即使问责，它毕竟只是一篇个人署名的文章。眼前这份行业制高点上的"报告"，其撰写人居然也视民间票房为无物。再仔细看，这 1000 字的某些观点与"发展"一文不无相似。其作者是否所见略同？不可妄测；但这篇多有讹误的报告，一路行来，竟顺利通过了由众多权威、专家把守的关口，出现在国家级层面的文献中，怎不令人顿生疑虑？

回过头来，再说说另一出奇之处。作为年度报告，涉及过去更长时间的大事时，总与当前重大问题相关联。2013年的"报告"，把已经关闭近十年的民办"集贤承韵"票房，评价为"对北京的曲艺事业起了极大的推动作用"，超过了10年来所有报刊的宣传，这种写法经过哪些调查研究，是否准确得当？官方这突如其来的高调褒扬，用意何在？

"集贤承韵"是一家自生自灭的票房，钱亚东老人最大的贡献，就是在改革开放之初，个人自费开办票房，最早着手弥补"文革"给北京鼓曲带来的损失，及时地聚拢人气，使北京民间鼓曲艺术逐步恢复传承，重新勃发生机。钱老也有烦恼，尤其是誉满京城以后，为染指其中的谣诼纷起，钱老背负精神压力，只能以"忍让"应付。在开办的25年中，特别是在最后几年，钱老在内外处境日趋困难，而各级政府机关、文化部门、体制单位从来没有给予任何过问和支持。钱老虽然在业内极受尊重，但他无力摆脱困境，暮年体衰，终于带着许多遗憾关闭了自己的票房。只是在"集贤承韵"停办后，官方才开始关切了，现身出场的大事有三件：一是2004年11月28日，贾某某同志代表他所属的协会，利用一次鼓曲专场演出的机会，给钱老授了一块"耄耋心·集贤承韵"的奖牌，此时票房已关闭三个月，这一追赠被讥讽为：早有爱屋及乌之心，今设亡羊补牢之祭。二是2005年北京"非遗"工程启动之后，当地文化馆为完成上级下达的"申报"任务，急急派人前往钱老家中"发掘""收集"材料，开始是想把"集贤承韵"票房申报为"非遗"，当被告知"非遗"必须有百年以上历史后，这才改为申报自己完全不熟不懂的岔曲，又为了抢先打造"政绩"，慌不择路地出版"岔曲集"，弄出许多笑话（这个过程暴露了北京文化当局在"非遗"工程中的"软肋"）。三是这份具有国家级文献价值的"年度报告"，对十年前关闭的"集贤承韵"突发好评，不是为了总结长期失察的教训，而是为了把当前的两家官办票房推演为北京曲艺票房的支柱，而那句"对北京的曲艺事业起了极大的推动作用"的口气，更像是把"集贤承韵"的贡献纳入官方政绩的前奏。

"曲艺之家"和"天桥"这两个票房，确有一些值得肯定和表扬的好处，但"报告"对此似乎外行，夸的不是地方，例如"观众不限民族"（票房里有民族歧视是100年前的事），"不限是否有曲艺功底，无形中扩大了曲艺的受众面"（这也不是公办票房独有的）；至于"两个地方每次活动都很热闹，需要提前占位子，这在业余活动中是不多见的。"那是因为公办票房的活动环境、条件与民间票房完全不对称，人们受到它优越条件的吸引，是很自然的。2012年3月1日《中国文化报》有一篇专访，上述文化馆领导讲到，在2011年前，他们已经部分地实行了"免费开放"。2011年后全部免费开放，"进馆人数呈现数倍的增长"。领导不无自豪地说，"（我们的）多功能剧场、首层展览厅和室内文化广场设备都属全国一流水平"，其中"多功能剧场是文化中心的重点活动功能厅室，充分满足了群众文化的多样性需求"，而"从市里到区里资金到位"，是"（我们）没有后顾之忧"的保证。"天桥曲艺茶社"得到街道办事处巨额投资的支持，也是人所共知的。所以，评价这两个公办票房的成就，仅着眼于"热闹""占位子"等表象是不妥的，应该着力探讨的是，它在优越条件保证下，怎样为群众搞好艺术的传承、服务。而这需要有典型的事例和数据，才有说服力。

综上所述，运用权力把资金、设施、场地、人力集中起来，打造官办票房，把开展鼓曲活动的成果归于政绩，又根据政绩的规划去开展鼓曲活动；至于民间的鼓曲力量，除了能为我所吸纳利用的一部分，其他都不在视线以内。这类文化现象反映了文化体制部门在观念和实践中的错位。其实由来已久，也不限于曲艺，而且多年来上下默契，单独责难哪一家哪一级是不公平的，然而也唯其如此，脱离群众背离规律的虚假繁荣，常年掩盖着不可逆转的负面影响，令人不安。当然，充分发挥公办的优越性，高标准地搞好一家或几家公办票房，完全必要，但这并不等于解决了全部问题。做好群众文化工作的关键，是以正确的价值观、政绩观，调动广大群众的积极性和创造性，发掘、扶植民间蕴藏的文化艺术生产力。政府群众文化部门应该把密切联系群众、积极帮助民间团体（组织），提高民间艺术队伍的素质，组织民间力量丰富群众文化生活，作为自己的基本任务。

因此，当务之急，是深化全面改革，从转变观念和职能入手，克服为个人、为部门利益服务的体制流弊，把考量社会效益的标准，真正转移到为基层群众服务的方向上来。

我的认识和心得

可能有人会问，所谓"前事不忘 后事之师"，归根结底不过是少数人工作中的缺点错误，何必大张挞伐？是的，类似现象可能常见，但常见现象后面隐藏的病患，对我们的事业造成的危害，不容小觑。"纪实"固不易，"求索"更要用力。迷雾要打破，是非应厘清，必须把问题提升到思想观念作风的层面来探讨，否则，经验教训都将局限在具体事件中，而我的原意并不在此。

从报刊的这两篇文章，联想到群众文化领域一些败德失范的现象。有的地区、部门、基层单位，由于公权的滥用和失控，借人情惯例掩盖的利益交换，往往在会意和默契中进行；假公济私、弄虚作假、为政绩注水、为宦途加油的行为隐约可见，各种"圈子"盘根错节，根深蒂固，文过饰非，官官相护，一代代传递着抵制批评查处的策略；正派的干部执行能力受限，好的政策不能落实，追逐名利的风气弥漫，群众的政治冷漠感日增。我自己对现实的认识太肤浅，在具体问题上太想速效，不太体谅多数职场人的困难苦衷；眼看着不当利益已经固化、体制积弊重重的情况下，我也常常失望无奈、丧失信心。

党的十八届三中全会以来，中央关于整治腐败的论述精神和部署，使我提高了认识，廓清了思路。"前事不忘 后事之师"，其实也包括我自己在内。在联系实际的学习中，我有以下心得，愿与曾共事的朋友、我批评指摘过的朋友交换看法，共同探讨，希望通过批评自我批评，共享观念的进步和精神的提升。

一、做好群众文化工作，最重要的是解决观念问题。群众文化，就要强调人民群众是文化创造、文化享用的主体。要明确"我是谁，为了谁，依靠谁"，树立"功不在我"的政绩观。涉及文化精神、意识形态的属性时，体制单位、人员既有了解群众意向的义务，又有引领群众前进的责任。文化有多元，群众有多个层次，满足群众对文化的需求，首先要满足基层群众（也是大多数群众）对文化的需求；除非在特定时期担负特定任务，一切工作，都要把这方面的社会效益放在首位。

二、做好群众文化工作，首先要处理好文化体制单位与民间文化组织的合作关系。团结社会力量，调动民间积极因素，扶持民间艺术集体（包括业余文艺团队、票房）和乡土文化能人，才能共同把事办好。尊重群众首创精神，多问需于民、问计于民，多做文化的"访贫问苦"。要通过建立联系点、试验田等方式，加强与民间团体、能人的合作，创新服务内容，保护非遗项目，培育公共文化特色。要强化服务意识，帮助民间团体组织提高素质，持续发展，使合作常态化，长效化，让最广大的群众共享文化改革发展的成果。不要学山寨的王伦，担心权力"领地"被他人侵入，害怕体制的"先机之利"和面子受到挑战冲击。

三、从事群众文化的干部、工作人员，虽有某种或多种文化才艺，但不同于享有名利回报的专业专职人员，其才艺的价值和利用，必须适应或服从开展群众文化工作的需要；个人的发展只能建立在深入群众、务实肯干、造福群众的基础上。要选好人、用好人，建立监督检查的机制，树立清正廉洁的榜样，发扬民主监督的正气，严肃处理为名利仕途而弄虚作假的行为。

以上一孔之见，希望得到各方面的指教。

全面改革已经启动，深化的拐点渐次出现，弃旧图新、推陈出新的大潮正在汹涌扑来，荡涤一切。我所关注和参与过的群众文化事业，有望在新的时期，发扬崇德向善的精神，奉献健康的文化营养，助力民族的社会的良好风尚。

我的余热殆尽，但精神正在从困惑迷惘中解脱出来，我为国家社会的光明前景而欣慰、振奋，也愿为文化建设而继续思考、学习。

（2014年2月24日—5月13日）

附记一

此文曾在民间刊物《八角鼓讯》第69期发表过第一至第四节；又，第九节"上升为国家级文档的层面"，曾改题为"国家及文档的一点瑕疵"，编入我的杂文集《不绝如缕》。现在献给读者的是此文的第一至第十

节全文。(2015年3月注)

附记二

此文编入书稿即将付梓时,见到《北京曲艺理论研讨文集》(北京出版社2015年10月出版),其中"解读国际化大都市进程中的北京曲艺"一文,谈到北京曲艺要在全球化和国际化进程的推动下发挥作用,需要重视的方面之一,就是"非遗保护"(第350-352页),这是很好的命题,可惜的是深入解析论证不足,而且其主要篇幅,重复了《2013年曲艺艺术报告》中一段值得商榷的文字,也就是本文第九节"上升到国家级文献的层面"中所引的文字。经核对,两者除个别地方行文繁简略有不同,基本的行文一致;"集贤承韵"的"三十年如一日"那样明显而重要的错误(那不是意见或看法)仍不改正。

又,这个文集还收入了本文批评过的"发展",以及同一作者所写的"强化曲艺创新意识 促进公共文化发展",两篇文章均再次提到"曲艺之家"的成立时间,前者仍坚持"1996年9月"成立(第108页),再次否认了同时期"京都曲协"存在的事实。后者改口了,说"'曲艺之家'成立于2004年""这在全国尚属首例"(第321页)。这种捉襟见肘,文过饰非的写法,在我的见闻中确是"尚属首例",不知这点毛病何年何月才肯真心改掉。(2016年2月注)

后　记

　　把一些时间跨度很长，内容形式各不相属的文稿编起来，很费了些功夫，就像送孩子们出远门，总要给他们整理衣着鞋袜，打扮得干净利落，排好次序再走。文稿无论新旧，再多看两遍，不为修饰，只是寻找有无粗心大意，影响阅读之处，就像衣纽未扣，鞋带没系，至于内容的精芜美丑，连同我的自信，都只能等待读者的评判。

　　但一些文稿的诞生和经历，还是要有点说明，给阅读和评判提供参考、方便：

　　"我从这里走来"原是为儿孙辈写的；满族彻底汉化，如果没有那些祭祖的仪式，我家就只剩下一个较罕见的伊姓；市民家庭在革命浪潮中的分化变异，是普遍现象，是历史的必然。但孩子们看了只说"原来如此"，并无兴致探究一二，令我泄气。但此文经北京市政协文史学习委审读，决定编入《北京文史资料》第82辑，改题为"京城满族平民生活琐记"。又令我欣慰。

　　"光景宛如昨"，从回忆转到评论，不自量力。此文曾就音乐史及若干观点，请中国音乐学院研究生院的几位老师看过。

　　"求仁得仁乎？"不涉作家的诗歌成就，而是论证他当年错误的性质是违纪，为他不能觉悟而惋惜。此文曾请总政纪委离休的D同志（85岁，当年在军区新闻科、纪委工作），解放军报离休的S同志（93岁，当年在军区创作组，曾随海队出行）审看。

　　"前事不忘后事之师"（单独发表的）第九节和全文，曾先后送中国文联办公厅的一位负责同志，并转给中国曲协。后来文联转告，有关当事人拟与我联系，等了许久，音讯渺然。"传播优秀传统作品的几个问题"，曾在民间刊物发表，文章批评了一个杂志的专栏，也曾送中国文联相关部门报备，但涉事方迄无回应。

我没有写评论的任务,只是个人对文化现象发表议论,触及是非功过,文责自负:争取认同;也准备对不当处改正或收回,总之,自己竭诚(也期望大家)按规矩办事。赞同或反对的回声我都愿倾听,而空谷无音则使我惘然,尤其是一些非学术性的问题,反思己过之余,也难免揣度应答之难:是在权衡损益斟酌得失?要务缠身不屑顾及?还是选不出个维持面子的表情包?……应了那句俗话:都不容易。

文化的改革越深入,越给力,也越出奇,如今"颜值"当道,"网红"井喷,良莠间作,目不暇接,"老有所为"是力所不逮了。但我还是乐观,说放诞些,《如怨如慕》这样芜杂的篇什,能在重视导向的氛围中付梓,就是我的一大乐事,为此谨向知识产权出版社,向责编同志表示衷心的感谢!

(2016年3月2日)